THE BUBBLE BOY

气泡男孩

[英] 斯图尔特·福斯特 著 胡雪婷 译

中信出版集团 | 北京

图书在版编目（CIP）数据

气泡男孩 / (英) 斯图尔特 · 福斯特著 ; 胡雪婷译
. -- 北京 : 中信出版社 , 2020.4（2025.8 重印）
书名原文 : The Bubble Boy
ISBN 978-7-5217-1524-8

Ⅰ . ①气… Ⅱ . ①斯… ②胡… Ⅲ . ①儿童小说—长篇小说—英国—现代 Ⅳ . ① I561.84

中国版本图书馆 CIP 数据核字（2020）第 027093 号

气泡男孩

著　　者：[英] 斯图尔特 · 福斯特
译　　者：胡雪婷
出版发行：中信出版集团股份有限公司
（北京市朝阳区东三环北路27号嘉铭中心　邮编 100020）
承 印 者：嘉业印刷（天津）有限公司

开　　本：882mm × 1230mm　1/32　印　　张：10.75　字　　数：210千字
版　　次：2020年4月第1版　印　　次：2025年 8月第25次印刷
京权图字：01－2020－0249
书　　号：ISBN 978－7－5217－1524－8
定　　价：35.00元

气泡男孩

第一章

十一岁两个月零二十一天

“我弄了个文身。猜猜我文了什么？”

“是长颈鹿吗？”

“你见过谁把长颈鹿文在脚踝上？”

“好吧，那就是大象。”

贝丝碰了碰我的胳膊。

“得了，乔，”她说，“你都没好好猜。”

“对不起。给我瞧瞧？”

她笑着挽起连体罩衫右腿的裤脚。所有的探视者都必须穿上这种罩衫，家人也不例外。

“给你最后一次机会？”

“蜘蛛侠吗？”

“不对。”她大笑道，“等你长大了就可以文蜘蛛侠。”

我们相顾无言。

过去她常常跟我道歉，我则会告诉她没关系、不要紧。现在我们只是默默地看着对方，然后将视线挪开，假装什么事都没发生过。

她拉下袜子，我看见了她那灰红之间透着点蓝色的文身。

“看起来很像污渍啊。”

“这是斑鸠！……好痒啊。”她使劲儿地挠着痒，我感觉那只斑鸠都快要被她挠掉了。我向姐姐摇摇头。贝丝掩住文身站了起来。我俩并排站着，身旁的监护仪每三十秒就发出哔的声音。我们向外眺望，对面是一栋灰色的大楼，阳光在它的玻璃窗上闪耀，里面的人全都坐在办公桌前，盯着电脑屏幕。工作日里他们来了又走，夜晚和周末的时候大楼里就只剩下空荡荡的椅子和昏暗的灯光。直到周一的早晨，所有人才会再次回到这里。

空调发出嘀的一声，开始向屋内输送冷气，我不由得打了个寒战。贝丝问我是否还好，我点了点头。

“外面太热了，但是这里好冷。”

“热到能将柏油马路熔化吗？”我问道。

“不，没有那么热。”她微笑着搂住我。我们站在窗前，看着窗外的飞机在进出希思罗机场的航线上飞过高楼。现在只有这一扇窗户能看到外面。以前还有一扇窗，从那儿我可以看到医生和护士在走廊里来来去去。但是有一天，维修工用一种可以涂在玻璃上的特殊油漆将它封住了。我问他们为什么要这样做，他们说是为了隐私。我告诉维修工们我听不见他们在说些什么，他们笑了笑说这并不是他们的本意。可我不需要什么隐私，我的生活已经够私密的了。

贝丝轻轻地捏我，她要是再用力一点儿就会弄伤我。我很开心她一点儿都不怕触摸我。每当医生给我做检查或是为了搀扶我而不得不触碰我的身体时，他们就像对待一块玻璃似的小心翼翼地触碰着我。幸运的是我有贝丝。她说她也很幸运有我，没有我她都不知道该怎么办。有时贝丝刚刚离开，我就会想，如果没有我，她的生活会是什么样的。也许她会有一个朝夕相伴的男友，也许她会常常跟朋友一起出去玩儿，在大学里听讲座的时候也不用忧心忡忡。但她说很开心跟我在这里消磨时间。

窗外，一个穿着灰色连体工作服的男人走过办公楼的楼顶，他拎着棕色的袋子行走在黑杆和银管之间。在检查了檐槽里的鸽子陷阱之后，他从包里拿出一把小刀，蹲下来打开鸽笼，抓出一只鸽子，割开了它的喉咙。

贝丝别过脸去。

“我不知道你怎么能看得下去。”她说。

“没那么糟糕。”

我们转身沿着应急氧气瓶和监护仪走回床边。灰色的监护仪上闪烁着红色的光和绿色的数字。

心率：79

体温：37.4℃

室内温度：18℃

湿度：7%

空气纯度：98.5%

空气纯度下降是因为贝丝在房间里。

我躺在床上，贝丝也挤了上来，我们一起看电视。监护仪哔哔地响着，屋角的传感器每一秒就闪一下。我的身体上装有传感器，可以通过蓝牙传输心率和体温数据。房间外面隐约传来了脚步声，我闻到了咖啡和美食的香气，可这些东西我既不能喝也不能吃。看电视看得厌烦了，我滑动着平板电脑搜索无法拥有的实体书籍和杂志，贝丝听着音乐。五点钟的时候，食物从小窗口送了进来。这是我的超级英雄能量食品，被真空包装在银色的锡纸里。虽然不怎么好吃，但能给我提供能量。最重要的是，能让我活着。我打开锡纸，里面是牛肉干和米饭。我一边吃一边看着窗外的天空由蓝色渐渐地变成灰色。

七点钟的时候，贝丝从床上爬了起来。她亲吻了我的额头，然后沿着西奥·沃尔科特[①]的海报走到了门口。她那身白色的罩衫将她和墙壁融为一体，如同神奇四侠里的隐形女一般。她按下呼叫按钮后等待着。我不想让她走。她离开后，夜晚好像都变长了。门开了，她回过头。

“我不确定下一次什么时候来，”她说，“我要写毕业论文。”

“没关系。”

“也许后天。”

她笑了笑，随即从门和门框中挤了出去，仿佛把门开得小一

---

① 西奥·沃尔科特：英国足球运动员。

点儿就能把细菌挡在外面。我看着白色的门，想象着她在门外的过渡区脱掉罩衫换回便服，拿掉头发上的橡皮圈。她会跟护士攀谈，查看我的各项数据图表。她说她喜欢看这些图表，不仅因为它们与我有关，还因为她在大学攻读医科，这些图表可以帮助她学习。她马上就要去实习了。她说她不知道自己什么时候去，也不知道会去哪里，只知道现在还不会走。

我走到窗边，看着她穿过堵塞的车辆走到马路对面。她转身仰头看我，我微笑着向她挥挥手。她也向我挥了挥手，然后便倚着墙低头看手机。她不时抬起头，看到我还在看她，便大笑着摇摇头。我把头靠在玻璃窗上，皮肤感受到玻璃的冰凉。

我的头突然开始晕了起来。我咽了咽口水，尝到了类似金属的味道。血从我的鼻子里滴出来，流到了我的嘴唇上。一开始，只是几滴落在窗台上，接着便啪嗒啪嗒地飞溅起来。我赶紧捏住鼻子止血。一辆公交车来了，贝丝向我挥了挥手就被挡住了。我想待在这儿看着她离开，可双腿却止不住地颤抖，逐渐失去了知觉。我将双手撑在窗台上，积聚在掌心的鲜血一下子滴到了我的T恤上、裤子上、暖气片上，最后滴在了地上。灰色的大楼如同迷雾一般，路上行驶的车辆也模糊不清。我必须回到床上……我必须回到床上……监护仪越来越近了。我朝它跌了过去，按下了那个红色按钮。

我侧躺在床上。格雷格戴着医用手套，捏着我的鼻子。

“没事了，”他说道，“你没事了。”

我努力挤出一丝微笑。他也微微一笑，然后轻轻地松开我的鼻子，按下按钮将床头升高。

“来，”他说着递过来一块医用海绵，然后把我的手抬到鼻子跟前，“拿着它，放在这里。”

我开始清醒起来，环视屋内四处。

“抱歉，把这儿弄得一团糟。”

他微笑着说：“没关系，伙计，把头稍稍前倾一点。”

他给我测了脉搏和体温，另一个我不认识的护士查看了监护仪。她按下按钮，发动机嗡嗡作响，空气也涌了进来，让我再次感到寒冷。格雷格回到我身边。

“让我瞧瞧。”他说着将我的手从鼻子上移开，擦掉我脸上的血。他递给我一块干净的医用海绵让我可以自己擦。

“你做得太多了。”他说。

“讲太多话了吗？”因为捏着鼻子，我的声音听起来很奇怪。

格雷格笑了，我也想笑，但生怕一笑又会流鼻血。

“是的。”

我低头看着T恤上、裤子上和床上的血渍，看着一连串斑斑点点的血迹延伸到窗边。玻璃窗上也有一块红色的污渍。格雷格擦掉我额头上的血。

“我说过了，不怕你把这儿弄得一团糟，但是紧急呼叫器应该在你的脖子上而不是床上。”

“对不起。”我接过紧急呼叫器说。护士问格雷格是否能够一人应对。格雷格点点头。护士对我笑了笑便离开了。我躺了一会儿。格雷格走进浴室，拿了一套睡衣出来。我把手从鼻子上拿开。

“嗯，很好，伙计。”他说，“等你准备好了就把这套换上吧。”他放下睡衣又走回了浴室。我听到水流声，还闻到消毒剂的气味。格雷格拿着一个桶走了出来，擦起了窗户上的血迹。我则把双腿移过来放下床，脱掉T恤。

“也许今晚你应该放松点儿，好好休息休息，别玩儿笔记本电脑什么的啦。”

我穿上睡衣，一边扣扣子一边向下看。我苍白的身体上有一个红色的印记，是血渗透了衣服留下的。我今晚不想洗澡，我摇摇晃晃根本站不稳。格雷格摇了摇头，他知道我讨厌洗澡。

“我什么都没看见。”他说。

我微笑着扣上最后两个纽扣，趁着格雷格拖地的时候换上睡裤。

他擦完了又过来看看我的情况。在观测了监护仪几分钟后，他把百叶窗放了下来并把灯光调暗。

“想来点儿音乐吗，伙计？”他问。

我点点头。他走到我的笔记本电脑跟前，点开声田音乐软件。但声音实在太小了，我几乎听不见。我让他把音量调大一点，可他说已经够大声了，随即向门口走去。

“一小时后我再回来看看，或许跟你坐一小会儿。”他说。

“如果你愿意的话，现在就可以留下。”

他看着我，好像很想留下来，但却仿佛有人抓着他的胳膊使劲儿地往外拽他。

“一小时，伙计，”他说，“如果你还醒着的话。”

我侧身向下摸索着电视遥控器。格雷格摇摇头离我而去。边桌上的手机突然响了起来。

乔，要开心☺我明天来。

我开心地笑了，她本来说后天才能来。

我打开电视不停地换台，五分钟后就把它关掉了。我躺在床上，眼睛盯着天花板。嗞嗞作响的冷气声、音乐声、人们穿过走廊时的脚步声和低语声混杂在了一起。监护仪上的灯一闪一闪的，好似夜空航行的飞机。我想知道贝丝现在跟谁在一起，正在做什么。我希望她能在我身边，但我更希望能跟她一起待在她的公寓里。我们可以吃薯片喝可乐，在电视上看超级英雄电影。但我不能去她那里，我甚至不能到街上去。因为只要一走出这间房，我就可能染上世间存在的任何疾病，然后死去。

第二章

十一岁两个月零二十二天

第二天早上我醒来时发现格雷格正站在监护仪旁。

心率：79

体温：37.3℃

室内温度：18℃

湿度：7%

空气纯度：98.0%

“好了，伙计，”他说，“我们来把这事儿搞定。”他俯身将血压计臂带缠在我的胳膊上，“准备好了吗？”

我点点头。他按下按钮，臂带像气球般鼓了起来。我的胳膊规律地颤动着，仿佛也在充气。

格雷格看着血压计上的读数。

“高压 130，低压 85。”他说。

“还可以。”

“嗯，不是太糟，”他说，“可能有一点儿高。我们密切留意就行了。”说完他将读数输入平板电脑，我则检查着昨晚是否又有鼻血弄到了睡衣上。我的手指上有些许干掉的血，袖子上有一个淡淡的红色血印。除此之外，我很干净。格雷格慢慢地将百叶窗拉起，歪着脑袋在窗边站了好一会儿，似乎看到下面的街道上发生着什么有趣的事儿。我问他能看见什么。

“没什么，伙计，”他说，“只是一些工人正准备把路面挖开。”

我将双腿挪下床。

“你不用起来，伙计。”

“我想起来，”我说，“我感觉已经在床上躺了好久了！”我把手撑在床上慢慢站稳，然后走到窗边。

“没什么好看的，伙计，不过他们就在下面。”格雷格指着街尾说。我看见两辆蓝色的小货车和四个穿着橙色夹克的人。其中两个人正在安装信号灯，另外两个人正从货车里拿出铲子和电钻。我想在这儿多看一会儿，可腿却疼了起来。我转身向浴室走去，途中经过了雷神索尔单手举起一座大桥的海报，我真希望自己今天能跟他一样强壮。可格雷格说，超级英雄也需要休息，哪怕蜘蛛侠也不可能一天到晚都在外面拯救世界。

我脱掉睡衣去洗澡时，听到格雷格在地板上拖动椅子的声音。他会坐在外面确保我万无一失。我按下出水按钮，又按下肥皂按钮。水温 34 度，肥皂没有任何气味。洗澡的时候，格雷格一直大声地跟我讲话。他告诉我他的女朋友凯蒂这周每天晚上都工作到很晚，他非常想见到她；今晚电视上有足球比赛，但他觉得他不该看。

“可那是曼联啊！”我大叫道。

“可她是我女朋友啊。”他大笑着回应道，接着又继续滔滔不绝地讲起话来。我在胳膊和腿上都涂了肥皂。冲洗干净之后，我关掉水检查皮肤上是否有新的瘀青。只找到了两块旧的——是上周左胫骨撞到暖气片弄的。真希望它们能像尘土般被水冲走。格雷格还在谈论足球。我轮流抬起两只胳膊，清洗腋窝和身体两侧。我感到肋骨中间有一个肿块。我又用手检查了一次。不疼，但我知道它就在那儿。我关掉水再次核查后，大声喊着格雷格。他走进来打开淋浴间的门。

“你还好吗？”他递给我一条毛巾，我把它围在腰上。

“我找到了一块。”我说。

“是吗？给我看看。”

我抬起胳膊。格雷格眯着眼睛弯下腰，手指轻轻地按压着我的肋骨。

“一定是你昨天摔倒的时候弄的。”

“撞到监护仪的时候吗？”

格雷格点点头，再次按压着那块瘀青。

“你觉得没什么事儿吧？”

格雷格发出嗯的声音。“是的，”他说，“非常确定。它的颜色更像是棕色而非紫色。”

我又低头看，数了数这块瘀青覆盖了几根肋骨。格雷格抬起头看着我，揉了揉我的头发。

“嘿，伙计，不会有事的。”

我微微一笑，但我知道医生肯定想要检查一下。

他走出浴室好让我穿上衣服。

待我穿好后，我发现格雷格站在我的房间里，查看着监护仪写笔记。我抱着笔记本电脑坐在椅子上，一边期盼着脸书和Skype[①]上的信息，一边等着医生。

上午9点32分，摩尔医生和侯赛因医生来了。他们跟我说早上好，询问我感觉如何，我说我感觉还好。他们查看了我的记录。摩尔医生指着图表，手指沿曲线画了一条线。侯赛因医生点点头，跟他低语了几句，我没听清楚。摩尔医生从眼镜上方看着我。

“你确定你还好吗？”

“是的。”我说。但是格雷格给我使了个眼色，于是我告诉了他们我流鼻血的事以及肋骨中间的瘀青。他们查看了格雷格的笔记，检查了我的鼻子和瘀青。侯赛因医生检查我的瘀青时，按压得太用力，痛得我龇牙咧嘴。

“对不起。”他说。

“只是有点轻微挫伤，”我说，“就像从梯子或路缘上跌下来的那种，不是被车撞的那种。”

摩尔医生微笑着摇摇头：“轻微挫伤，侯赛因医生？”

侯赛因医生点点头。

① Skype：借助互联网，用于视频、语音通话的通信应用。

“那就算是轻微挫伤吧，小伙子，”摩尔医生揉了揉我的头发，“也许我们只看维基百科就行了，不用花半辈子的时间在大学学习。”他咧着嘴笑了，然后走到监护仪旁告诉格雷格要保持温度稳定。格雷格指了指空气纯度，它已经跌至97.5%了。他们谈论了过滤器和微粒，也许应该加强空气净化或是减少探访人数。

“或许我们应该这样做，”摩尔医生说，“……推迟一下电视台的拍摄。”

“必须要这样吗？更换一下过滤器不行吗？”

“只是推迟一两天而已，乔。不仅如此，我们还必须弄清你体内现在是怎么回事。”

“但我感觉还好啊！”

摩尔医生看着我的记录图咬了咬嘴唇。

“乔，这是八天以来你第三次流鼻血了。”

我点点头。我知道。我不需要记录图就能数得出——昨天、三天前还有七天前。这是开始新治疗后的第三次了。他们用了一种新药来维持我的白细胞数量。虽然这个药无法完全治好我的病，但如果它有效，我就不会再那么容易被感染了，也不再需要输那么多的血了。我讨厌输血，尽管这个过程一点儿都不疼，可是第二天会让我感到恶心。

摩尔医生深深地吸了一口气。

“还要再验验血吗？”

“是的，我想是这样，乔，安全起见。”

他让侯赛因医生安排明早验血。在监护仪上按了几个按钮之后，他们朝门口走去，跟我告别，说很快就会来看我。我低头看着床。格雷格又坐回我身边。

“嘿，伙计，只是一天而已。”

“可我喜欢电视台的人来。”

“我知道，伙计。我们先看看情况再说吧。”

我回头看着监护仪，希望能用意念更改上面的数字：提高空气纯度，降低体温，保持心率稳定。但我无法控制它们，我的身体掌控着一切，尽管它做得并不太好。

“这是不是意味着贝丝也不能来了？”我问。

“她当然能来。”

我躺在床上听着自己的呼吸声，听着屋外远处工人们的电钻发出低沉的嗡嗡声。格雷格陪我待了十分钟，直到他的轮班结束，新的日班护士来了。

新护士是从昨天开始上班的。他不怎么跟我说话，我只知道他的名字叫阿米尔，是从印度来英国的。我只知道这些，因为格雷格只告诉了我这些。格雷格只告诉了我这么多，因为阿米尔只告诉了他这么多。

阿米尔进来的时候，格雷格站起来说“你好”，阿米尔也回应“你好”。可他戴着口罩，话语含糊不清。格雷格把东西摆放的位置指给他看，问他还有没有什么问题。阿米尔摇摇头，咕哝着说他没什么问题。格雷格在阿米尔身后展开双臂耸了耸肩。我想笑可又不能笑，因为阿米尔正看着我。格雷格溜出门。

我等着阿米尔开口说些什么，但他什么都没说。他只是在房间里四处走动，把椅子推回墙角，系好百叶窗的拉绳，摩挲着监护仪，然后将手指按在红色的指示灯上。有那么一会儿，指示灯发出了明亮的光芒。我想告诉他他长得像外星人，但是跟陌生人聊天实在太困难了。如果他们能先跟我讲话就容易多了。外面来的人总有话题讲——他们可以告诉我昨晚做了什么，今天几点起床的，他们为什么不开心以及他们如何错过了公交车。但我无法告诉他们我昨天做了什么，因为我的昨天、前天和大前天都一样。我可以告诉他我没有什么有趣的事可讲，但是谈话不应该是这样开始的。而且跟戴着口罩的人攀谈更加困难，毕竟判断他们在想些什么可没那么容易。有些新来的人刚开始在这里工作时会戴着口罩，他们说是为了防止我被感染，可是几天之后他们就离开了。我想大概是因为他们更怕被我传染。

阿米尔终于走到窗边停了下来。他注视着对面的灰色大楼，然后抬头看着天空。一架飞机飞过，他扭头看着它越过葡萄适[①]大楼，朝着梅赛德斯奔驰大厦飞去。他回过头寻找着飞机是从哪儿飞出来的。

“我们在飞行路线下方。”我说。

阿米尔吓了一跳，口罩上方的眼睛瞪得大大地看着我。

“我们在希思罗机场的飞行路径上。”

他一言不发，只是看着天上的飞机。不过一天而已，可他也

① 葡萄适：饮料品牌。

许早就希望能跟他们待在外面，而不是和我困在这里。

我抬头看了看时钟，已经快中午十一点了。我打开笔记本电脑（今早有科学课），看着屏幕，然后迅速地从屏幕上方瞥了一眼。只见阿米尔叹了口气离开窗边，走到门口停了下来。

“需要什么你就叫我。”他说。

“好的。”

他打开门，转眼间就消失了。

我希望人员流动不要这么频繁。我感觉才刚刚开始熟悉他们，他们就离开去其他的地方工作了。接着新的人来了，我又得重新认识他们。

我点击电脑，开始跟萨拉上课。萨拉是我科学课的老师。她有着棕色的头发，棕色的眼睛，穿着一件蓝色的开襟毛衫。我不知道她有没有腿，但我知道她念不准我的名字，她总是叫我“球”而不是“乔”。萨拉从不跟我聊电视、足球和天气，她只跟我讲科学。这是我不用冒着被旁人感染的风险，继续学习的唯一方式。有时她真的在那里，我们可以聊聊天。不过她今天可能去度假了，因为她留了一个视频给我自学。

这种课我每周要上两小时。我不像其他小孩一样有假期，因为身体不适的时候我会缺课。今天的课程是关于共振的。我点开萨拉的图片，屏幕变成了一幅图，图上是两个并排的盒子，里面分别有两根金属丝。我闭上眼，再睁开。不过几秒钟，我就已经想打哈欠了。我注视着浏览器，思忖着去优兔网（YouTube）看看视频，或是去声田听听歌，萨拉不会来检查的。我把视频快进，屏幕上出现一张图片，图上声波从船上传播到海底。我正要点开那艘船时，屏幕底部的 Skype 闪了起来。我点击 Skype。

嗨，乔。 11:10

我微微一笑。

嗨，亨利。你在干什么呢？ 11:10

屏幕上的铅笔飞舞起来。

困在气泡里……你呢？ 11:11

困在气泡里。 11:11

哈。 11:12

今天做了很多事吗？ 11:12

看卡通学物理。等贝丝。

你走出房间了吗？ 11:13

没……太热了……制冷系统昨天坏了。 11:14

哈。 11:14

我都被烤焦了！ 11:14

我又笑了，感觉心里暖暖的。

想视频吗？ 11:15

能看见亨利的时候，这个朋友才更真实。

好啊。 11:15

他们正在外面把路面挖开呢。 11:15

给我瞧瞧。 11:15

我们切换到视频，亨利的笑脸充满整个屏幕。我们挥了挥手。我把笔记本电脑拿到窗户边，将它微微倾斜，让摄像头对准路面。我给亨利看了道路施工、黄色的电钻和信号灯。随后我用摄像头扫过马路，给他看经过商店门口的雨中行人，继而是上方的大楼，一层层高大的玻璃架起了大楼的外观，上方是檐沟和屋顶。拍到对面的大楼时我停了下来，告诉他那个穿着灰色连体工作服的男人就是从这儿出来割开鸽子的喉咙的。

“等到他出来吧。”他说。

“我看不见他。他可能在喝茶呢。”

“那明天再给我看吧。”

我继续移动着摄像头，更多的屋顶、商店和走在雨中的行人。

“瞧，没什么事发生。”

“想看看我的窗外吗？”

“当然。”屏幕变成了白花花的一片。

“亨利！”我说，“不要把摄像头对着太阳。”

“哎呀，抱歉。”他向下调整了摄像头的角度。我看见了直冲云霄的红砖大楼，还看见了一个公园和一个墓地，墓地里白色的墓碑绵延数里。亨利告诉我，那是克拉克公园，孩子们会在那儿踢踢足球，打打棒球。

那个墓地叫作伍德兰兹。亨利认为人们会直接从医院的太平间被运到那里。摄像头忽然开始抖动起来。

“亨利，你还好吗？”

“嗯，我很好。只是走到另一个窗口而已。”他把摄像头转了过来，我又看见了他金色的头发和灿烂的笑脸。他总是开开心心地带我四处参观。他让开身子，我看见了更多红色的大楼，小汽车和公交车在路上直行，在信号灯前停下。远远地，我还看见了一艘渡轮在河里航行。那是斯库尔基尔河，它将城市一分为二。接着亨利坐在了床上。

只需要十分钟就能完成我们的窗景之旅。他告诉我伦敦今天美极了。我告诉他他窗外的景色比我的有趣多了。他大笑着说那里其实无聊透了。不过我喜欢美国也只是因为电影里的美国总是让人激动不已。

我听到门咔嗒一声开了。亨利从屏幕上方望了过去。

“嘿，布雷特来了。”他转过屏幕。布雷特是亨利最喜欢的护士。他又高又瘦，梳着巴特·辛普森[①]似的刺猬头。他弯下身

① 巴特·辛普森：美国动画片《辛普森一家》中的角色。

子向我挥了挥手。

“嘿，哥们儿，”他说，“你好吗？”

“我很好，”我说，“你好吗？”

“嗯，我挺好的。抱歉，我必须给这家伙检查身体，让他吃药了。”

“没关系。我也要下线了，亨利。待会儿见。”

我合上电脑。我喜欢跟布雷特聊天，但我讨厌看见针头。格雷格说这是心理原因，我的同理心太强了。这样说有点复杂，简单来说就是每当看见他们给亨利扎针的时候，我就感觉那针好像扎在自己身上。我不知道这是从什么时候开始的，只知道会这样。

亨利是我最好的朋友。他是美国人，住在费城的一所医院里。他的医生认为他患有跟我同样的疾病，或者是我患有跟他同样的疾病，因为他大我三岁，他被困在气泡里的时间也比我多三年。但是亨利也许能出去——不是永远待在外面，只是一小时左右。一位美国宇航局（NASA）的科学家为他量身定做了一套太空服，里面配有轻型氧气瓶。迄今为止，他只在自己的房间里穿过。但是昨天，他们让他穿着太空服走到了走廊尽头。听说技术上好像还有些问题，但我相信亨利很快就可以出去了。我希望我也可以。我希望能出去跟街道上的人同行。他们可能只是去上班，但我想跟他们一起走在阳光下，走在风雨中。我会跟他们聊聊天，而不用担心自己的每一次呼吸都可能导致死亡。我想去公园踢球，给小狗扔飞盘。我从没去过公园，我唯一一次看到狗是在电视上。亨利也没见过狗。不过他曾经在窗外见过一只猫。但我怀疑他是在做梦，他的窗户可是在两百英尺[①]高的高空呢。

九岁的时候，我做过一个梦，梦见医生准备带我飞去见他。我把这个梦告诉了亨利。我俩计划了一下如果有天能见面，我们该做些什么。他会带上《麦登橄榄球13》，我会带上《足球世界13》[②]，然后我们还会一起看看老电影。亨利想看《终结者》，他会带上四部《终结者》。然后我们可以通宵达旦地喝葡萄糖饮料，玩儿音乐。可是他们医院的院长不会允许我们真的这样做。他说去机场的车程就有10英里[③]，更不用说飞机还要飞3000英里。这对我们俩来说既不现实也不安全。所以我们只能用Skype了。

我合上电脑，想象他待在自己的房间里。他的医生也在尝试一些新的治疗方案。他们给他注射了一种叫两性霉素B的东西来治疗真菌感染。如果这对他有效，那么也可能会对我有效。去年他多汗、骨头疼，医生给他补充了额外的维生素D，这让他产生幻觉并且很渴。两周后他们在我身上做了同样的尝试，弄得我头晕目眩、恶心想吐。我开始怀疑也许我和亨利得的不是同一种病，我们只是住在同一种地方罢了。

手机忽然在我身旁响起。我拿起手机，屏幕上显示着贝丝的

---

① 一英尺约为0.3米。

② 《麦登橄榄球13》和《足球世界13》都是体育类游戏。

③ 一英里约为1.6千米。

照片和一条短信。她说她很抱歉，有个作业要完成，五点才能来看我。我告诉她没关系，然后拿起遥控器打开了电视。电视上正在播放新闻头条。电视屏幕上是巨大的坦克和一旁行军的士兵，他们在俄罗斯的某个地方；然后是一架飞机和一张印度洋地图；接着是一个得了癌症的小男孩的照片，他通过在推特上发文募集到了上百万英镑；最后是英国气象图，上面说现在室外 34 度。

我拿起 DVD 的遥控器，看起了《复仇者集结》。这是上周贝丝刚给我买的，我已经看了两遍了，现在是第三遍。她经常给我买 DVD。有次我问她怎么负担得起，她说 DVD 没那么贵，而且有些是跟朋友借的。但她从没将碟片还回去。我真的很爱贝丝。自从爸爸妈妈去世以后，她是唯一一个能来看我的亲人了。

影片看到一半，我的头开始疼了起来，上下眼皮也一直打架。我调低音量闭上眼，听着尖叫声、撞击声和索尔的咆哮声。我感到头晕目眩，腿脚都失去了知觉。

一栋大楼高耸入云，燃烧着冲破黑暗。马路上满是连环相撞的汽车，人们尖叫着四处奔跑，我也跟着他们一起跑。蜘蛛丝还是喷射器？蜘蛛丝还是喷射器？用喷射器更快，用蜘蛛丝荡来荡去更酷。可我是超级英雄，我是来拯救人类的，不是来玩儿的。我按下胸口的按钮，火焰从脚下喷射而出。一辆汽车腾空而起，向我砸了过来。我迅速用双手接住它，轻轻地把它放回地面上。又一辆车飞来，路灯快要倒了，灯下正站着三个小孩。我轻抖手腕，中指和无名指按压掌心。蜘蛛网弹出来裹住了他们，将他们从灯下拉走。忽然一阵隆隆声传来，我抬头发现一幢大楼正朝我坍塌下来。人们在纷飞的金属碎片和混凝土中奔跑尖叫。我想跟他们一起跑，可脚下的柏油马路裂开了，地心深处正在熊熊燃烧。更多的金属碎片，更多的混凝土。我在其间奔跑，妙尔尼尔的力场保护我不受侵害。妙尔尼尔是雷神之锤，但现在它在我手中，我可以保护任何人和任何物。我是蜘蛛侠，雷神索尔和钢铁侠，我是三合一的超级英雄。我得走了！窗台上站着一个浑身是火的人。我启动喷射器，飞向了天空……

我醒来时发现电视一片空白。桌子上放着一杯水和一份银色包装食品。时钟指向 7:50。我扭过头，看见贝丝正坐在我身旁的椅子上。她扯掉耳机。

“拯救星球一定很累吧？”

“你怎么知道的？”

她朝我的床点点头，被单在床尾皱成了一团：“嗯，要不是这个原因，就是你踢了场很棒的足球赛。”说完贝丝便将手放在了我的胳膊上。

“你还好吗？”

我点点头：“嗯，就是今天太安静了。”

她抚着我的胳膊：“你还累吗？”

尽管不想笑，可我还是笑了笑，然后深深地吸了一口气。

“明天还要验血。”我说。

“我知道，摩尔医生给我打电话了。别担心。”

“电视台的人可能来不了了。”

贝丝再次抚我的胳膊。

“我们先看看情况再说。嘿，我有东西要给你。”她俯下身，从身旁拿出一个塑料袋递给我。我从里面拿出一件阿森纳球衣，一件印有倒挂着的蜘蛛侠的T恤，还有一套睡衣。

“谢谢！”我说，“对不起，我总是把血弄到上面。”

“没关系，这种事你也没法控制啊。”

我脱掉上衣，套上蜘蛛侠T恤。贝丝伸出手来帮我整理头发。

“看起来很不错。”她说。我用手捋了捋衣服，棉布紧贴着我的皮肤。在我穿上身之前，蜘蛛侠T恤已经被洗净消毒了，我所有的衣服都是这样。我经常和贝丝一起在网上挑衣服，或者她外出购物的时候拍下衣服的照片发给我。我喜欢自己挑衣服，特别是挑运动鞋。

贝丝深呼吸了一下：“那么，那个新来的护士怎么样？”

我耸耸肩：“我不知道。他不怎么讲话，只是把东西挪来挪去，然后看看飞机。”

贝丝大笑：“也许他希望自己在度假呢。”

“也许他希望自己能逃离这个气泡。”

贝丝似乎笑了笑，然后用手托住头。她的头发散落在脸的一侧，遮住了她面颊上的红色疤痕。我身旁的笔记本电脑里传来了噔噔声。我抬头看时钟，现在是伦敦时间晚上八点，费城时间下午三点。亨利已经等着再次找我聊天了。

笔记本电脑又响了起来。

贝丝告诉我，如果我想跟他聊就聊吧。我告诉她我更想跟她聊天。她笑了。

“好吧，”她说，“跟我说说你今天还做了什么……除了‘拯救星球’和观察新护士看飞机之外。”

我耸耸肩：“我学了什么是共振。”

“真的吗，是什么呀？”

“我想你知道的。”

“我不知道，你告诉我吧。”

我告诉她有两个盒子分别装着两根金属丝，如果你碰了其中一根把它弄响，另一个盒子里的金属丝也会发出同样的声音，哪怕你根本没碰过它。她点点头似乎明白了。

“所以，你是知道的吧？”

“不，”她说，“但我觉得这与保罗跟我讲的关于吉他的发音原理一样。”说完她咬着嘴唇回头看着地面。

“没关系。你可以讲外面的人。”

她笑着站了起来。

“你不是要走了吧？”我感到有些焦虑。

“没有呢，小傻瓜。让开点。”她在我的床上坐下来，用胳膊搂着我。

我拿起遥控器打开电视，不停地换着台。我能感觉到贝丝呼吸时身体的起伏。

“你可以带他来看我，如果你愿意的话。”

“也许我会的。”她说着把手放在了我的头顶。

我换到另一个频道。我觉得她不会带他来的。乔恩是最后一个来这里的，他跟贝丝交往了两个月。我喜欢他，我觉得他也挺喜欢我。但是他来看过我的两周后，贝丝告诉我他们分手了。她说他们一直在争吵，导致她的作业都没能完成。但我怀疑是因为她把所有的时间都用来看我了。

我的笔记本电脑又响了起来。

“他快要失去耐心啦。”她捏了捏我，“去吧，跟他聊聊，我不介意。”

我伸出手去。

嘿，乔。你在做什么呢？　　20:01

困在气泡里。你呢？　　20:01

困在气泡里。　　20:01

贝丝放声大笑，随即躺在枕头上。

视频吗？　　20:02

我打开视频，可眼前只有一片模糊的粉红。我听见了回声，是亨利在笑。他把手指从镜头上拿开，竖起的手指继续对着我。

我也向他竖起手指，然后把摄像头转向贝丝。

“你好，亨利。”她挥挥手。

“你好，贝丝。”亨利也挥挥手。

亨利的房间比我大。他有一个沙发和一个电视休闲区，窗边还有个小桌子，他可以坐在那里吃东西。他说那里如同顶层复式公寓一般，如果活得够久，他或许能接管一整层楼，拥有 360 度无敌费城景观。那样的话，他就能看见康卡斯特中心、自由广场和市政厅了。天气晴朗的时候，应该还能看见费城老鹰队打球呢。

亨利把脸凑近屏幕：“所以你准备干什么，一直盯着我看吗？”

我笑了，切换到对话框。这样我就能一边给他发信息一边跟贝丝聊天了。他是我的朋友，这真是太好了，虽然他好像住在电脑里。

第三章

“乔……乔！”

我感到有只手搭在我的肩膀上。

“乔，你做梦了。”

我睁开眼，发现自己坐在窗边，身旁是格雷格。我的睡衣湿透了，粘在我的皮肤上。我用双臂紧紧地环抱着自己，试图停止颤抖。

格雷格将手搭在我的肩膀上。

“你还好吗，伙计？”

我点点头。他拉着我的左胳膊，带我穿过屋子走到床边坐下。见我冷得直哆嗦，他递过来一件 T 恤。我瞥了监护仪一眼。

心率：98

体温：37.5℃

“没事的，”格雷格说，“控制住了。”

可我的心还在疯狂地跳着，好像马上就要从胸口里蹦出来了。我做梦的时候，心率肯定超过了 100。

“想跟我讲讲吗？”

我穿上T恤，眼睛直愣愣地看着前方。过了好一会儿，才从梦境回到现实。闭上眼睛的时候，可以做许多事，去许多地方。昨天晚上，我和壁虎一起在沙漠里奔跑；前天晚上，我在海里钓金枪鱼；大前天晚上，我逃离了正在喷发的火山。

格雷格向前倾身。“不是必须要告诉我，”他说，“但有时候说出来会好一点儿，不是吗？”

我凝视着屋外的黑暗，耸了耸肩。我的梦可能很可怕，但也很刺激。我喜欢待在梦里的那些地方，我不喜欢的是醒来。

格雷格轻轻地拍了拍我的膝盖。

“来吧，伙计，”他说，“设法睡一会儿吧。”

我躺在床上，格雷格坐在旁边的椅子上。我抬头望着天花板，深深地吸了一口气，心在胸口嘣嘣地跳动。我设法入睡，可脑袋里思绪万千。不管我多么努力地想要保持静止不动，我的腿就是抖个不停，眼皮也一直跳。这都是新药的副作用。它仿佛为了清除感染，在与我体内其他所有药物打架。

我别过头，格雷格坐在黑暗中，单手托着下巴看着我。他朝我微微一笑。我翻身侧躺。

“跟我讲讲其他的小孩吧。告诉我，他们今天都做了什么。”

格雷格笑了：“我跟你说过了，伙计。他们跟你一样……整天不是看电视就是玩儿电脑。”

“但他们肯定还做点儿别的什么吧？”

格雷格跟我讲了他照看的其他病人。他们在别的病房里，和我一样长期住院。目前，我们总共有六个人，我是唯一一个患有重症联合免疫缺陷[①]的病人。这个词念起来太长了，所以医生们都简称为SCID。这个病会让小孩一出生就没有任何免疫系统来抵御疾病，他们会因此病得很重，甚至死去。医生大部分时间都在寻找治疗方法。但是在他们找到之前，孩子们不得不像我一样，待在一个“气泡”里。我得的是超级SCID，是我们国家的唯一一个患者。乍一听好像令人兴奋，事实上并没有。这只是意味着医生还在孜孜不倦地寻找治疗方法，而我恐怕要比其他人在气泡里待得更久。格雷格照看的其他小孩中，有的得了癌症，有的得了退行性疾病。他们都没有我在这儿待得久——他们要么因病去世了，要么痊愈回家了。格雷格把我们都称呼为“伙计”，他从来不叫我们的真名。他只告诉我这些小孩的年纪以及他们所患的疾病。大家都觉得6号病房的小病人命不久矣，他才来两个月，就已经输了两次血，做了一次骨髓移植了。格雷格说他不是很确定，但他觉得这个小孩可能很快就能回家了。接着，他跟我讲了讲8号病房的小病人有多么好笑：在头发都掉光了以后，这名小病人去日间娱乐室拿了些颜料回来，将自己的脑袋染成了红色。现在他在病房里跑来跑去，假装自己是一个斯诺克台球。

格雷格看着我，似乎在等我说些什么。可我满脑子都是那个输了两次血的小孩。我自己输血的次数已经多得数不清了。我很开心他们在弄清我的病之前，先弄清了他的病。他们认为他

① 重症联合免疫缺陷：Severe Combined Immunodeficiency，缩写为SCID。

的病情在好转，很快就能回家跟家人团聚了。我想知道他在病房收拾好行李，回到家再将行李打开时是怎样的感觉。不知道他回家后，没有了监护仪的哔哔声，是否还能睡得着。如果有一天我能离开这里，我不知道自己是否会怀念这哔哔声，毕竟它几乎伴随了我的一生。贝丝告诉我，妈妈刚带我来医院的时候以为我只用在这儿住一两天。我那时只有两个月大。一开始，她以为我只是感冒了，可能是被贝丝传染的。但接下来我的鼻涕流个不停，冷得直打寒战，她给我裹多少层毯子也没用。

我翻身平躺着。

窗外雷声隆隆。格雷格站起来穿过屋子，从百叶窗的缝隙里往外看。

隆隆声再次传来，一道闪电将格雷格的脸照得苍白。

“我能看看吗？”

“很晚了，伙计。”

“求你了！”

格雷格慢慢地摇摇头：“我不知道……”

我目不转睛地看着他，希望他能改变主意。

“来吧，反正我猜你也睡不着。”

他拉起百叶窗。我从床上爬下来站到他的身边。

外面，橙色的路灯和绿色的信号灯闪闪发光。汽车在雨中驶过时，马路看起来仿佛在冒热气。

街道的那一边，人们正在人行道上奔跑，有的把包或者文件夹顶在头上挡雨。一道闪电闪过，大楼暗了下来，人们飞奔着冲过马路。我数到十，隆隆的雷声再次响起。

我摇了摇头。

“怎么了？”

信号灯现在变成了红色，汽车的刹车灯在雨中模糊不清。有的人还在奔跑，有的人则躲在大楼的屋檐下喘口气。

“要是我就不跑。”

“那你就会淋成一个落汤鸡，伙计。”

“我不介意。”

格雷格笑了：“那你会做什么呢？”

我耸耸肩，我的想法似乎很愚蠢。那只是雨啊，再寻常不过了，何况雨又不伤人。如果我在外面，我会一动不动地站着，让雨水淋在我的头上，让雨水从我的头发上滴下来，让雨水浸透我的衣服直至肌肤。我会在外面待上一整夜。到了早晨，我会穿过大街小巷，找到一个有绿树和湖泊的公园。我会躺在草地上，让阳光把我的衣服晒干。

从没有人告诉我雨水和太阳是什么样的。他们尝试过，可却无法用我能感知的方式来描述。我问亨利是否也想过这个问题，他说费城不怎么下雨，而且即便下雨了，他穿着特制的太空服也感觉不到。

格雷格把手搭在我的肩膀上。

“来吧，伙计。”他说，“你该睡觉了。”

我转身离开窗边回到床上。格雷格把百叶窗拉了下来，坐回椅子上。我听见雨水啪嗒啪嗒地打在窗户上，心里想着其他病房的小孩是否也起来看暴风雨了。我想象着我们全都安静地在窗边站成一排，雨水打在玻璃上，走廊里昏黄的灯光照在我们身后。我希望我们能够彼此交谈并指向窗外，因为外面的信号灯变绿了，所有的车辆和人都开始安静缓慢地移动。

我翻了个身，想告诉格雷格我的想法。但已经太晚了，椅子上空荡荡的，我只看见他离开时的黑色轮廓。

第四章

十一岁两个月零二十三天

我坐在床上设法阅读《穿条纹睡衣的男孩》。我的英语老师乔治告诉我这是本好书，既能学英语又能学历史。可是阿米尔正站在窗边看飞机，实在太令人分心了。他已经在那儿待了半小时。他看着飞机着陆，看着飞机起飞，脑袋从左边歪到右边，活像一只正在观察小鸟的猫。

我伸手把笔记本电脑拿了过来，轻轻地打开上盖。亨利晚上给我发了好多信息。

嗨，乔。	04:10
乔？	04:11
你睡了吗？	04:11
肯定睡了。	04:12
啊废话。	04:12
真睡了吗？	04:13

明天见。 04:13

乔? 05:19

只是想跟你聊聊。我睡不着，头也疼腿也疼。

没法让它们消停。

没法集中精神，没法玩儿《铁拳》，没法看书，

没法看电视。所以我想也许可以跟你聊聊。

但你不在，对吗? 05:20

废话。一会儿见。 05:21

现在看着《古墓丽影》呢。 06:22

真希望自己刚才醒着，可以跟他聊聊天。真希望能调调时钟，把我俩的时间变得一样。

亨利，抱歉没有回复你，我刚才在睡觉呢。 10:23

一个阴影笼罩在我的床上。我抬起头发现阿米尔正站在一旁，他一只手拿着一小杯药，另一只手拿着一大杯水。

“你睡懒觉了。”他说话的时候，口罩鼓了起来。

“我做梦了，”我说，“后来暴风雨吵得我睡不着。”

他用手捂住口罩打了个哈欠，眼睛里泛起了泪花。

“你也被吵得睡不着吗?”我问。

“是的，暴风雨很猛烈。”他转向窗户，“不过起码它没阻碍飞机。”

我怀疑他在开玩笑，可他的眼睛黯淡无光，里面没有一丝笑容。我琢磨着要不要告诉他飞机深夜就停飞了。但他花了那么多时间仰望天空，应该是知道的。

他接过我的杯子放在桌子上。我把双脚挪到地上，走进浴室。我听见阿米尔把椅子拉到了浴室门口。我进入淋浴间开始洗澡，检查身体上的瘀青——腿上的两块瘀青散得差不多了，肋骨那里的瘀青已经开始变成黄色。我微微一笑。

“没有新的瘀青！”我大声说。

阿米尔没有回答。

我透过门缝看看他在哪儿，看见了椅子却没看见他的后脑勺。他理应跟我待在一起，他理应守在门边。我向前倾身，瞧见了监护仪，瞧见了窗户，瞧见了阿米尔的手搁在窗台上。他为什么那么安静？他为什么一直看着天空？

接近中午的时候，我正看着电视，医生来抽血了。他们测量了我的体温——37.3 度。摩尔医生看着我的图表嘬了嘬嘴。

“看样子你昨晚很兴奋啊，小伙子。”

“我做了一个梦。”

“这次你是谁？”

“我不知道，”我说，“我还没来得及变身，格雷格就把我叫醒了。”

医生们都笑了，随后问了我瘀青的情况。摩尔医生在我的腿上缠上止血带。腿上的血管开始嘣嘣地跳了起来。我闭上眼睛，等着针扎进来。

“哪个更好，”侯赛因医生问道，“蜘蛛丝还是喷射器？”

“我两个都有，”我说，“不用二选一——哎哟！”

摩尔医生啧了一声。

“抱歉，乔，我在这儿一个都没瞧见呀。”

我想要笑，可摩尔医生正在寻找着我的另一根血管呢，我只能使劲儿地挤挤眼。侯赛因医生看着我墙上小蜘蛛侠倒挂的海报。

“我最喜欢他了。”

“你也看漫画吗？”

“不，但我看过所有的电影。”

我告诉他漫画更好，因为图画会让人有更多的想象空间。

“我同意，”他说，“我要是有时间就好了。”接下来的时间里他一直很沉默，仿佛说错了什么话。但我不介意，我知道事实的确如此。我一天有很多的时间，我只是不知道我的生命还剩下多少天。但这对所有人来讲都一样。

摩尔医生轻轻地拍了拍我的胳膊。

“好了。”他说着把血样递给侯赛因医生。侯赛因医生把那个小瓶子放进了外套口袋。然后摩尔医生把手放在我的头上。

“你的喉咙怎么样了？”

“还可以。”

“不疼了？”

“不疼了。就是有点干，但我会多喝水的。”

“好小伙儿。”他说。

随后他们便走了，我又是孤零零的一个人。

我又给亨利发了条信息。如果他醒了我们可以一起玩儿《足球世界》，但他没有回复。我想也许因为明天是他的大日子。在停车场走来走去会很累的，所以他的护士可能给他服用了什么能够帮助睡眠的东西。

午饭的时候，阿米尔拿了两片华法林给我。我服用的一些药物使我的血液太过黏稠，可能会引发心脏病，而华法林可以防止我的血液凝结。阿米尔递给我一杯水，我把药片吞了下去。他帮我打开食物后便在屋里走来走去，看看监护仪，瞧瞧呼吸机。我打开电视来填补沉默的空白。但是一个戴着口罩的人正在向窗外凝望，这实在太让人分心了。我看了个电视节目，讲述一个人在沙漠中钻井取水。我一直看到阿米尔走了，贝丝来了。

贝丝在我身旁坐了下来。我告诉了她我在桥上的梦，告诉她周围的车子是怎么撞到一起，怎么把我们困在中间动弹不得的。她说这听起来太疯狂了，并问我是否因此感到疲惫。我告诉她，一半是因为梦，一半是因为暴风雨。我告诉她阿米尔还是不说话，她怀疑这是因为他很害羞，或者不擅长和陌生人打交道。

她走了以后，亨利发来了信息，他刚刚正在看《敢死队》。我们一起玩儿《铁拳》，直到我累了。随后阿米尔进来打扫卫生，我换上了睡觉穿的衣服。今天很开心见到了贝丝，还跟亨利聊了会儿天。但除此之外，并不是很愉快的一天。

我走出浴室，阿米尔又在窗边仰望天空。我想起了贝丝说他也许是害羞。我觉得我喜欢听别人讲话并不意味着他必须喜欢讲话。我向床走去。他看了我一眼，随即伸出了胳膊。

“过来。”他说。

我停下脚步。

“怎么了？”

他微微一笑：“过来看啊。”

我走到窗边，站在他身旁。屋外的天空开始渐渐变红，街道上满是黑色的影子。阿米尔正望着葡萄适大楼。飞机从那里飞进飞出，机翼下方的灯一闪一闪的。他转过身瞪大着眼睛看着我。

“你相信有外星人吗？”

“什么？”阿米尔有点古怪。

“你相信有外星人吗？”

“我……我不知道。”

阿米尔的眼睛睁得大大的。仿佛我盯着他的眼睛越久，它们就越大。

“我相信的。”他说，“农民那么忙，根本没空去画麦田怪圈。”

我咬了咬嘴唇。他来了三天，一句话都没跟我说。现在开口的第一句居然是关于外星人的。

“我不太确定。”我说。

阿米尔站直了身子，挠挠头。“但我以为你相信的，”他说，“我见过你看窗外的飞机，还看电视上的飞机，新闻里的马航。”

我摇摇头：“可是它刚刚坠毁了。”

“没有坠毁。只是消失了。透着黑暗、神秘、邪恶，可能是外星人干的。”

他凝视着窗外，仿佛随时会有飞机飞过。“还有件事，”他转过身对我说，“俄罗斯那个，克里米亚事件。如果这事发生在六十年前，早就开战了。你知道为什么没有吗？”

我张口想要说话，可就算我知道该说些什么，也说不出口。阿米尔慢慢地点点头。“因为外星人，”他说，“我们应该永不干涉火星。”

我的心在胸口剧烈地跳动着。我从窗边慌忙后退。

“你去哪儿？”

“呃……厕所！”

“厕所？你不能去啊。”他说。

“为什么不能去？”

“你会错过他们登陆的。”他指着窗外。

我从床上拿起笔记本电脑，藏在身后。阿米尔转过身子。“你快点儿，”他说，“他们的速度比光还快。”

“好的。”我回答道，并没有提及如果他们比光还快，那我怎么也不可能看得见。我倒退着进了浴室。“我……我马上回来。”我关上门。阿米尔疯了，他精神错乱了。但医院是不会雇用一个疯子的。他们肯定面试过他，查验了他的资格证。但也许他根本没见过他们？也许他不是从印度来的，他可能是乘坐外星飞船来的，然后趁着深夜溜进了这里。我双手抱头，不知道该怎么办，但我肯定不能回到那儿去。我必须找人聊聊。

贝丝在工作，格雷格又联系不上。我坐在马桶圈上，打开笔记本电脑。

亨利！	19:00
嗨，乔。在干吗呢？	19:00
出事了。	19:00
白细胞低吗？别担心，他们会输血的。	19:01
不是，结果还没出来。	19:01
那是什么？	19:02
我的护士很古怪。	19:02
怎么说？	19:02
他相信有外星人!!!!!!!!!!!!!!!	19:03
噢，酷！	19:04
但是……	19:04
他会瞬移吗？	19:04
什么？	19:05
他会瞬移吗？也许他能把你弄来我这儿。	19:05
我是认真的！	19:06
我也是。	19:06
亨利，我没开玩笑！	19:06
对不起。他都说了些什么？	19:07
他话不多。	
只是一整天都站在窗边看飞机。	19:07

太古怪了。 19:07

这就是我想说的。我很害怕。 19:08

告诉贝丝。 19:08

她在工作。 19:09

告诉格雷格。 19:09

我不知道他在哪儿。他迟到了。 19:09

也许外星人把他抓走了！ 19:09

这一点儿都不好笑。他就在外面。 19:10

外面？你在哪儿？ 19:11

躲在厕所里。 19:12

噢，惨！哈。 19:12

“乔？”阿米尔敲了敲门，吓了我一跳，“你还好吗？”

“我……我在洗着呢。”

“好的，我就在这儿等着。”

他们飞船上有厕所吗？ 19:13

这一点儿都不好笑。 19:14

也许是一个黑洞！ 19:14

听到咔嗒一声，我抬起头，过渡区传来人们的说话声。我努力地听着，想要分辨出他们在说些什么。其中一个声音听起来像是格雷格，另一个声音太轻了，我几乎听不清，但那一定是阿米尔。我希望他们能停止交谈，格雷格能赶紧进来，这样我就可以告诉他发生了什么事。

我回到房间，坐在床上。

乔，你还在吗？	19:16

门咔嗒一声开了。我等待着格雷格四处张望的笑脸，等来的却是一只白色的运动鞋和门框上一只棕色的手。

我得下了！	19:17
为什么？	19:17
他回来了！	19:18
从另一个星系？	19:18

我把手搭在笔记本电脑的盖子上将它合上。我不敢相信亨利觉得这是个笑话，但也许是我没解释清楚。我们并不是一直都能相互理解的。有时候我觉得是因为打字导致聊天的内容很难弄明白，有时候我觉得是因为我们来自不同的国家。

阿米尔走进房间，慢慢地关上身后的门。我看了看时钟，心想着格雷格为什么没进来——换班时间是七点，他理应半小时前就上班了。阿米尔站在我的床尾。

“格雷格呢？”我问

阿米尔摇摇头。

"他很忙，一会儿就来。"

"但他每次都是先检查我再检查别人的！"

阿米尔没有说实话。格雷格每次都进来的。

我听到一声叹息。阿米尔站在窗边，双手放在窗台上。他向前倾身，头靠着玻璃窗。除了空调的风声和机器的嗡鸣声之外，万籁俱寂。一阵低沉的嗡嗡声传来，我瞥了监护仪一眼。它们从未发出过这种声音。嗡嗡声越来越大。我朝窗户望去，阿米尔向前倾着身子。是他发出的声音！他在干什么？我往床的一侧弯下腰，想要看清他的脸。

当他发现我在看他时，就停下了。

"头疼，"他说，"我太累了。你应该试试这个。"

"呃……我挺好的。"

"不，你要试试，这比药好。你吃太多药了。"

"这些药让我活下来了。"

阿米尔笑了："我知道，我的意思是或许你可以尝试一些新的方法。"

"比如哼唱。"

"是的，比如哼唱。"

我等着他再多说一点，但他皱着脸好像很痛苦。接着他转过身继续哼唱起来。我在床上躺了下来。阿米尔说得对，药物不总是有效。但除此之外，我别无他法。我必须相信医生，是他们让我活了十一年。阿米尔再次将头抵着玻璃窗，摇头晃脑地大声哼唱。我将头枕在枕头上。如果能好起来，我什么都愿意尝试。我会尝试任何新药，哪怕它们有时会让我恶心想吐。但是哼唱？我不觉得这会有效。再说，一个相信外星人的护士又懂什么呢？

我扭头望向窗户，看着鸽子在外面盘旋。

格雷格进来的时候我正躺在床上。我的头很痛。尽管喝了很多水，喉咙也还是很痛。格雷格四处走动，检查我的监护仪，抄写各种数据。他说他很抱歉，有点儿手忙脚乱。今天有个得白血病的小孩住进来，他必须帮他在病房安顿下来。我问他能不能待上一分钟，我有很重要的事情要告诉他，不会花费他太多时间的。

“你应该告诉医生。”格雷格说。

“不，我不能。我不能跟他们讲这种事。”

格雷格看了看他的手表。

“也许过一两小时吧，伙计。你能等一等吗？过一会儿，应该就没那么忙了。”

我张开嘴，想现在就告诉他。可他实在太忙了，我还没来得及叫他的名字，他半个身子就已经在门外了。

我决定给贝丝发短信，她会知道该怎么做。我刚开始打字，又把手机放下。她已经很担心我了，况且我也不确定她是否会相信我。她很有可能会说这一切都是我的想象力在作祟。

我打开笔记本电脑——四条来自亨利的信息。

你在哪儿？ 19:51

乔？	19:53
你被外星人绑架了吗？	20:01
开玩笑的！	20:23

格雷格回来的时候已经几近午夜，他站在我的床尾小声地问我是否还醒着。我告诉他我还醒着，即便想睡也睡不着。他说他现在有几分钟空闲，但我觉得告诉他一切可能需要更长的时间。

格雷格在我床边的椅子上坐下来。我翻过身看着他。他打了个哈欠，撩开眼前的头发。

“对不起，伙计，”他说，“我累坏了，都快忙疯了。”

“他还好吗？”

“你说谁，伙计？”

“那个新来的。”

“噢，他现在挺好的。他爸妈陪着他呢。他们今晚也住在这里。”

“那个台球小子怎么样了？”

“嗯，他也挺好的。只是对药物有些不良反应，就像你有时候一样。”

“那他还好吧？”

“是的，他只是以两倍的速度东奔西跑了一会儿。嘿，你真爱管闲事！”

我放声大笑，但我不确定是否该笑。我很清楚药物出了岔子是什么感觉。我已经经历了太多次。那个时候，整个世界都慢了下来，而我的心却以两倍速度跳着。

我低头看着我的床。

“嘿，伙计。”格雷格拍了拍我的胳膊，“我说了他很好……你说有事要告诉我。是什么事？”

“没什么。”

“别这样，快点，告诉我。”

我微微一笑。现在谈论这件事有些不合时宜，毕竟我刚刚才得知了其他小孩的情况和他们遇到的麻烦事。或许我担心的都是无稽之谈，况且格雷格看起来也疲惫不堪。可我望向窗户，想象着阿米尔站在那里等外星人。我必须现在就告诉格雷格，否则我永远都睡不着了。

“是那个新来的护士。”我说。

“阿米尔？”

我点点头。

“怎么了？你不喜欢他吗？”

“还可以。”

“那是什么问题呢？”

“……我觉得他可能发疯了。”

格雷格向前探身，拨弄着我的头发：“我们都一样，伙计。因为我们得在这儿工作。”

“不，这不一样。他相信有外星人……”

“但那没关系的，不是吗？很多人都信啊。”

“也许吧，可他们不会一天到晚都看着窗外等外星人登陆啊。”

格雷格大笑起来：“嘿，乔……你看太多电影了。”

我从床上坐起来：“不，我觉得他是真的疯狂得精神错乱了。他也有很严重的头痛。”

“嘿，放轻松。”格雷格把手搭在我的肩膀上。

我深呼吸一口气。

“会没事的，伙计，别担心。我会跟他谈一谈。也许他只是在胡闹，也许他不知道怎么跟你这个年纪的小孩交谈。”

我点点头，又深深地吸了一口气。想着阿米尔是个神秘的疯子，我心跳加速。

格雷格瞥了眼时钟。

“你必须要走了吗？”

他摇摇头。

“不，我们还有五分钟。你跟其他人讲过了吗？”

“只跟亨利说了。他觉得我被绑架了。”

格雷格大笑着摸了摸我的头。

“一切都会好起来的，伙计，我保证。他看起来是个好人。如果真的有外星人的话，他们不需要机场来着陆。而且我不相信他们会来见阿米尔。”

我大笑起来。

“感觉好点儿了吗？”

“嗯。”

“好小伙儿。”格雷格站起身来，“嘿，听着，我明天不能见你了，这周轮到我休三天了。不过我一回来就来看你。”

我点点头。我早就知道他的轮班已经快结束了。我像往常一样数着日子呢。

我问他休假的时候准备做些什么。他说他会跟女朋友去见她父母。他们住在马尔盖特的一栋小房子里。那里的窗户十分老旧，一到晚上就咯咯作响，吵得他睡不着觉。我问他是否喜欢去那儿。他说还可以，他和凯蒂会睡在阁楼上。在那里，他只要踮踮脚尖就能望到窗外瞥见大海。

“凯蒂也能看见吗？”

“能的，但我得把她举起来。”

他笑了，我也笑了。

“她个子很小吗？”

“是的，伙计。她比你高不了多少。”

“她人好吗？”

“当然。”

“你爱她吗？”

“爱。”

“你会跟她结婚吗？”

“可能吧。”

“哪怕她不喜欢足球？”

格雷格大笑：“嘿，伙计。我跟你说得太多了。”

我笑了：“放心，我不会告诉别人的。”

我觉得他要说些别的什么，但他只是长久地注视着我，然后低头看着手腕，慢慢地拉回衣袖。

“我知道，”我说，“你真的得走了。”

“恐怕是的，伙计。但只是三天而已。”他摸着我的头说，“嘿，拍电视台的纪录片的时候，一定要上镜一点。”

“我可以去拍摄了吗？”那一瞬间我已然忘记了外星人，内心激动无比。

“如果你感觉良好的话。摩尔医生明天会再给你做个检查。”他注意到了我脸上灿烂的笑容，“哈，这让你振作起来了嘛！那么你现在好了吧？”

我点点头，钻进被窝里，我听着格雷格的脚步声走向门边。门咔嗒一声开了，他走了，门关了。我躺在黑暗中，想着他早上去找阿米尔谈话。当他们谈完，一切都会好起来的。尤其是现在电视台的人要来了。我想着格雷格离开医院——或许如果我醒着，我就会爬起来看他骑车到大路上。我真希望我告诉了他我会这么做，这样他就会在公交车站停下来向我挥手。我真希望我能给他发短信，但是已经太晚了。我拿起笔记本电脑。亨利之前可能有点儿烦人，但我还是想要为他的明日之行送上祝福。

嗨，亨利。	00:06
嗨，乔。	00:06
你在干什么呢？	00:07

困在气泡里。你呢？ 00:07

困在气泡里。 00:07

不会太久了。 00:07

你盼望着出去吗？ 00:08

嗯……有点儿紧张。 00:08

你会没事的。 00:08

你这么觉得？ 00:08

嗯。今天去停车场，明天走向世界！！！ 00:08

哈。你还好吗？ 00:08

嗯，有点儿累。准备睡了。 00:09

等我从外面回来了我们再聊。明早我会忙着穿太空服，没空发信息。 00:09

好的。 00:09

嘿，乔！ 00:09

嗯？ 00:10

外星人的事怎么样了？ 00:10

我告诉格雷格了。 00:10

那你好点儿了吧？ 00:10

是的！现在真的很累了。 00:11

好的…… 00:11

晚安。 00:11

晚安。 00:11

第五章

十一岁两个月零二十四天

七点钟的时候阿米尔走进我的房间。我眯着眼睛看着他走到窗前，他拉起了百叶窗。我等着他向右看，那里是飞机飞行的方向。但他只是站在那儿看着自己的鞋子。突然什么东西弄得我的脚痒痒的，我想挠却又不敢动，怕被他发现我醒着。真希望格雷格叮嘱了阿米尔，让他在我身边的时候理智点儿。

空调嘀了一声。阿米尔抬起头看着空调百叶摆动着将洁净的空气吹送到房间各处。我用脚后跟蹭了蹭脚底。阿米尔转过头来看着我，他现在知道我醒了。我不知道是该开口讲话还是该静止不语。他走过我的床尾，打开衣柜，从里面拿出一套衣服放在我身旁的椅子上。我紧紧地闭着眼睛，一动不动地躺着，等他离开。可他的影子却笼罩在我上方。

“你告诉他了。”

我抬起头，只见阿米尔的眼中泛起涟漪。

“你告诉格雷格外星人的事了。”

我撑着手肘坐了起来。

“对不起，”我说，“我太害怕了。”

“你不应该怕外星人的。”

“我没有。”

“那你是怕我吗？”

“……有一点儿。”

阿米尔用手捂住胸口，他突然看起来十分难过和担忧。

“对不起，”他说，“我不想让你感到害怕的。我只是想也许我们能成为朋友。反正，超级英雄不应该害怕外星人！”他看着我，然后看着墙上所有的海报。

我笑了。也许他只是有一丁点儿疯。

“那么我们能成为朋友咯？”

“当然。”

他伸出手。“没关系，”他说，“手干净。”

我握了握他的手。他在房间里四处张望，好像丢了什么东西似的。

“怎么了？”

“我在想……你在这里没事做。”他的目光依次扫视着屋角的电源插座、电视、窗户，最后回到我身上。

“我跟你说。现在你是我朋友了，我要给咱俩弄个天空电视。”

“你说什么？”

“你要天空电视吗？可以有好多频道和电影。现在你只有

47 个台，我给你弄 607 个。”

“但我没有钱，而且会被别人发现的。”

“没关系，”他说，“那个卫星锅不大，我可以把我家电视智能卡带来。我们可以看足球赛。你支持哪支球队？”

“阿森纳。”

“巧了，我也是！”他说。

我坐起来，脑袋晕乎乎的。我靠在枕头上，等待晕眩停止。

阿米尔好像没注意到。他目光炯炯，眼中的忧虑早已消失殆尽。我不明白人怎么可以前一秒还愁云惨淡，下一秒就喜笑颜开了。他从椅子上跳了起来，走到床尾去查看电视机后面的电线。我想了想所有我能看的频道。我将会有很多频道可以看，不用因为没什么可看而早早睡觉了。我可以熬夜和亨利看同样的电影，贝丝也不必再把所有的钱都拿来给我买 DVD 了。

阿米尔大声地说着什么。

“你说什么？”

他查看着电视上方。

“你在这儿待了多久了？”

“一辈子。”我说。

“你的一辈子？”

“差不多。他们没告诉你吗？”

“太可怕了。你一辈子都待在这儿，他们竟然都没给你装天空电视？”

我哈哈大笑，阿米尔对我微微一笑。在担惊受怕了这么久之后，我突然很想放声大笑。阿米尔着实令人摸不着头脑，也许他不是真人。我环视整个屋子，寻找隐藏的摄像机，等待着阿米尔卸下伪装，暴露自己的名人身份。

阿米尔走到窗边，头抵着窗户，努力地向上瞅着医院的屋顶。

“我们可以把锅装在上面。”他一只手扶着墙壁说。

我把双腿移过来放下床。

“那外星人怎么办？”

“他们不需要卫星锅。”

“不，”我说，“我的意思是，如果你看电视的话就看不了外星人了。”

“没关系。我们同时留意他们就行了。”

我错了。他绝对是疯了。

我看了看时间。半小时之内医生就会来，而我还没有洗澡。我把双脚踩在地板上，脑袋还是晕乎乎的，但比昨天好多了。我必须在医生到来之前让自己感觉好一点儿，我可不想错过纪录片拍摄团队。我拾起衣服走进浴室。阿米尔把椅子拖到门口。洗澡的时候我一直听到他在外面讲话。他告诉我他的哥哥会来装卫星锅，他会在锅的边缘缠上电线防止鸽子站在上面破坏信号。他说这类事情他哥哥很在行。

我又检查了自己的身体——没有新的肿块，也没有新的瘀青。接着，我意识到电视计划无法实施。

“阿米尔！”我大声喊道，“行不通的，他们不会让他进来的。”

他没有回答，于是我又大声地喊了一次，仍旧没有任何回应。我擦干身子，穿上衣服。

“阿米尔——”

我停下来。房间里鸦雀无声。阿米尔站在窗边，摩尔医生和侯赛因医生来了，他们站在监护仪旁。摩尔医生将笔记本紧紧地抱在胸前，侯赛因医生抿嘴而笑。我知道那种笑容是什么意思。我坐在床边。

“没关系，”我说，“白细胞低吗？”

摩尔医生点点头。

“是的，白细胞低。”

“我必须得输血了吗？”

“不，我们计划先观察一段时间，看看情况再说。你没有觉得很累或者嗓子很痛？”

“没有。”我直视着前方，希望他们没有看出来我在撒谎。

摩尔医生在我身边坐下，床垫沉了下去。

“乔，”他说，“还有别的，血小板里的某些物质导致了你的贫血。”

我抬起头。阿米尔的眼睛依旧明亮。我不知道他是否发现关于喉咙的事我撒谎了。他转身望向窗外。

我目送着医生离开病房，很开心自己不用输血。每当他们抽走旧的血液再输入新的血液时，我又疼又晕，难受极了。我讨厌那种感觉。但输血能提高我的白细胞数量，帮助我抵御感染，使我更加强壮。然而输血之后，我得躺一整天。到那时纪录片拍摄团队早就走了。那么贫血呢？贫血就是我的血液里缺少足够的铁。真的有这么严重吗？也许他们让我拍纪录片就是因为这可能是我做的最后一件事了。也许他们觉得我快要死了。关于死亡，我想了很多。我的心脏每跳动一次，监护仪就发出哔的一声，这很难不让人联想到死亡。我永远永远都不想要这声音停止。我在这里可能没什么用处，我可能也出不去，但我有格雷格，我有贝丝。我会想念他们，我知道他们也会想念我。我宁可一辈子都生活在气泡里也不愿死去。就连能够出生这件事本身都是很酷的。我和亨利都是这么认为的。

阿米尔转身离开窗户。房间里静悄悄的，我只听得见我们的呼吸声和外面的电钻声。我不知道阿米尔是否知道什么是贫血。也许他知道，所以才费尽心思想要给我弄个天空电视。也许他计划让我在死之前看遍世界上所有的电视节目和电影。他紧张地对我微微一笑，拿起了遥控器。电视闪了一下打开了。

“啊，太好了。《倒计时》[①]！你喜欢看吗？”

“不喜欢，”我说，“那是老年人看的。”

阿米尔假装露出生气的表情：“我老婆会录下来，每天晚上等我回家一起看！”

我叹了口气。阿米尔绕到我这边。

“怎么了？我让你心烦了吗，乔？”

---

① 《倒计时》：英国老牌智力竞赛节目。主持人随机给出一些元音字母和辅音字母，能拼出最长的单词者取胜。

我不想告诉他我在想什么。

“没什么。我只是电视看腻了。我们聊聊天可以吗？”

“聊天？我们现在有 607 个频道，你却想聊天？”他轻轻地戳了戳我的上臂，力度还不至于让我产生瘀青。

“我开玩笑呢。”他把电视声音关小，“我也想聊天。你想聊些什么？”他在我身边坐了下来。

我看着电视，一个漂亮的女人正从板子上摘下字母。我迅速地瞥了阿米尔一眼。我想聊天但却不知如何开始。我环视房间、监护仪、窗户和我的笔记本电脑。指针在巨大的时钟上随着电视上的秒数不停地走着。五秒钟过去了，马上十秒了。阿米尔啪的一掌拍在我的床上。

“无足蜥蜴（blindworm）！”他大喊道。

我吓了一跳。噢，不，他又疯癫起来了。我慢慢地向床的另一边移动。

“对不起，我没想吓你。”他朝电视点点头，“无足蜥蜴，我猜对了，你等着瞧吧。”

噢，他说的是电视节目。我回头看着电视。《倒计时》的时钟依旧嘀嗒走着。阿米尔调大音量，歪着脑袋似乎在思考。

“生来狂野（born wild）。”电视里一个银色头发的眼镜男说道。

阿米尔笑了：“这样不行！有两个词语了。”

另一个黑头发的男人打开字典，然后摇了摇头。眼镜男低头看着他的平板。他身旁，一位女士假笑着。

“我想到了‘猫头鹰’（owl）。”她说。

“猫头鹰，”阿米尔说，“才三个字母，我的小孩都做得到。”

“最长的词是‘无足蜥蜴’。”拿着字典的男人说道。

“哈！你瞧!！”

阿米尔大概是个疯子也是个天才。酷。

“哇，你每次都能猜到吗？”

“是的，”他说，“只要别超过六个辅音，要不就很难了。比魔方还难。我二十三秒就能把魔方还原，我表演给你看，你有魔方吗？”

“没有。我觉得它们可能不太卫生。”

“没事，我们还是看飞机好了。”他关掉电视走到窗前。我眨眨眼睛，摇了摇头。阿米尔的语速太快，让我有些头晕目眩。

“来吧。”他向我招手示意。

我站起来走到窗边。有那么一会儿，我们沉默不语。我看着路上行人和来往的车辆，阿米尔看着飞机。

马路上，穿着橙色夹克的人还在钻孔。他们每天都更近一点儿，可仍旧慢得像蜗牛。我抬头看着对面的屋顶。那个穿着连体工作服的男人穿行在银管和黑杆之间。鸽子正拍动着翅膀，上蹦下跳地撞击着笼子。那个男人弯下腰打开一个鸽笼，把手伸了进去。鸽子快速地拍打着翅膀。我真希望它们能从他的胳膊旁挤出笼子。我真希望它们能逃离他的掌心，远走高飞。

那个男人抓住一只鸽子，割开了它的喉咙。我别过脸去。贝丝说得对，这很糟糕。这样死去对它们一点儿都不公平。

阿米尔向前倾身，前额抵着玻璃窗左右摇晃。他停下来，用眼角的余光看着我。

“你真的应该试试这个。”他开始哼唱。

“为什么？”

“试试呗，就像吹口哨一样。可以把坏东西带走。”

穿着连体工作服的男人穿过屋顶向门口走去。我将双手撑在窗台上，慢慢地向前倾身，直到我的额头碰到了玻璃窗。室外的寒冷渗了进来，让我的皮肤变得凉爽。我开始轻声地哼唱着。我不知道它是否能带走我的坏东西，但它让我的头感觉轻飘飘的。

“不错吧？”阿米尔问道。

我闭上眼睛，仿佛感到自己的血液循环慢了下来。血慢慢地流经我的胳膊和腿，它流得越来越慢，最终停了下来。只有脑袋还能感受到血液的流动。

“是的，很不错。”

“别担心。”阿米尔停止摇晃，低头看着街上，再望向我。他长久地注视着我，仿佛要看穿我的心。

“我知道你在担心什么。”他低声说。

“你知道？”我不知道他是不是个拥有超能力的疯子天才。

他轻轻地敲了敲脑袋：“一切都会好起来的。”

“会吗？”这句话从他嘴里讲出来感觉好像真的一样。而当医生这么讲的时候，就完全不是这么回事儿。

阿米尔缓慢地点着头："当然。我哥哥有个很长的梯子，可以伸到这里。"

他的想法又把我们弹回了安装电视的话题上。他真的很古怪，但我开始喜欢他了。

阿米尔笑了。

我也笑了。

我们一起哼唱起来。

第六章

十一岁两个月零二十五天

第二天早上我醒来时，视线一片模糊，头也疼得厉害。电钻声更近了，可我觉得不是这个原因。仿佛有人掀开我的天灵盖，倒了一碗滚烫的燕麦粥进去。萨拉一直在电脑里呼叫我，但我今天不想学习声波。尤其是当我知道电视台的人就在外面的时候，就更没心情学习了。屋外传来了笑声。我认出了格雷厄姆的声音，他正在过渡区换衣服。格雷厄姆就是做纪录片的那个人。我两岁的时候他拍了第一部。自那时起，我们一起连续拍了九部。我等不及了——并不是因为我想上电视，而是因为我单调平凡的日子里终于要发生点儿新鲜事了。

我走进浴室，将冷水泼在脸上，可还是感到有些晕眩。我摇了摇头，设法把脑袋里的燕麦粥清除出去，但却徒劳无功。门外的声音弱了下来。我走到门边听见夏洛特·R 正在说话。

"我不知道。"她说，"我不太确定。他们跟我说你们必须改期。"

我听见了水流声和喷洒消毒剂的声音。我把耳朵贴在门上。

“改期？”格雷厄姆说，“不，我们没有收到任何消息。今天是最后一天了。我们想和乔一起度过。”

“但是——摩尔医生说——”

“那你想核实一下吗？”

通向走廊的门咔嗒一声开了。我听见了脚步声。门关上了。格雷厄姆和一个我不认识的人在过渡区讲话。

“全部都要喷消毒剂，”格雷厄姆说，“摄影机、三脚架、麦克风。”

“全部？”

我听见金属刮擦着地面的声音，还有喷洒抗菌液的嗞嗞声。

“她在说什么呢，改期？关键是这些节目是关于生命和死亡的。”

“我明白。我觉得她只是在做自己的工作罢了。”

“大卫，他们应该知道这不光是关于存活和康复的。不能因为有人死了就停止拍摄。”

他们停止了交谈。

死了？他们不可能是在说我，对吗？我要死了吗？有时候，真的很难讲。我的白细胞回升了。但我可能有点头疼，我也知道自己头晕，可我感觉比三天前好多了。而且从那之后，我也再没流过鼻血。不，我觉得不是我。可能是其他人，这里一直有小孩死去。他们可能说的是那个把脑袋涂成斯诺克台球的小男孩，但我觉得他在好转。可能是那个假装自己是匹马，总在追逐他的小女孩。也有可能是整天都在阅读《饥饿游戏》的那个男孩。可能是他们中的任何一个人。但不管是谁，我都感到十分难过。

走廊的门咔嗒一声开了。

“对不起，”夏洛特说，“他不接传呼机。”

“不如我们先开始拍摄，然后看看情况再说？”

“好吧。但我要待在里面。如果拍摄任务太繁重的话——”

“我们就停止。当然。”

“好吧。”

“……一切就绪，大卫。”

我回到床上。

门滑开了。夏洛特走了进来，身后跟着一个穿着白色罩衫的年轻男子。他一手拿着摄影机，一手拎着一个银色的箱子。他向我点点头，然后轻轻地将箱子放在地上，慢慢地环视整个房间，仿佛他刚登陆火星似的。夏洛特向我走了过来。

“我跟他们说了我要在这儿待一会儿，好吗？”

我笑了笑。

“一旦拍摄任务太繁重了，要立马告诉我。”

“不会的。”我说。

夏洛特摇了摇头。“我知道你想拍，但是如果你感到不舒服了要告诉我。”

“我会的。”但我心里可不这么想。

她走到浴室外面的椅子处坐下。我刚听到敲门声就看见格雷厄姆走了进来。他的手上拿着三脚架，脸上挂着大大的笑容。

“嘿，他在这儿呢！你好吗，小伙子？”

我笑了，感觉心里暖暖的，格雷厄姆让我觉得自己很特别。单是听见他的声音，就让我觉得自己是地球上最重要的男孩儿。我从床上坐了起来。

“我以为你不会来了！”我说。

格雷厄姆将三脚架靠在墙上：“绝对不会错过的。我们可不是每天都能拍到真正的超级英雄。”他走过来摸了摸我的头，仿佛是我最好的朋友。他不是我最好的朋友，但他是我认识最久的人。去年，他以为是最后一次拍摄这个节目了。英国广播公司（BBC）告诉他，他们准备削减他的经费，不能做系列纪录片，只能做一小时的节目。可是当四百万人在电视上看我时，他们决定让格雷厄姆继续拍摄。格雷厄姆说我很有名，每天都有人问他我怎么样了。但我并不觉得自己多么出名。每一集播出以后，格雷厄姆就会把观众发来的邮件转发给我，但那些邮件往往只会持续几星期而已。

格雷厄姆坐在我床边。

“那么，你好吗，乔？”

我的脑袋开始跳着跳着疼。我低下头，希望脑袋会清醒一点儿。格雷厄姆轻轻地捏了捏我的肩膀。

“嘿，”他说，“去年那个活力四射的小伙子去哪儿了，嗯？”

“去补给喷射器和蛛丝发射器了。”我指了指身上的蜘蛛侠

T恤。

格雷厄姆大笑。“或许该换件大点儿的蜘蛛服了。”他说，“你个头大点儿了。”

“没有绿巨人大。”

“对，还没有那么大。”

我的头又晕了起来。我闭上眼。

夏洛特站起来走到我身旁：“如果觉得不舒服的话就不应该拍了。”

“不，我想拍。我只是有点儿困。”

“我的小孩像你这么大的时候也一样，”格雷厄姆说，“早上太困起不来。就算勉强爬起来了，也会一整天都穿着睡衣玩儿手机。”

我咧嘴而笑：“我一直都这样。”

格雷厄姆大笑。“嗯，我敢肯定你一定是这样的。你们都一样。听我说，”他对夏洛特说，“我觉得乔已经长大了，可以自己拿主意了。”

夏洛特咬了咬嘴唇。她是个好人，我不想让她惹上麻烦。

“我要是不舒服了就告诉你。这个拍摄我已经期待了好久，不能因为自己困了就停下来。”

“你能保证你会告诉我吗？”

“能。”

夏洛特朝我和格雷厄姆点点头。

“好吧，”她说，“我们先看看情况再说。”说完她又回到自己的椅子上。

格雷厄姆咧着嘴对我笑了："好小伙儿。"他又摸了摸我的头。我突然感觉身体好点儿了，不知道是因为他使我开心起来了，还是因为准备要拍摄了。格雷厄姆见我盯着摄影师看。

"啊，忘了介绍新摄影师。大卫，这是乔。乔，这是大卫。"新摄影师大卫将视线从取景器挪开，向我挥了挥手。我也向他挥了挥手。新摄影师大卫继续看着镜头，摇摄整个房间。

"我看到他们给你弄了张沙发，乔，"格雷厄姆说，"……还有个新电视。"

"我还有天空电视呢。"

"什么？我们可不能让你看比赛啊。"格雷厄姆的神情突然严肃起来，接着又笑逐颜开。他跟上次我见到他时有些不同。他仍旧友好如初，但是他的头发比去年白了不少，他的脸也晒黑了，似乎刚刚度假回来。在他的衬托下，我感觉自己的脸白得几近透明！他长久地注视着我，好像在等我开口。可我想不出要说些什么。格雷厄姆朝西奥·沃尔科特的海报点了点头。

"那么，你们终于夺冠了。"

"是的。可是他没有上场，他受伤了。"

"他总是受伤。"

我想再多说点儿，但却不能。我一年只能见格雷厄姆一回，我好像得重新认识他一遍。

"我说，不如我们一起看看 DVD 吧，回顾一下我们进行到哪儿了。"他站起来，从那个银色的箱子里拿出一张 DVD 放入播放机。新摄影师大卫向窗边移动。

“开始吧。”格雷厄姆把遥控器递给我，随即在我身边坐了下来。

我按下播放键。

《气泡男孩精华集锦》几个字浮现在屏幕上。我们一起观看了我的人生片段剪辑：我穿着蜘蛛侠的衣服跟爸爸妈妈坐在一起过生日。爸爸妈妈在跟格雷厄姆聊天。妈妈微笑着，爸爸看起来有些担忧。我假装在床上骑一辆四轮摩托。我坐在床上。因为骨髓移植后的化疗，我的头发全都掉光了。骨髓移植失败了，贝丝在哭，我也在哭，我们紧紧地相互拥抱着。爸爸妈妈的照片出现在报纸头版。医生看着我的记录表，格雷厄姆在跟医生讲话。接着，镜头拉近，格雷厄姆年复一年地问我同样的问题：

“住在气泡里是什么感觉？”

“挺好的，我几乎没怎么注意到。”

“住在气泡里是什么感觉？”

“还行吧，能让我上电视。”

“住在气泡里是什么感觉？”

“糟糕透了。我想逃走。”

更多的图像闪现在我眼前，我感到心率加快了。我瞥了监护仪一眼，心跳得更快了。

格雷厄姆微笑着，格雷厄姆仍旧微笑着，格雷厄姆在摄影机镜头里讲话——

“这是一个非凡男孩的非凡生活。现实生活中的超级英雄。”

格雷厄姆按下弹出键。大卫将摄像头对准我，镜头拉近的时候呼呼作响。我看看地面，又看看窗外。现在该我说话了，可压力让我喉头紧锁，我不知道该说些什么。人生的精彩片段只有十分钟，我还能说些什么？医院里其他小孩的精彩片段一定很长。他们的父母会拍他们在公园骑车、荡秋千、坐滑索、蹦蹦床。而这些可能只是平常一天的内容而已。他们有许多的话题可以聊。而我拥有的只是这个房间里和我的梦里发生的事。没有爸爸妈妈给我拍视频。

我抬起头，格雷厄姆正在对我微笑，意思大概是“没关系”。

“这一定很难，”他说，“别觉得我站在这里想着一切都很简单。”格雷厄姆清了清嗓子。“那么，”他说，“我们来聊聊去年都发生了什么事吧。”

我耸耸肩：“没发生什么事。”

“那我们就收拾收拾回去吧，好吗，大卫？”

新摄影师大卫在摄影机后咧着嘴笑了起来。接着，一切又回归寂静。

“这样吧，我先告诉你我去年做了什么，然后我们再看看怎么继续。好吗？”我点点头。我知道这个节目应该是关于我的，但我想听听格雷厄姆的生活发生了什么。每年我们对彼此的了解都会加深一点儿。

“上次我见你的时候，莉比去上大学了吧？”

“没有，她那时候在参加普通教育高级证书的考试。”

格雷厄姆微笑着说："当然，她现在已经去埃克塞特大学了。"

我靠在枕头上，听着格雷厄姆讲述他家人的近况。他和妻子还有两个孩子一起住在曼彻斯特的一栋三层小楼里。他们在考虑搬家，因为孩子们长大了，家里没地方停车了。他的女儿叫莉比，十分擅长英语。他的儿子叫乔治，在大学里学习生物。他给我看了他们的合照。我告诉他他们长大了，他的妻子很漂亮。他说他会转达给她。然后，他给我看了一张他们全家在沙滩遛狗的照片。我接过照片，把脸凑得很近，仿佛自己也在那儿似的。格雷厄姆站在那里搂着他的妻子和莉比的肩膀。乔治抡起胳膊正准备扔球，而他们的小狗正准备去追球。

"你还常常想着去沙滩吗？"格雷厄姆问道。

我点点头："是的。每当看到这种照片或者是电视上的度假广告时，我就想在海浪上跳跃。"

"或是冲浪。"

"没错，我想冲浪，但我都不知道我能不能游泳。"

我又看了看照片，格雷厄姆的家人，在他们身后玩耍的其他小孩，亮闪闪的沙子还有海浪全都凝固在时间里。新摄影师大卫靠着墙站在监护仪旁，把摄影机对着格雷厄姆的肩膀上方。

格雷厄姆靠近我："告诉我你在想什么，乔。"

我的胃里一紧。格雷厄姆瞥了监护仪一眼——95。我的心率快了 5 下。

"别担心。就会这样的。格雷格说我做梦的时候更夸张。"

格雷厄姆轻声笑了起来。他瞥了摄影机一眼，然后看着我："那么你刚才在想什么呢？"

"我在想走在沙滩上是什么感觉。"

格雷厄姆鼓起双颊。"哇，"他说，"这个有点难，不好形容。沙滩有时候就像这个地板一样坚硬，你的脚可以稳稳地踩在上面。沙滩有时候又很柔软，你的脚会陷进去。"

"但那是什么感觉呢？"

格雷厄姆别过头，眼睛搜寻着房间："我不知道，乔，也许就像踩在你的床上。"

"但是会有水淹没我的脚印。"

"对，差不多是那样。"

我又看了看照片："我喜欢谈论你的家人。"

"为什么？"

"我喜欢看看你们都去了哪些地方。"

"哪怕你自己去不了？"

"是的。但我不是唯一一个没去过沙滩的人。亨利也没去过。许多不住在气泡里的小孩也没有出去看看世界。"

"的确如此，"格雷厄姆点点头，"的确如此……亨利怎么样？"

"他挺好的。我俩盼望着能早日相见。NASA 给他量身定制了一套太空服，穿上就可以走出去了。"

"太好了。"

"也不完全是。他只去到了走廊的尽头。但他觉得明天他会走得更远一点儿。然后下个月他就能去购物中心了。”

格雷厄姆微微一笑。“好极了，”他说，“替我转达，我祝他好运。那你呢？”

“我没有太空服。我给首相写信问他能不能给我也弄一套。”

“他怎么说？”

“他回了一封信给我。他说他在电视上见过我。他说不能承诺什么，但是会帮我联系一些科学家。”

“太好了！”

“我知道。但那已经是三个月前的事了。”

我伸手从抽屉里拿出那封信。格雷厄姆读了信并展示给摄影机。

“我还给欧洲航天局写了信，但还没收到回复。亨利让我给斯塔克公司写信。复仇者们都在那儿工作。斯塔克公司有很多钱，比英国国民医疗服务体系（NHS）和NASA还有钱。”

“没错，他们恐怕确实如此。”格雷厄姆把信递回给我，“但是你会做些什么呢……如果你能走出医院的话？”

“就算他们有那个钱，我觉得医生也不会同意我出去。”

“但如果医生同意呢？”

“那我会去和贝丝一起住。”

“她住在哪里啊？”

“伊斯灵顿。可她马上就要走了，她今年要去实习。”

“她要去哪儿实习啊？”

“我不知道。希望不会太远。”

格雷厄姆等待着我再说些别的，可我的嗓子很疼，眼眶也湿了。我低头看着床。

格雷厄姆用手轻轻地拍了拍我的腿。

“乔，”他说，“你想要聊聊别的吗？”

我哽咽着，摇摇头不让眼泪流出来：“不，没关系。我知道她必须去。她想成为医生。我也希望她能成功。”

“她会做得很出色的。”格雷厄姆说，“那你呢？你想做什么工作呢？”

我低头看着自己的双手。他总是问我这个问题。但他知道患了 SCID 的小孩如果没有痊愈，根本活不到能工作的年纪。

格雷厄姆向前倾身。

“乔？”

“你总是问我这个问题。”

“我知道，不过今年的回答也许不一样啊。随着年纪的增长，人是会改变主意的。”

“我不会。”

“还是想当超级英雄吗？”

“我就是超级英雄。大家都这么说。”

新摄影师大卫用食指和大拇指比了个圈，红色的灯灭了。

“棒极了，乔。”

“我们已经拍完了吗？”

“没呢，但你需要休息一下。”夏洛特一边说一边走了过来。

“可我挺好的啊！”

大卫把摄影机架在三脚架上。

“没关系，”格雷厄姆说，“我们先去吃饭，摄影机就开着留在这里。你知道该怎么做。忘了它的存在，把它当作墙上的苍蝇。”

“这里从来都没有苍蝇，”我说，“连只蚂蚁都没有。”

“哈！真奇怪，”他说，“我从没想过这个问题。”

“可我有次看见了一只黄蜂！”

“是吗？”

“就在这儿。”我走到窗边，“就在下面这里，窗户外边。”我指着墙和窗户交界的角落说，“它一整天都飞来飞去。虽然我听不见，但我的手指隔着玻璃能感受到它在嗡嗡作响。它一直嗡嗡嗡地四处乱飞好像在寻找一个洞。我以为它会进来。我在电视上看见过，黄蜂可以钻洞进入屋子。格雷格告诉我不要担心，但我仍旧惶恐不安。我曾梦见房间里满是黄蜂，在我周围嗡嗡地飞着，飞到我的头发里、耳朵里、鼻子上、嘴巴里，飞进空调里堵住通风口和空调百叶。它们无处不在，电源插座，监护仪里……我以为——”

夏洛特将手搭在我的肩膀上：“嘿，乔，没事的，它们现在不在这儿。”

我从窗边走开，心跳得嘣嘣响，胳膊上都是汗。黄蜂差点儿就要进来的时候真的很可怕。夏洛特带我回到床上，格雷厄姆站在我身边。

“别紧张，乔。放松点，我们很快就回来。”他和新摄影师大卫一起向门口走去。

夏洛特摩挲着我的胳膊：“你就静静地待着，我去看看摩尔医生是不是在路上了。”

我点点头。他们离开了，房间里只剩下我和墙上的“苍蝇”。我不知道该做些什么。我不能只是静静地待着，人们会想看我做些什么的，只看到我躺在床上会很无聊的。我也会看看笔记本电脑和电视，但这也算不上做了什么，只是静静地待着看着屏幕而已。但我还能做些什么呢？除此之外，我一整天几乎什么都不做。医生曾经给了我一辆配有DVD的健身单车，骑车的时候必须看着DVD。他们说这有益于供血和心肺功能。我骑了一小时。车轮在旋转，可我却没有移动分毫，我感觉自己就像是跑跑球里的仓鼠。从此以后，我再也没有骑过健身单车。别人都在户外骑车，而我只能看着DVD上的模拟器骑车，实在是太无聊了。跑步机更糟。他们在我的胸膛贴上电极片，用心电导联线与我与监护仪相连。我才跑了两分钟，心率就飙升到142，我只好停了下来。医生觉得是我累了，但其实是因为我看到自己的心率那么高害怕了。

我环视着整个房间，摄影机红色的指示灯还在闪烁不止。我躺下来睡觉，还做了一个梦，却不记得内容，只记得梦里有黄蜂。

我醒来的时候，雨水正沿着窗户流下来。格雷厄姆和新摄影师大卫在屋角窃窃私语。我刚坐起来，他们俩就一起扭头看着我。

“对不起，”我说，“我觉得我没做什么有趣的事。”

“别担心，”格雷厄姆说，“你做得棒极了。你感觉怎么样？夏洛特告诉我摩尔医生来过了，他说你很好。”

“我挺好的，但还是很困。”

“摩尔医生说我们最好每次拍摄半小时，间隔的空隙你可以休息一下。”

我点点头。新摄影师站在屋子中间，举起一个用来控光的小玩意儿。接着他回到摄影机旁，把它从三脚架上拿了下来。

我和格雷厄姆坐在沙发上。我喜欢跟他聊天。但三点一过，我满脑子想的都是他和新摄影师走了之后这个房间会多么的空旷。我想说点儿什么好让他们想待得久一点。我希望他们能常来，但我觉得自己做不了什么比现在更有趣、可以上电视的事。

四点的时候，阿米尔进来了。他检查了我的情况，查看了监护仪，望了望窗外，然后把水和药递给我。格雷厄姆询问他在这儿干了多久，但阿米尔没有听见。当他跟我在一起的时候，话很多也很有趣；可是遇见陌生人的时候，他就变得沉默寡言。他很紧张，有些人并不喜欢这一点。你必须耐心地等一等，等他变成朋友。

阿米尔走进浴室，随后转过身，在格雷厄姆背后张牙舞爪，吸引我的注意。我不知道他想干什么。

他张大嘴巴指着天空，仿佛在玩哑剧字谜。

你看见什么了吗？

我耸耸肩，试图用唇语说：飞机？

阿米尔摇摇头。

不。外——星——人！

格雷厄姆转过身。

阿米尔挠了挠头。

“你没事吧？”格雷厄姆问。

阿米尔点点头：“我没事啊。你有事吗？”

“我没事……”格雷厄姆说。我看得出他觉得阿米尔是个百分之百的疯子。

“我们全都没事，对吗，乔？”阿米尔对我眨眨眼，我向他咧嘴而笑，努力集中精神不让自己笑出声来，生怕格雷厄姆以为我在嘲笑他。

“好的，”格雷厄姆说，“我们刚才说到哪儿了？”

阿米尔指着窗户。“继续观察。”他用夸张的口型对我说。

他走出门的时候我还在笑。

格雷厄姆抬头瞥了我一眼。

“他很……”

“古怪？”

“是的。”

“他确实很怪，但他很擅长《倒计时》。”

格雷厄姆大笑。“非常完美，乔，”他说，“我们准备收工了。”

“这么早吗？”

“恐怕是的。”

新摄影师大卫拆下三脚架，将摄影机装进银色的箱子里，然后向我伸出了手。

“很高兴认识你，乔。”

“我也是。”我握了握他的手，跟着他和格雷厄姆向门口走去。

“什么时候会在电视上播出呢？”

“下周一，”他说，“啊，别忘了回复粉丝的信。”

“我从没忘记。我每一封都回复了。离开的是他们。”

格雷厄姆看着我。他的眼神看上去仿佛想要拥抱我，我经常收到这种眼神。“别担心，”他说，“也许这次你会交到一些好朋友。”

“希望如此。”

后来，他真的拥抱了我。抱得不是太紧，刚刚好让我感受到他的手在我的脊背中间。然后他就走了。

有时候他会给我留下礼物。他曾经给我买过一个麦克风。还有一次他给我了一本大卫·田纳特亲笔签名的《神秘博士》剧本。而这次他什么都没留下。我想他也许是忘记了，他一上车就会在口袋里发现点什么，然后跑回来把东西留在前台。我希望能多见见他，或者至少一周或一个月收到一次他的短信也行。但他不给我发短信。他只是走出了门，明年之前我都不会收到他的任何信息。

第七章

挖掘机更近了。我摸着玻璃窗，手指感觉得到钻头的震动。我还听得到嗡嗡声从远处传来。自从格雷厄姆走了以后，我就一直看着楼下——两台黄色发电机，八个身穿荧光夹克头戴白帽的工人。两个在聊天，两个在钻孔。还有两个操控着挖掘机翻起地面，再将碎石装满黄色卡车。剩下两个工人在交通信号灯旁聊天，其中一人按下按钮切换信号灯。他旁边是一辆小货车，车身印着红色的字：如果闻到燃气异味，请随时拨打0845-500200。

门咔嗒一声开了。阿米尔走了进来。

“你看他们在铺着陆带了。”他说。

我迷茫地将脸皱成一团。

“那些工人。他们挖开路面，把磁体放进去，制造磁场——电荷和具有量子特性的基本粒子。”

“我觉得他们在铺设燃气管道，”我说，“小货车上写着‘伦敦燃气’。”

阿米尔拍了拍脑袋：“他们是故意让你那么想的。他们可不傻，他们让人类替他们干所有的活儿。”

我笑了，希望自己看上去被他说服了。这不是真的。我看到路面被挖开，但并没有看到什么巨大的磁体。

阿米尔打着哈欠从窗边走开。

“不好意思，我通宵了。”他说。

“为了找外星人吗？”

“不是。睡不着而已。”

他的眼睛乌黑却又泪光闪闪，让人觉得他通宵是在看星星呢。他在我身边坐下。

“纪录片拍得怎么样？”

“挺好的，”我说，“就是有点儿累。”

“嗯，”他说，“上电视肯定很累。我希望我也能上电视。我本来可以去宝莱坞的。”

“好莱坞？”

“不，宝莱坞。印度电影。你没看过吗？像是《贫民窟的百万富翁》，但要好得多。印度电影很不一样，有很多唱歌跳舞的部分。我本来可以拍这种电影的。”

“真的吗？”

“当然了。我不是一直都做护士的，我干过很多工作。在印度的时候，我曾经是个火车调度员。”

“那是什么？”

“干调度火车的工作。”

“干掉火车？为什么？”

“不，不是干掉火车，是干调度火车的工作。我检查好车门，吹响哨子，火车就可以发车了。”

“噢。”阿米尔语速太快，我都迷糊了。但他好像并不在乎，滔滔不绝地讲着。

“我更喜欢我之前的工作，”他说，“我以前在德里还是报纸的平面设计师呢。好工作，烂工资。所以我来了英格兰……为我和我的家人找一份好工作。好了，我们不说过去的事了，谈谈未来吧。”

他的眼神飘忽不定。我思忖着他接下来要说些什么。有时候我觉得他自己也不知道。他看着我，仿佛在等待下一个念头迅速飞进他的脑袋。但最终他好像打算不再东拉西扯。

我靠在枕头上。

“你还好吗？”

“我现在真的感觉很累。”

“好的。那我就在这儿坐一小会儿。”

“你不用去照顾别人吗？”

“不用。我陪你。”

我躺下来，想着电视台摄制组。他们现在应该在另一个病房里，跟像我一样的病人聊天。格雷厄姆也许在跟台球小子谈话呢。希望如此。这样下周节目播出的时候，我就能在电视上看到他了。我希望能见见真人，但我知道这不可能。他病得太重，根本下不了床。格雷格是这么说的。

我看着阿米尔。在讲了这么多话之后，他突然安静地坐下来，转动着手指上的金戒指。

他注意到我在看他。

“十年。”他说。

“什么？”

“我和我老婆，明天我们就结婚十年了。”

几乎是我的一生。

“你们有小孩吗？”我问。

阿米尔的脸上露出喜悦的表情。“有啊。我没告诉你吗？”他伸出三根手指，点着指尖数着，“阿贾拉、舒克拉、古鲁。”

“我喜欢他们的名字。”

他再次点着指尖数着：“地球、金星和木星。九岁、七岁和三岁。我爱他们。”他的眼睛闪闪发光，好像他的孩子们正站在他面前。

看到他的孩子让他如此快乐，我笑了。他一定是个非常有趣的爸爸。他肯定会在房间里追着他们跑，就像我爸爸曾经在这间屋子里追着我跑一样。我其实不记得了，但贝丝说他追过。贝丝说爸爸以前常常把我架在肩头假装要撞到床上，然后他会发出引擎声绕着床左旋右转，就像我们在开车似的。接着他放慢速度，将我轻轻地放回床上。有时候我觉得我能记起来，能记起低头躲开顶灯时，他头发上洗发水的气味和他脸上须后水的气味。每每回想起，那感觉都如此真实。我抬头看着天花板，顶灯那么高，根本不需要低头。回忆似乎都被我封锁起来了，或者回忆只是另一个梦罢了。

我哽咽了。阿米尔也一样。

“对不起。”他说。

“没关系。你有他们的照片吗？”

“没有，我不需要。就像《倒计时》里的字母一样，我从这儿就能看见他们。”他拍了拍自己的脑袋，“不过也许哪天我会带一张来给你看看。”

我点点头，看着电视。我既没看见画面也没听见声响。我希望我的脑袋里也有家人的照片，可我拥有的只是胸口和肚子的疼痛。我看过一些纪录片，是人们谈论逝去的亲友的，但他们的年纪都比我大。他们总是说着“这很艰难，痛苦不会彻底消失，但一切都会随着时间逐渐轻松起来”，诸如此类的话。我已经十一岁了，一切都没有轻松起来。我希望当我听到“孤儿”这个词的时候不会心头一紧。我希望能像阿米尔一样，我希望能有家人。可现在我只有贝丝和我自己。我总想要贝丝在这里陪我，我还希望爸爸妈妈也能在这里。

我向前倾身打开抽屉，从里面拿出一张照片递给阿米尔：“这是我、我的爸爸妈妈，还有贝丝。”

阿米尔用手指夹着照片的边缘，微微一笑。

“大家看上去都很开心。你那时几岁？”

“六岁。”

阿米尔点点头，再次看着照片。我坐在床的正中央，爸爸妈妈坐在我的左右两侧，贝丝跪立在我身后。我不太记得那天发生的事了，只记得贝丝告诉我的。她说那一天不是什么特别的日子，比如圣诞节啊生日什么的，只是一周中他们一起来看我的一天。那张照片就是在现在这个房间里拍的。这个房间是专门为我量身定制的，所以我从未离开过。那时我的墙上贴着变形金刚的海报，我的床比现在的要小一点儿，监护仪比现在的大一点儿，颜色是灰色而不是白色的。有时我看着照片，能听到他们在讲话。妈妈的模样和声音都很像贝丝，只是年纪更大一些。而爸爸的容貌谈吐则和弗兰克·兰帕德有些相像。贝丝跟妈妈说着学校的事还有六年级她要修的科目。我跟爸爸谈论足球。我告诉他我很抱歉，哪怕他长得很像弗兰克，我还是支持阿森纳。爸爸说他不介意，他喜欢何塞·穆里尼奥。我看着照片中爸爸的笑脸，心想着他是否知道何塞·穆里尼奥离开又回到了切尔西，而且他回来的时候让兰帕德走了。现在弗兰克在为曼城效力。等哪天阿米尔不在的时候，我会大声告诉爸爸。

阿米尔把照片递给我，我把它放回抽屉。我转过身发现他正看着手表。

“我明白，”我说，“你得走了。”

“抱歉。”

我从床上爬起来走到窗边。交通灯由红变绿。钻头已经停下了，工人们也都回家了。我眺望着屋顶，看着飞机在希思罗进进出出。上百架飞机日夜飞行。有时候它们飞得很近，我觉得它们都快要相撞爆炸了。但是飞机从未触及彼此，控制塔的工作人员确保了这一点。我不知道是否也有人在某个控制塔里管控着我的生活。也许他坐在那儿看着屏幕里的我，决定我接下来的遭遇。也许那就是上帝所做的事，他通过控制塔来观察我。我不知道上帝是否是真实存在的。但如果他真的存在，为什么要让我住在气泡里呢？为什么爸爸妈妈出车祸那天他没有在控制塔里指挥交通呢？

笔记本电脑在我身边噔噔地响了起来。我微微一笑，是亨利。我感到十分疲惫，可是今天我们的生活中都发生了太多事，必须要聊一聊。

我拿起笔记本电脑，在床上坐下。

嘿，乔。 20:08

嗨，亨利。 20:08

外星人怎么样了？ 20:08

他不是外星人。他只是相信有外星人。

而且我很喜欢他。 20:08

你不怕他了？ 20:09

不怕。他很有趣。还给我弄了天空电视。 20:09

天空？ 20:10

卫星电视。 20:10

噢，电视台摄制组怎么样？ 20:10

他们棒极了。已经开始想念他们了。

但我们聊他们干什么？ 20:10

嗯？ 20:11

你的外出！ 20:11

对，我的外出！哈！还可以。不算特别好。 20:11

发生了什么事？ 20:11

很奇怪。我走到走廊尽头就想往回走。 20:12

细菌吗？ 20:12

不是。出门之前看到了这个：http://myfoxphilly.com/story/ 24951458/9-shot-dead-during-viloent-night-in-philidelphia①

昨天发生的。

不觉得我的太空服能挡子弹。 20:12

你只是去停车场而已。 20:12

枪击案就发生在停车场。

就在拐角那里。 20:15

但你们检查过了吧？ 20:15

嗯，布雷特像特警一样检查了整个区域。

排水管啊楼梯井啊全都检查了。

NASA 说如果我现在不去的话，整个计划得倒退一个月。 20:15

一个月？ 20:16

这里有很多穿着西服的人告诉我去做什么。

不是太空服，西装的那种西服。我必须得出去，别无选择。

① 链接为一起停车场枪击案的新闻报道。

他们开门的时候，我差点儿吓尿了。
外面很亮，我觉得太阳出来了。
但我戴着头盔，只看得见灰色的柏油马路和绿色的篱笆墙，他们封锁了整个停车场，没人进得来。篱笆又高又大，从上面望不出去，从下面也看不出去。我的头盔也好沉，根本没办法抬头看看天空。

20:17

我等着亨利再多说一些，可屏幕上的铅笔一动不动，就好像他不知道接下来该说些什么，而我也不知道该回他些什么。我叹了口气。外出这一天他等了那么久，结果却只看见了柏油马路和篱笆墙。我想外面也许真没什么不一样，更加危险罢了。但我还是希望自己能呼吸一些危险的新鲜空气。一次也好。

亨利。 20:20
在。 20:20
你想视频吗？ 20:21
不了。我好着呢。 20:21
你确定？ 20:21
嗯……不过谢了……
我累炸了，只想坐着。 20:21
我也是，感觉不太舒服。
喉咙有点痛。 20:22

小心点儿。 20:22

我知道。 20:23

我伸手拿了一杯水，一饮而尽。但是每次吞咽的时候，都感觉好像有只刺猬卡在我的喉咙里。我又咽了一口，它还在那儿。我回头看着电脑屏幕，我真的很想睡觉了，但是亨利现在正以每小时 100 英里的速度打着字。

明天又要再来一次。不想去。 20:23

比我想象的要可怕得多。

但购物中心应该会好点儿。费城新闻会播。

希望你能看见。 20:24

我问问阿米尔能不能看到。

一定会很棒的。 20:24

你这么觉得? 20:24

汉堡和热狗! 20:24

不太确定。 20:25

为什么? 20:25

兰博夫人[1]!!! 20:25

谁? 20:25

http://nydailynews.com/news/justice-story/mrs-

① 兰博夫人：原名 Sylvia Seegrist。1985 年 10 月 30 日，她在宾夕法尼亚的一个购物中心开枪，导致三人死亡，七人受伤。网址是关于这一则事件的报道。

rambo-killingspree-article-1.1211691

亨利。 20:28

在。 20:28

我觉得你过于担心遭遇枪击了。 20:28

你担心车祸，我担心枪支。 20:29

我的胃疼了起来。疼痛向上蔓延，直至心脏。我的手指悬在键盘上方，不停地颤抖。我真希望自己刚刚没打那行字。

乔，你在吗? 20:31

嗯。 20:31

对不起。只是一个关于英美差别的笑话。 20:32

没关系。我只是太困了。 20:32

想下线了吗? 20:32

我看了看时钟，知道自己应该睡觉了，可我喜欢和亨利聊天。

我感到十分疲惫，身体也不舒服——仿佛脸上的血液全都流走了。我看了看时钟。

亨利。 20:39

在。 20:40

真希望你能过来。 20:40

我也希望你能过来。

也许过渡区其实是个瞬移机。嗖！嗖！ 20:41

哈哈。 20:42

或者你可以跳上一架飞机。 20:42

过不了安检的。 20:43

把机场防护网剪个洞。跳上飞机。 20:44

这里有个小孩儿就这么做了。等等……来了。

http://edtiona.cnn.com/2014/04/21/us/hawaii-plane-stowaway/ 20:44

我点击链接。

少年藏身飞机轮舱 飞行五小时奇迹生还

我向下滚动页面，读着一个男孩儿如何穿越机场的防护网，穿过柏油路，爬上飞机轮，然后躲在轮舱里。我笑了，简直难以置信。这个男孩儿一路从圣何塞飞到夏威夷。他十六岁，新闻里没说他的名字是什么。

瞧见没。 20:48

你觉得怎么样？ 20:49

不知道。连公交车都赶不上，更别说飞机了。 20:49

但如果你有太空服，就可以。 20:50

我微笑着继续往下读。那个男孩儿缩成一团飞行了五小时。他没理由去圣何塞啊，感觉他是受到刺激才这么做的。科学家说他十分幸运能在零下八十度的环境下活下来。他说飞机轮舱跟珠穆朗玛峰顶峰一样氧气稀薄。

喜欢吗？ 20:53

我不知道。有点儿冷。 20:54

是的。得带个毯子。 20:54

我望着窗外。飞机在 16 英里开外。网上说从这里去希思罗机场坐车要三十一分钟，地铁要四十二分钟。如果我是索尔的话，就会快一些。但如果我是索尔，就不需要去机场了，我可以直接飞到费城。我只需要溜上屋檐站在窗台上，用我的锤子指向天空。如果我能一口气飞上平流层再飞回来，那么用不了几分钟就能到美国。我会比飞机还快，甚至比火箭还快。我很快就能到，所以中途也不需要停下来吃午饭。笔记本电脑噔噔地响了起来。我看了看屏幕。

嘿，乔。下一趟飞机 14 点 10 分起飞。3 号航站楼。

20:57

我轻声笑了。

亨利。 20:58

嗯？ 20:58

他们说那个偷乘的小孩可能会有大脑损伤。 20:59

是吗？我没读完。对不起。 20:59

突然我感到天旋地转。汗从我的脸上滴下来，流到了我的脖子上。

亨利！ 21:00

嗯？ 21:00

我真的觉得不太舒服。 21:01

监护仪哔哔地响了起来。

心率：111

体温：40.1℃

数字开始变得模糊。我眨了眨眼睛。

心率：119

体温：40.2℃

亨利！ 21:02

按—— 21:02

我的头重重地摔在枕头上。笔记本电脑也啪的一声掉在地上。

我想要大声叫喊，却只发出了嘶哑的声音。

这就是病危。

病危的时候我的血会从头流向脚，然后倾泻入室，从地板中间的一个小孔里流走。病危的时候墙壁会开始旋转，图像也模糊起来。接着，天花板会变得黑漆漆的，地板也会变得黑漆漆的，让人不知道自己面向哪边。我的身体冰冷潮湿，被单皱成一团滚到床下。这就是病危，这时我只能听见病床四周的脚步声和说话声。

“我好难受……我的头好疼。”

“我们知道，乔。”摩尔医生说。

“增加盐水输注，阿托品加到 50 毫升。”

“夏洛特不该让他们待那么久。”

“这不是她的错，我们都有责任。不管他们来不来，这个情况都有可能发生。”

“放松，乔，放松。”

我翻身侧躺。一位护士将手放在我的额头上。我胃里一阵痉挛，对着一个碗干呕起来。房间又开始旋转——摩尔医生、辛格医生、两个护士——我想到之前的话，“不能因为有人要死了就停止拍摄，不能因为有人要死了就停止拍摄”。我再次干呕起来。

“我快要死了吗？”

“体温 40。血压 70/35。”

“我快要死了吗？”

“100/55……”

“我快要——？”

“小心，小心。不，乔，你不会死的。”

“阿托品加到 60 毫升。先这样稳住。”

针扎进我的手背，冰冷的液体流入我的血管，涌上我的胳膊，流经我的肩膀直至胸膛。

“放松，乔。深呼吸。深深地吸一口气。”

我试着呼吸。我试着慢慢地深呼吸。我试着想象自己的脚陷在软软的沙子里。

“我想去沙滩走走。”

“放松，乔。放松。”

“看看海浪。”

“别说话了，乔。深呼吸。没事的，我们可以一会儿再聊。”

我眨了眨眼睛，看见摩尔医生正站在我上方。感觉好累。感觉好——

“我想看……”

这就是病危。

第八章

十一岁两个月零二十六天

我的床边立着一个输液架，上面挂着一个装满血的血袋。地上放着一个白色的箱子，上面写着“血液”。

一位我从没见过的护士对我微微一笑。我视线模糊，看不清她的胸牌。

“还好吗？”她低声问，“乔，你还好吗？”

我的头很沉，仿佛粘在了枕头上。

她把手搭在我的肩膀上：“没事了，乔。已经结束了。”

我看着暗红色的血液从血袋里流出来，顺着输血管流进我的胳膊里。我的眼皮很沉，耷拉了下来。我再次睁开眼睛，只见摩尔医生朝我弯下腰来。“还好吗，乔？”

我试着点点头。

“没事了。”他轻轻地把手放在我的头上，“我们把你救回来了。”

说完他便走到床尾。

“好好照顾他，护士，”他说，“他可是个枪迷[①]。”

护士看着我，惊讶地用手捂住了嘴，似乎不敢相信摩尔医生刚刚说的话。

“枪迷。”他朝墙壁上西奥·沃尔科特的海报点点头，“他支持阿森纳。”

“噢，我懂了。我还以为——”

摩尔医生摇了摇头。我们都知道她以为他说了什么。

我的眼皮又耷拉下来。

摩尔医生的脚步声渐渐远去了。

我是将死之人吗？也许我是。我希望我不是。这些新药理应让我好受一点儿而不是杀死我。护士在我身边坐了下来。

“我就待在这儿。”她说。

“好的。”

新的血液流进我的身体，旧的血液排了出去。

我真希望贝丝在这里。以前我每次输血的时候，她都会来。但我知道她不可能一直都在这里。输血总是让我感到疲惫虚弱。有时候我感觉整个房间都在旋转。这种情况只在我身上发生了两次，亨利也是两次。他告诉我那是因为血液储存的时间太久，里面含的钾太多了。我早就知道了，我像他一样查过了。就在那时我读到了什么是移植物抗宿主病，就是免疫细胞攻击白细胞，身体跟它自己打了起来。我四岁的时候，他们试着给我做

① 阿森纳队的昵称是枪手（Gunner），于是阿森纳球迷自称为枪迷（Gooner）。这里护士听成了 goner，将死之人的意思。

骨髓移植就让我得了这种病。他们从贝丝体内抽取了骨髓。一开始，他们以为起作用了，然而就算服用了抗排斥药物，我的身体还是不肯接受它。于是我高烧不止，身体内部也打起了仗。我不想要我的身体成为战场。

听见咔嗒一声，我抬头看着天花板。灯光明亮，我的耳朵里一片寂静。

“没事，”护士说，“我在换血袋。”

我深呼吸了一口气，接着又一口深呼吸。我的胳膊和腿沉重不已，仿佛是由金属制成的。我常常想着成为钢铁侠是怎样的：能够举起车辆，从墙上撞出一条路，然后按下按钮，嗖的一下飞上高空。

护士坐回我的身边。更多的疼痛，更多的血流进输血管。泪水涌上眼眶，我又深深地吸了一口气。我想哭。钢铁侠从来不哭。但我敢肯定如果他也感觉如此糟糕的话，一定会哭的。

第九章

十一岁两个月零二十七天

哔——哔——哔——

心率：87

体温：39.6℃

室内温度：19℃

湿度：9%

空气纯度：98.5%

哔——哔——哔——

我翻身侧躺。天空亮得发白，我从没见过这么白的天空。阳光透过窗户照射进来，照在地板上，照进我的头骨里。我听见有人在低声说话，但是看不到是谁。我从眼底瞥见阿米尔站在窗前。他双手高举，在头顶左右挥舞，仿佛在指挥飞机。

“阿米尔？”

他没听见。我设法再喊一次，但我的声音太微弱，嘴唇也很干。

阿米尔真的在那里吗？还是我在做梦？

我闭上眼睛再睁开。

他还在那儿，向窗外挥舞着双手。他在干什么？也许我睡觉的时候外星人来了，在街道上登陆了。

阿米尔回头看了我一眼，接着又看向窗外。

“不不，不是那样的，拉希德，”他低声说，“拉希德，不是那样！”他的手指轻轻地敲着玻璃窗。“不。”他转过身子，看着床对面的墙壁。

西奥·沃尔科特的海报被移到窗户对面的墙壁上去了。而之前贴海报的地方则装着十二台电视屏幕。一排有四台，一共三排。电线从屏幕背后垂下来落在了地上。屏幕是开着的，上面却没有任何图像，只有白花花的一片和嘈杂的白噪声。

阿米尔竖起一根手指。“拉希德，”他重重地低声说，“不要对着地面，对着空中！”

一个男人站在擦窗机吊篮里。他头上戴着安全帽，手里握着一把扳手。他一只手紧紧地抓着吊篮，另一只手则高高抬起。他用扳手不停地敲打着卫星锅直到它朝向天空。

阿米尔挠着头，嘴里发出啧啧声。拉希德又敲了敲卫星锅。

“可以了吗？”他通过口型示意。

阿米尔摇摇头。“我不明白，”他说，“为什么在家里好好的，在这儿就不行？”他走到屏幕跟前，一个一个地仔细审视，仿佛在逛美术馆。什么东西发出了咔嗒声，什么东西被打翻在地。

“啊！”阿米尔举起一个插头说，“我知道了。我忘记给接收器插上电源了！”

窗外，拉希德瞪大了双眼：“阿米尔，搞什么鬼?！”

“待着别动，”阿米尔说着笑了起来，“我现在把它打开。”

拉希德看到我在看他，便低头看着脚下，地面离他很远。他做了个鬼脸，将手从身体一侧伸了出去。“他以为我能去哪儿？”他贴着窗户用口型对我说。

我还是觉得很困，很困。眼皮开始耷拉下来。但我不想让它们闭上，我怕一闭上就再也睁不开了。我感到有个阴影笼罩在我上方。我睁开眼，阿米尔正站在我身旁。我试着开口讲话。

“嘘。”他把食指放在嘴唇上。

我深深地吸了一口气。

“你会好起来的。”阿米尔轻声说。他也深深地吸了一口气。“跟我一起来，”他说，“跟我一起呼吸。”他放慢呼吸等着我，直到我俩的胸口同步起伏。“好点儿没？”

我的头仿佛从枕头上飘了起来，我的身体和胳膊也全都飘到了空中。监护仪的哔哔声越来越慢，越来越慢。天花板上的灯开始闪烁起来。

哔——哔——哔——

我闭上眼，一切又重回黑暗。

第十章

十一岁两个月零二十八天

今天下午，我感觉有只小鸟飞进了我的窗户。我听见了砰的一声。但当我睁开眼睛，它已经不见了。

一只普通的鸟的飞行速度是每小时 60 英里。

一只猎隼的飞行速度是每小时 100 英里。

一颗子弹的飞行速度是每小时 761 英里。

没人知道超人能飞多快，但是他比它们都快。

一切又重回黑暗。

第十一章

十一岁两个月零二十八天

天花板上的灯变暗了。音乐正在播放，一位女士在钢琴的伴奏下轻轻地唱着。歌声太轻，我都听不出来是什么歌。我艰难地呼吸着，胸口很疼，仿佛有人坐在上面。监护仪闪烁着发出哔哔声。血袋已经不见了，取而代之的是一个装满了生理盐水的袋子。盐水顺着输液管滴进我的胳膊。生理盐水就是混合着盐的水，为了维持我的细胞的正常形态，他们给我输注盐水。这应当让我不再感到晕眩，可胃里一阵阵的恶心似乎意味着盐水还没开始起作用。

我感到一只温暖的手放在我的手上。我扭过头，贝丝正在对我微笑。

“嘿，你在这儿呢，”她低声说，“你刚才打了场仗。”

“是的。”我的喉头哽咽。

贝丝紧紧地咬着嘴唇。她的眼圈又红又黑，脸颊上有一块黑色的污渍。有时我生病了，她似乎也感同身受。她紧紧地握着着我的手，我希望她不要松开。

我再次试图开口讲话。贝丝给我倒了杯水递到嘴边。我的喉咙太疼了，感觉就像在咽玻璃。我深深地吸了一口气，又喝了点水，这次好多了。贝丝把杯子放在旁边的桌子上。

“那么，这次你是谁？蜘蛛侠还是超人？”

“我不知道……不过我还以为他们俩都会被痛打一顿。”

贝丝笑了。这周她本不该来的，但我很开心她来了。她摩挲着我的手。我努力强忍着，可眼泪还是止不住流了下来。

“对不起，”我说，“我忍不住。对不起，让你必须来这儿。”

“乔，没关系。我必须见你。”她低头看着我的床，然后又看着我，“但你为什么不告诉护士你不舒服呢？”

“我只想再上一次电视。”

泪水从我的脸颊滑落，滴到了枕头上。

“嘿，”她说，“没事了。”贝丝紧紧地抱着我，直到我的身体停止颤抖。

“对不起。”

“如果你再说一次对不起，我马上起身就走！”

我们都笑了，完全不相信她所说的话。

我告诉她我困了但又不想睡觉，因为她在这里，而且马上就要走了。她说我错了，学校准许她留下来过周末。我躺下来，试着放松。我想告诉她我听到格雷厄姆在过渡区讲小孩死掉的事，但又不想让她担心。我不能告诉她我认为他们说的小孩是我。我扭头看着她，她微笑着摩挲着我的手。我需要她的时候她一直都在。

贝丝再次摩挲着我的手。有时候，她好像知道我在想什么。我想要开口讲话，可却口干舌燥。

她对我微微一笑。“嘿，睡吧，”她说，“我们明天再慢慢聊。”

我闭上眼睛，迷迷糊糊地睡了过去。

我的腿不停地抽搐，就好像有条蛇躲在我的被单下面。格雷格在房间里四处走动。他必须得休假，但我很开心他回来了。在查看了我的记录表和监护仪以后，格雷格注视着我。

“你应该睡觉，伙计，”他说，“多睡觉会让你好起来。”

“但我控制不了它们。”我坐起来，用双手紧紧地抓住膝盖。我需要睡眠来让腿停止抽搐。可是我的腿一直不停地抽搐，根本难以入睡。格雷格放下记录表，向我走了过来。

“别担心，伙计。这起码意味着你复活了。”

我再次把膝盖按到床上。

“但从来没有这么严重过。”

“我倒是一点儿都不意外。你昏迷了好几小时呢。”他瞥了监护仪一眼，“你的体温是 39 度，还是很高，但是已经在好转了。我们试着走一走吧，可以消除疼痛。”

我爬了起来，床边的椅子空荡荡的。

“贝丝什么时候走的？”

格雷格看了看手表。

“大约两小时之前。她在楼上客房睡觉。我告诉她睡一会儿会更有帮助……你准备好下床走一走了吗？”

我点点头。格雷格扶我坐了起来。我将脚挪下床踩在地板上，血从我的头顶冲了下来，灯光变得模糊不清。

一两分钟后，我的头脑开始清醒起来。我向格雷格点点头。他一只手扶住我的手腕，另一只手扶住我的手肘。我深深地吸了一口气，然后站了起来。我们走到床尾停了下来。格雷格看着墙壁。

“咦，这些东西是从哪儿来的？”

挂在墙上的电视屏幕仿佛黑洞一般。

“我还以为……我还以为我在做梦。”

“阿米尔？”

我挠了挠头：“我想起来一些事。有一个男人飘在窗户外面。”

“为什么阿米尔觉得你需要十二个电视呢？”

我耸了耸肩看着这些屏幕。

阿米尔只说要给我弄天空电视，但没说要弄这么多电视。我不知道他为什么这么做。其实多少个屏幕都无所谓，我们一次只能看一个节目。

格雷格将我拉了起来：“我们必须得问问他。来吧，伙计。让腿动起来。”

我们绕着房间走了三个来回。他跟我讲了他休假时所做的事。他跟朋友打了保龄球，跟凯蒂看了电影。他们看的是《移动迷宫》。

“我也想看，”我说，“但我得等 DVD 出了才行。”

格雷格回头看着电视屏幕。“也许那就是阿米尔设法在做的，”他说，“给你建个电影院。现在你只需要爆米花和可乐就够了。”

“那就太棒了。”我说，“我只需要他告诉我怎么打开这些电视。”

“嗯，那会很有帮助的……来吧，伙计。我们继续走起来。”

我和格雷格走到窗边，又向门口折了回去。走到第四趟的时候，我们停下来休息，往窗外眺望。飞机在大楼之间飞行。楼下街道上，道路施工已经前进到手机店那里了。我们看着信号灯更迭，路上的车辆继续前行。

“阿米尔说他们正在建造一个大磁场好让外星人登陆。”

格雷格笑了：“伙计，你不应该相信阿米尔说的每一句话，他可能只是在耍你呢。”

“不，我觉得他没有。我觉得他是真的相信。”

格雷格朝着路上车辆点了点头：“嗯，如果他们在这儿登陆，我希望有人能告诉那些车子别挡道。”他再次用手扶住我的胳膊。“来吧，”他说，“我们继续走起来。再过半小时，普拉克索就要开始生效了。到那时你应该就能平静下来了。”

我把头靠在玻璃窗上。

“嘿，伙计。我说了你会没事的。”

“我只是累了。”

“你确定？”

我左右转动脑袋，让额头感受着玻璃的冰冷。我闭上眼睛。如果格雷厄姆和新摄影师大卫谈论的是我要死了呢？我抬头看着格雷格：“跟我讲讲其他人吧。”

“什么，现在吗？很晚了，伙计。”

“跟我讲讲吧。”

“他们都很好，伙计。”

“那个台球小子？”

格雷格微微一笑：“是的，他很好。”

“他还到处乱跑吗？”

“上次看到他的时候还是那样呢。”

“那个假装自己是匹马追着他跑的小女孩呢？”

“她怎么了？”

“她还好吗？”

“是的，伙计。她很好。”

“那个在读《饥饿游戏》的小男孩呢？”

“嗯，他还……伙计，这是怎么一回事？”

我从窗边转过身：“他还好吗？”

格雷格将手搭在我的肩膀上：“是的，伙计，他还好。现在告诉我，怎么了？”

我耸耸肩：“我听到格雷厄姆说了一些话。”

“什么？”

“他说不能因为有人要死了就停止拍摄。”

格雷格一只手环着我的后颈。

“伙计，你没事的，所有人都没事的。而且，格雷厄姆说的可能不是某个特定的人。这里是医院，不幸的是，总有人在死去。”

他抬头看了看时间，我们走回床边。我的笔记本电脑指示灯一闪一闪的。我停下来。亨利！他的外出！我病得太重太久，差点儿都忘记了。

我打开笔记本上盖。格雷格朝我的床点点头。

“伙计，现在不行，要不然你还没睡觉就该起床了。”

“但是是亨利。他今天第二次外出了！”

格雷格叹了口气：“好吧，只许发一条信息。我们先别操之过急。”

我坐在床上。格雷格将笔记本电脑递给了我。

乔。 19:08

乔？ 19:45

估计你很忙。今天又出去了。

不算太好。更多的柏油马路和绿篱笆。

什么都看不见。

但他们在考虑让我早点出去。 20:12

对了，NASA 新派来的助理特别好。

阿利亚纳。她是法国人！ 20:15

呃……不确定你在哪儿…… 20:19

也许贝丝跟你在一起。希望如此。

代我向她问好。 20:21

要睡了。晚点儿再找你。 21:14

我开始打字。

嘿，亨利。很遗憾你的外出这么无聊。 21:15

不过你能早点儿出去真是太好了。

很抱歉一直没有回复你。我之前病危了。 21:16

我按下回车键。

“伙计，”格雷格伸手拿走我的电脑，“我说了一条信息。”

“我知道，但你没说多长。”格雷格摇了摇头。

总之，猜猜阿米尔做了什么？他给我装了十二个电视！ 21:17

“好了吗？”他合上电脑。

我躺在枕头上。格雷格关上百叶窗，将灯光调暗，暗到我又只能看见阴影为止。我深深地吸了口气，接着又深呼吸了一次。现在我可以放松了，格雷格回来了，贝丝也在这里，我明天又能见到她。而且阿米尔很快就会回来把电视打开。我闭上眼睛，听着监护仪发出哔哔声。这声音挺好，它证明我活下来了。

第十二章

十一岁两个月零二十九天

现在是清晨时分。摩尔医生和侯赛因医生正站在我的床前，旁边围着三个实习生，就是接受医生培训的人，这种实习生我见过许多。有时，他们会在获得行医资格后留在这里；有时，他们会去其他地方工作。摩尔医生问贝丝，实习生是否可以待在这里。贝丝告诉他，我很开心他们在这里，我喜欢被关注。我笑了，我知道她说得没错。被关注挺好的，前提是不要每时每刻都备受关注。当我病得很重的时候，受到关注就不太好。今天早晨，我感觉好多了。

“那么，”摩尔医生说，“你感觉怎么样，年轻人？”

“我挺好的，”我说，“就是头还有点儿疼。”

他朝床弯下腰，看着我的眼睛。

“补液？”我说。

摩尔医生笑了笑：“补液，当然，我们还要再验几次血。”

“你觉得是不是新药的问题呢？”我问。

“很有可能。”

我低头看着胳膊，看着抽血留下的红点和瘀青。病得厉害的时候，瘀青会更多，因为我的血小板低，血液凝结得不太好。

“你觉得会不会是继发性溶血性贫血呢？”

“嗯，你肯定是对什么起反应了。”摩尔医生微笑着转向实习生，“给大家介绍一下，这位是乔·格兰特医生，他是医药和儿科博士。”

“……还是超级英雄专家。”侯赛因医生说。

三个实习生大笑起来。摩尔医生对贝丝笑了笑，又看向实习生们：“那么，你们是怎么想的呢？”

一个实习生咬着上嘴唇，一个挠着半边脑袋，还有一个抬了抬眉毛凝视着地面。摩尔医生对我咧嘴而笑。

“嘿，乔，”他说，“你好像把剑桥最聪明的人都难倒了。”他看着实习生们，“你们自己讨论一下吧。”

于是他们围成一个圈开始窃窃私语起来。

我看了监护仪一眼，然后盯着天花板。我真希望我没有难倒他们，我也希望我没有难倒真正的医生。我希望他们治愈其他小孩的方法也能同样对我有效。我读到过一些得了SCID的小孩花了很多钱去打针。他们并没有因此而痊愈，但他们可以回家，还能去上学。如果其他小孩感冒了，他们就必须戴上口罩待在家里。医生们告诉我时间在流逝，年纪越大，治愈的可能性就越低。每年他们都会尝试一些新的治疗方法。他们说我也许能够去外面。上个月他们说要给我做基因治疗。这是最新的治疗手段，就是培养一个新的基因植入我的体内，给我全新的免疫系统来抵御疾病。但是好像没有什么能去除我的超级 SCID，我希望他们能尽快发现点儿别的什么。我知道在气泡里更安全，可总有一天我会想去学校，跟真正的老师学习知识，而不是对着什么卡通或是卫星连线。

“那么，”摩尔医生说，“现在你们已经讨论过了，告诉我你们的结论是什么。亨特小姐？”

“降低温度？”

“正是如此，亨特小姐。检查一下过滤器中是否有异物，让我们把温度降到……应该是多少呢？”

“19 度。”我说。

侯赛因医生微笑着向其中一个实习生点了点头：“亨德森先生，我觉得这个家伙可能懂得比你还多。或许你该把你的白大褂让给他。”

他们全都大笑起来。随后，侯赛因医生让我卷起袖子。

“那么这些瘀青呢？”

“几乎已经消散了。”我说。

“身上没有吗？”

“只有几处，而且也褪得差不多了。”

“也许我们应该看一看。”

我掀起运动衫，从头上脱掉。

“挫伤，还有……亨德森先生？”

“营养不良——维生素 C、K 和 B_{12}，败血症？”

“想想还有什么更相关的。”摩尔医生轻轻地用手指按压着我的脊背，“还有别的吗？弗朗西斯先生？你能帮帮我们吗？”

“药物反应——阿司匹林、皮质类固醇泼尼松、泼尼松龙、抗凝剂、抗生素还有血液稀释剂。”

“很好……还有呢？”

“肝病。”

房间里突然安静下来。我的身体可能会出很多状况，我现在已经习惯谈论这件事了。

摩尔医生拍了拍我的背。

“好小伙儿。”他说。

我又穿回运动衫。门滑开了。我叹了口气。夏洛特走了进来，她的手上拿着一个银色的托盘，里面盛着针和药签。她把托盘放在桌子上，紧靠着我的笔记本电脑。摩尔医生看着贝丝，他的眼神似乎在说：“我们需要去一个乔听不见的地方聊一聊。”她跟我说她马上回来，然后便跟着摩尔医生朝门口走去。

“我们一会儿再来看你，乔。”

我点点头。他们全都出门去了过渡区。我仔细地聆听着，想要知道摩尔医生跟贝丝说了什么，可我只听见消毒水喷洒的声音和水龙头的流水声。夏洛特拍了拍我的肩膀。

“抱歉，”她说，“但我们现在得抽血了。”

“没关系。”

我伸出胳膊，夏洛特努力找寻着一块瘀青散尽的地方。她在我的手腕和手肘中间找到了一小块白色的肌肤。她喷了点麻药，然后拿起针。我别过脸去。虽然已经抽过几百次血，可我还是不敢看。

“瞧，好了。”

夏洛特在我的胳膊上贴了个创可贴。我转了回来，她给我看了看注射器里我的血。

有时候我病了，便觉得血的颜色会有所不同。然而无论我的白细胞数量增多还是减少，血看起来都一样：深红色，深得几近棕色。他们之前也抽了我好多血，多得都可以填满另一个身体了。

我用一根药签按着胳膊。夏洛特拧上采血管的盖子，把它放在托盘上。

“我知道，”我说，“你得走了。”

“是的，我很抱歉。我得把这个拿回去。”

“没关系。”

她笑了笑便走出了门。

大家好像都很忙。他们匆匆忙忙地照顾其他所有人，忙碌得就像蜜蜂一样飞来飞去。忙。忙。在走廊里疾步如飞，进出各间病房。好像没有足够的人手来照顾我们，我们这些生病的小孩。

我设法在贝丝回来的时候补上代数课。我曾考虑告诉我的数学老师维克我病危的事，但我觉得他只想谈论数学。我问贝丝医生跟她说了什么。她说他们并没有说太多，只是说最坏的已经过去，我们俩都不用再担忧了。我看着她，想要弄清楚她是否隐瞒了什么，而她只是疲惫地笑着。她看起来就像照片里妈妈累了的样子。她的眼睛黯淡无光，脸颊看上去又红又肿。贝丝说她在街上走的时候，被风吹了脸，但我知道她是因为看我而起得太早。

我把维克关在笔记本电脑里，然后和贝丝一起看了个关于獾的电视节目。插播广告的时候我看着贝丝，她通常会在这个时候讲讲话。可是今天她只是凝视前方，用手指卷着头发。她注意到我在看她。

“你还好吗？”她问道。

“我很好。但是你很安静。”

“对不起，”她说，“我昨晚没怎么睡。”

“因为我吗？”

“嗯……还有车来车往的声音。”

“对不起。”

“伦敦交通这么繁忙又不是你的错。”

我们相视而笑。随后她低下头，扯着手指上的皮。我把双腿移过来放下床。

“但是有什么不对劲吧。”

她深深地吸了一口气：“没有什么不对劲，只是我有事要告诉你。别担心，跟医生说的话无关。”

“没关系，”我说，“我想我知道你要说什么。你得离开了。”

她点点头。

“我不介意的，”我说，“你说过这件事迟早会发生。我不介意。”

她微微一笑，随即大笑起来：“你太棒了。”说完她站了起来，我也站了起来。她紧紧地拥抱着我，我感觉她永远都不会松开了。

“只是一年而已。”她低声说。

我闭上眼睛。我不想让她走，但我知道她必须要走。我住在气泡里并不意味着她也得困在这里。

她松开我。我注视着电视。

“想玩儿《古墓丽影》吗？”

“可以啊。干什么都比看那只獾从碟子里喝水强。”

我拿起游戏手柄，心脏在胸口剧烈地跳动着。贝丝用胳膊搂着我的肩膀，跟我头靠着头。

“不会有事的，”她说，“我没法儿来得这么频繁，但每次来的时候我可以待得更久一点。”

我把一个手柄递给她，对着墙上的电视屏幕点了点头：“我们只能在普通电视上玩儿了。阿米尔还没告诉我怎么打开这些新电视。”

贝丝一脸纳闷：“他怎么给你弄了这么多？”

“不知道，但我已经迫不及待地想让他回来教我如何使用了！”

我按下开始键。上午余下的时间我们都在玩儿《古墓丽影》。我三十五秒就拿到了护身符，但是贝丝被困在了山洞里。

每当劳拉从悬崖凸岩掉落到尖刺陷阱时，贝丝就会小声尖叫，那时我俩就一起放声大笑。我告诉她如果她想的话，我可以帮她。我找到了一个网站，上面有攻略。她跟我说她不想作弊。于是她让劳拉爬上岩壁，可是一块岩石塌了，劳拉再次掉在了尖刺之上。我哈哈大笑。

一小时后，贝丝放弃了。她把手柄放在床上，我们一起吃了真空包装的火腿三明治做午餐。我跟她讲述了亨利和他的外出。我告诉她亨利必须习惯外出，为后面去购物中心做好准备。我还跟她讲了阿米尔和外星人着陆带的事。她让我转告亨利她祝他好运。她还告诉我阿米尔可能终究还是疯了。

下午，我们在电脑上查了查爱丁堡。我们看着地图，我沿着一条红色的线在地图上勾画着：离开伦敦，穿过剑桥、诺丁汉和谢菲尔德，然后停下。我已经走了 161 英里，这还不到一半的路程。我继续向上穿过利兹和纽卡斯尔，终于到了。403 英里。当贝丝发现开车需要七小时十五分钟时，她叹了口气。

“坐火车的话就只用四小时二十分钟。”我说。

“嗯，那好多了。”她说。

我继续看着地图。我已经看了好多遍，查找格雷格去度假的地方，或是其他护士离职后新的工作地点。但从没有人去过爱丁堡。我从未意识到它有那么远。我闭上双眼。

“我们来看看它什么样好吗？”

“好的。”她说。

我输入“爱丁堡”，出现了很多图片。我们看着图片上的城堡、大学，还有一个大广场。广场位于城市中心，四周都是高大的黑色建筑。

“看起来很美。”我说。

“街道很宽也很直，”她说，“而且风很大……查查看医院。”

我搜索了一下。我们看着一张图片，上面是一栋高大的黑色尖顶房子。贝丝指着另一张白色玻璃楼的图片。

“那是老院区，”她说，“我会在研究部工作。”

“那就好，”我说，“老院区看着有点阴森可怕。”

她大笑起来。我们又看了几张图片，然后看了《飓风营救》的 DVD。我们已经看过三遍了，但每次看到那个男人把女孩从床底下拉出来的时候，我都会吓一大跳。贝丝则依旧在影片结束时泪眼婆娑。

屏幕变成了一片空白，贝丝打着哈欠看着我。我的胃里一阵痉挛。我们什么都不用说，我知道她要走了。我起身走去浴室，回来的时候发现她站在窗边。我走过去跟她并肩站着，我们一起看着施工信号灯由红变绿再变红，循环往复了三次。我的胸口很闷，喉咙很痛。我想跟她说说话，可沉默了太久，现在出声会把我俩都吓一跳。她把手指抵在玻璃上，仿佛准备开始画画。

“刚开始只用去三周。”她说。

“没关系。”

她转过身来用双臂搂着我。三周的时间很长，但我得习惯她的离开。

“没关系，”她说，“我们可以用Skype视频通话！”她把我抱得更紧了，我能感受到她在我耳边的气息。我很开心我们能用Skype视频通话，就像我和亨利一样。总有一天，我要给发明Skype的人写封信。如果没有Skype，一切都会糟糕透顶。

我看着她出了门走上人行道，然后穿过马路。路灯摇曳。走到路对面时，她抬起头向我挥了挥手。我给她发了条短信。

三周后见。

她低头看。我的手机响了。

爱你很多很多。

爱你一点点。

她沿路低头行走，差点撞到迎面而来的人。她抬起头挥了挥手，公交车来了。

不是真心的。我也爱你很多很多。

我知道。

我必须再给发明短信的人写封信。

第十三章

十一岁三个月零一天

电视屏幕像黑色的图片般挂在墙上。好几天了，屏幕上还是一片空白。阿米尔还没回来把它们打开。我走到窗边。昨晚下雨了，但是今天肯定很热，因为所有正在挖路的工人都脱掉了上衣。马路对面的玻璃大楼里，人们正坐在办公桌前用纸当扇子在脸前扇风。我向前倾身，看看能否瞅见阿米尔走在人行道上。我的头都撞到了玻璃，也没有看见他的踪影。我只看见人们穿过马路走在阴凉处。我瞥了监护仪一眼。

心率：86

体温：37.5 ℃

室内温度：18℃

湿度：7%

空气纯度：98.5%

好像所有人都在融化，除了我。

我走到床前打开电脑，萨拉正在对我微笑。又是一个视频，她肯定还在度假。

“嗨，今天我们要学习阿基米德原理。”她指着一张洒水壶的图片。我摇了摇头。我今天太累了，什么都学不了。我走回窗边。一辆白色的小货车停在玻璃大楼外面。两个男人从车里走了出来，他们打开车厢门，把里面的风扇和移动式空调搬进了大楼。

我给亨利发了条信息。

嘿，亨利。 11:03

嘿，乔。 11:03

你在干吗呢？ 11:03

看《麦克白》，超无聊。你呢？ 11:04

阿基米德原理。如果我在放满水的浴缸里泡澡，然后把溢出来的水都收集起来，那么这些水受到的重力等于我的身体受到的浮力。 11:05

你泡过澡吗？ 11:05

没有。 11:05

……麦克白杀了四个人。

真希望他把莎士比亚也杀了。哈。得下了。 11:06

真的吗？我好无聊。 11:06

对不起。要吃早餐还有些 NASA 的事情。

晚点儿找你。 11:07

好的。 11:07

我想再问问他外出的事，但他的头像已经离线了。

我回头看着那些电视屏幕，希望阿米尔能快一点儿到。玻璃大楼里的人们给空调和电扇插上电源。桌子上的纸张被吹落到了地上。工人们停止了挖掘。他们放下钻子，走去阴凉处喝水。

我回到床上打开电视。西非一种新型的疾病夺走了许多人的生命。记者说塞拉利昂已经有三千五百人死于该疾病。说完他指了指地图上的一个红点，这种疾病正在向马里、尼日利亚和乍得蔓延。一位医生从西非回到美国，她不知道自己被感染了，于是把疾病带回了休斯敦。她正在被检疫隔离，警察已经封锁了整个医院。

我关掉电视躺在床上。

外面很热，而且还有一种新型的疾病正在席卷全球。

我环视着整个房间，今天我感觉自己被困住了。有时候，我希望房间能大一点儿。有时候我希望自己能站起来推墙。墙壁会一直向后滑，直到房间变得像网球场那么大。但我不会停止，我会继续推，直到房间变得像足球场那么大。然后我会装一个球网，画一个点球点，射门，得分，高举双手绕着球场跑。我会跑向观众席，他们会齐声呼喊着我的名字：乔·格兰特！乔·格兰特！我会挥出胜利之拳，脱下我的 10 号球衣扔给球迷。他们会更加大声地欢呼。我会跳到他们之中。他们会将我举过头顶向前传递。我会感受到他们的手按压在我的脊背上，但我不在乎，因为我身材高大，肌肉发达，我所有的瘀青也都不复存在了。

我希望现实世界能跟我脑海中的世界一样大。可墙壁仍在原处，一动不动。只有海报移动了。西奥·沃尔科特还在那里对我微笑。我曾给他写过一封信，问他是否能给我签个名，如果可以的话，签在足球上寄给我。他给我寄了张海报，就是现在挂在墙上的这张。有时候，我希望他能来看看我。我觉得我能听见他球鞋上的鞋钉踩在过渡区地板上的声音。我觉得我听见他在讲话，另一个人在回应。他说着西班牙语，有那么一会儿，我觉得他把法布雷加斯带来了。但这是不可能的，法布雷加斯现在在为切尔西效力。但也许他又回到阿森纳了。我每次在电视看到他们时，西奥·沃尔科特都在对法布雷加斯微笑。我觉得他们可能是很好的朋友。

我看着电视屏幕。如果它们开着，我就能同时收看超级联赛的所有比赛了。我深深地吸了一口气，鼓起双颊。三天了，屏幕还是一片空白。这三天就好像三个星期那么久。我躺下来，凝视着天花板，希望它是天空。

傍晚时分，我听到过渡区传来了声响。我认出一个声音是阿米尔的，另一个声音我不认识。

“我没事，”他说，“虚惊一场。”

“但你应该明白规矩。”

“是的，”阿米尔说，“我休了三天，还多休了一天以防万一。”

“好吧。”

我听见了流水声，接着是喷洒声。门滑开了，阿米尔走了进来。我站起身来。

“阿米尔，你去哪儿了？”

阿米尔微微一笑。

“没什么。”他说，“别担心。我以为我咽喉疼，后来我想起来我之前吞了个鸡骨头。”

“严重吗？”

“嗯，”他说，“它卡住了一会儿，但现在没事了。”他咧嘴而笑。虽然我现在更了解他了，但却仍旧无法判断他是不是在开玩笑。

他走到窗前向外眺望，先是看了看大楼，然后是窗户一侧，最后是楼下的街道。他低声说：“对，对，对。”

“怎么了？”我问。

阿米尔快速地搓着双手，似乎手很冷。“一切都很好，”他说，“飞机还在飞，卫星锅还在墙上，着陆带已经修到了半路。”

不过才几天而已，我已经开始忘了阿米尔在身边是什么感觉。我很喜欢格雷格，但是阿米尔特别擅长让我忘记自己身在何处。

他从窗边转过身来：“你之前状况不太好？”

“嗯。”

“但你现在好点儿了？”

“我想是吧。就是有点无聊。如果它们能用就不会那么无聊了。”我朝电视屏幕点点头。

“噢，电视！”他张开双臂，“12 × 1920 × 1080，HDMI

（高清晰度多媒体接口）和 DVI（数字视频接口）双接口，全高清画质。我哥从工作的地方弄到的，他们正在升级到日立。你喜欢吗？”

“嗯，我很喜欢，但是阿米尔——”

“什么？弄错颜色了？我们可以弄点儿油漆把它们喷成银色。”

“不，不是这个问题。”

“那是什么？”

我伸出双手：“阿米尔，你为什么给我弄了这么多个？”

“噢。”他把手放在头上，仿佛刚刚才注意到，“他弄了这么多个。我知道你有空间，你之前看见我测量这面墙壁了。你打开过这些电视屏幕了吗？”

“没有，我找不到遥控器。”

“噢，抱歉。我把它带回家了。”他拍了拍口袋，“这儿。”他把遥控器递给我。我从未见过有如此多按钮的遥控器。阿米尔向前倾身指着按钮：“你先按红色按钮，再按绿色按钮。”

我按下红色按钮。我听见扬声器响了一声，接着听见了静电声。三个屏幕闪了一下打开了。一个画面上，汽车和卡车在楼下的街道上行驶；另一个画面上是个漆黑的空巷子；还有个画面是另一条带有黑色楼梯井的巷子，里面堆满了盒子和垃圾箱。

我看着阿米尔：“我以为你说我们要装的是天空电视。”

“再按一下按钮。”

我照他说的做了，又有四个屏幕闪烁着打开了。一辆货车停在马路牙子上，一个保安站在门边，一个拿着公文包的人在路上走，还有位女士在玻璃窗口后面的笔记本电脑上打字。我不知道我在看什么，但肯定不是天空电视。

“阿米尔，你在做什么？你要去抢银行吗？”

“哈，没什么，过来这里。”

我跟着他走到窗边。他向下看了眼街道又回头看着屏幕，一辆送货车停在马路上。我挠了挠头。

“阿米尔，你做了什么？”

“我和拉希德，我们给你装了医院监控。”

我摇了摇头，我不想要监控。我只想要天空电视。我沿着屏幕往前走，一个一个地看过去。

保安把烟头扔在地上，在拐角处走了回去。他从一个屏幕上消失，又在另一个屏幕上出现。人们从他身旁经过，走进医院大门。他对他们点点头。我也跟他们一起进去了。一位女士在玻璃窗口后敲打着键盘。人们在她前面排起了长队。下一个屏幕上，公交车到站了，人们走下车。一些穿着外套，一些背着帆布背包，还有一些拿着塑料袋。

我摇了摇头。

“你不喜欢吗？”

我不知道该怎么回答他。他费了这么大劲，而我却不想要。我只想看球赛和电影，不想看车流和人群无声地移动，这些我每天眺望窗外就能看到。

阿米尔站在我面前："我想给你看真正的人而不是电影明星。"

"但是真正的人不会做什么有趣的事。"

"会的。他们行走，他们聊天。不是所有人都大叫着跑来跑去四处开枪的。"他拿走我手中的遥控器。"瞧，"他说，"一共有三十二个摄像头。前台两个、走廊六个、屋顶四个，还有……"他停下来，像小狗一样警惕地扭过头。

"怎么了？"我问。

"没什么……我以为我听见有人来了。如果有人来了，就按这个按钮，不然我们就要惹上麻烦了。"他按下一个红色按钮，电视屏幕变成了彩色——一位女士正在莫斯科的演播室里播报新闻，一位记者站在纽约帝国大厦的前面，十个人正在安大略省打冰球，女人们在巴西的沙滩上玩沙滩排球。

"哇！"我双手抱头。

"哈哈。你以为我没给你装天空电视吗？"

"我是有点担心。"

"我们当然给你装了天空电视。我还给你装了其他卫星电视。现在我们可以没日没夜地看电视啦。拉希德给我们多装了36个国家的847个频道。"

"你觉得亨利去购物中心的那天，我们能看到吗？他会上费城新闻。"

"呃……我不知道，听起来像是有线电视。我问问拉希德。"阿米尔按下另一个按钮，"嘿，我们有意大利版的《厨艺大师》。”

我摇了摇头。

“怎么？不想看《厨艺大师》吗？”

“不，不是的。只是……阿米尔，你做的事让我难以置信。”

“太好了，”他说，“我们看哪个？这个？”他指着第二排的第一个电视。一条鲨鱼正在海里游。阿米尔按下另一个按钮。所有的屏幕都变成一片空白，接着鲨鱼出现在了所有的屏幕上：它的头在左上角，尾巴在右下角。它朝笼子里一个拿着鱼叉的人游了过去。

“哎呀，”阿米尔说，“或许我们应该看点儿不太可怕的。”

我转身走回床边。阿米尔把遥控器递给我，然后在我旁边的椅子上坐了下来。我按下另一个按钮，我们看起了另一个节目，讲的是旧金山的摩天大楼是如何修建来抗震的。阿米尔的眼睛闪闪发光，摩天大楼倒映在了他眼睛里。我们都笑了。格雷格说得没错，阿米尔在给我建一个电影院。我也许不太会去看医院的监控，但我也不觉得天空电视会比这个好。

阿米尔得去照顾其他病人了。他走了，留下我独自看了一下午电视。我看到一个女人在河里划着皮艇，激起白色的浪花；还看到一个男人穿着滑雪板从山上滑下来。随后我试了几张DVD——《超凡蜘蛛侠》《复仇者集结》《蝙蝠侠归来》——我喜欢在普通的电视上看电影，我更喜欢在我的超大屏幕上看电影。

我拿手机拍了张照片发给亨利。

索尔从未如此高大！ 15:06

我等了几分钟，但是亨利没有回复。我快进到索尔把一辆卡车撞进燃烧的大楼里那一幕。我希望亨利能看看。我们可以整个下午都坐在这里换台，从体育频道到电影频道再到音乐频道，我们还能连上我的 X-Box 游戏机。我再次查看信息，也许他在为下一次外出做准备。万一他的购物中心之行很顺畅呢？他们可能还是不会让他来这里，但他会一直待在外面。他将会没有时间给我发信息，也没有时间跟我玩儿《铁拳》了。他会像所有人一样忙。贝丝现在都很忙。我抬头看着我的屏幕。我喜欢阿米尔给我装的电视，可是自己一个人看并没有什么乐趣。没有人能一起聊聊节目内容，也没有人能在进球的时候一起欢呼大笑。但我不应该抱怨，我应该心怀感激。肯定是药物的关系，也许是因为我累了。我拿起遥控器关掉了电视。

阿米尔送茶过来的时候，又把电视打开了，他问我是否已经厌倦了电视。我告诉他我很喜欢，只是心里一直挂念着亨利，而他好像很忙。

“他不可能一直都在线的。总之，”他说，“也许你也会忙起来。”

“在这儿？”

“不，如果太空服对他适用，那么或许你也可以穿。”

“我可不这么觉得。太贵了，而且亨利比我大得多。他们不会这么做的，欧洲宇航局也还没回复我呢。”

“我们不需要他们。我就可以给你做一个。我们去不了费城，但是恩菲尔德附近有个购物中心。”

“阿米尔，我是认真的。他们有科学家。”

“我也是认真的。我有我哥，他上过大学。”

“他是科学家吗？”

“不是，但他有个地理学的学位。”

“但——”

“我们是很好的团队。我设计太空服，他告诉我们具体该怎么做——哇，九十分钟。”

“什么？”

阿米尔对着屏幕点了点头：“九十分钟，抹香鲸可以屏住呼吸九十分钟。上周我被困在电梯里，我憋气憋了四分钟。”

我躺在床上。电视开了太久，我的头疼了起来。我真的很累了，阿米尔还在滔滔不绝地讲着那些不可能发生的事。

“我觉得我们现在应该把电视关掉了。”我说。

阿米尔看着我：“把电视关掉？我们才刚刚装好。你必须得看，看医院的每一个人，医生、护士、保安。”

“保安？”

“吉姆，他很搞笑。大家都离开以后，他就来了。你见过他吗？”

“没有。”

“你应该见一见。今晚看看他。他比瑞奇·热维斯[1]还搞笑。”

“谁？”

“不重要。你看就行了。”

“但我必须得偶尔把电视关掉。它们发热不会让房间温度升高吗？”

阿米尔摇了摇头：“不会，恒温器会自动调节，保持温度稳定。总之，我们不能关电视。八点我还有个节目想让你看，是关于红毛猩猩的。”

“我为什么会想看那个？”

“你不喜欢红毛猩猩吗？”

“不，我想我是喜欢的，但我可能在节目开始之前就睡着了。”

“我在你的电脑上上了个闹钟。”

“我能不能看回放啊？”

“我给你弄了好几百个台，你却想看回放？”

“对不起。”

“没关系，我开玩笑的。”

他拿起遥控器对准着电视。屏幕变成一片空白。他站起来向门口走去：“待会儿见。”

“好的。”我笑了笑闭上眼睛。我的头开始抽着抽着疼，我

---

① 瑞奇·热维斯：英国喜剧演员、导演，主要作品有《谎言的诞生》《博物馆奇妙夜》等。

应该放轻松。阿米尔应该知道我不能这么累。他讲得太多，让我困惑不已。他没法儿给我做一个太空服，那要几百万呢。他不可能是认真的。而且就算他是认真的，他怎么才能带我出去而不被发现呢？我喜欢阿米尔，我也喜欢我的电视，但我还是禁不住会想，他做这些是为了他自己而不是为了我。

阳光灿烂，车顶闪闪发光。我坐在汽车后排，贝丝坐在我旁边玩任天堂游戏机，爸爸妈妈坐在前排一边听音乐一边聊天。

"我能把窗户摇下来吗？"

"外面更热。"

"但我能摇下来吗？"

"嗯，可以。"

我把窗户摇了下来，向外望去。旁边那辆车里的小女孩睡着了，她的头靠在车窗上。

一个男人从我们身后的车里走了出来。"出车祸了。"他大喊道，"刚刚听广播说的。二十七辆车追尾。"

"是啊，我也听说了。"另一个男人大声说道。

他抬头看着天空。我听见了螺旋桨转动的声音。我把身子探出窗外，三架直升机从我的头顶飞过。

爸爸在后视镜里对我微笑，我伸出手去摸他的胳膊。

"小蜘蛛侠，你还好吗？"爸爸说。

"我很好，但是那位男士说前面发生了很严重的车祸，二十七辆车。"

“我知道。”他又笑了笑，一只手托住脸。

贝丝已经在座位上躺平了。她的头发从脸上垂了下来，任天堂游戏机摔在了地上。

“嘿，贝丝，”我说，“是车祸，二十七辆车……你错过直升机啦。”

我向前倾身，可安全带却把我拉了回去。我把安全带挪到肚子上，继续向前伸手：“贝丝，直升机，有三架呢。”

贝丝的手从座位上垂了下来。我把她脸上的头发拨开，她的脸颊上有一道口子。血从她的鼻子里流了出来。

“妈妈！爸爸！贝丝出事了！”我拍了拍妈妈的肩膀，她的头向胸口垂了下去。爸爸转过身来。

“快离开，乔，”他说，“汽油进来了。”

我向下看，汽油从车门渗了进来，淹没了我的脚。那刺鼻的气味让我恶心得想吐。

“乔，赶紧。”

“但是——”我拉了拉安全带，向下摸索着按钮，“爸爸，我卡住了。”

“按下按钮，乔。红色的那个。”

“我在按了，爸爸，我在按了。”

我抬起头透过挡风玻璃向外望去，四个消防员拿着软管和斧头正向我跑来。他们身后是救护车和警车，蓝色的灯闪烁不止。我按下按钮，它发出咔嗒一声，但安全带还是没有解开。爸爸把手伸过来，推开我的手。安全带松开了。

“快走，乔。”

“可贝丝怎么办，爸爸？妈妈怎么办？”

他摇了摇头。一个消防员把手从车窗伸了进来。他抓住我的手，胳膊搂住我的胸口将我抱起。

“快点，孩子。我们走。”他把我拖了出来。

“我的爸爸妈妈……我的姐姐怎么办？”

他往车里看了一眼，然后看着我。

“孩子，车里没有其他人了。”

我回头看着车子。爸爸妈妈和贝丝都不见了。所有的车辆都不见了，只有白色的车道线和柏油碎石马路绵延数里。我回头寻找消防员，他也消失不见了。

第十四章

我睁开眼睛，头发湿漉漉的，睡衣全都粘在了皮肤上。我颤抖着用双臂抱紧自己。室温恒定，可我还是感到很冷。我脱掉上衣，把被单拉了起来，被单比我还要冰冷潮湿。手机突然响起，吓了我一跳。屏幕模糊不清，我眨了眨眼睛，是阿米尔发来的短信。

嘿，乔，你醒了吗？

嗯。

很好。电视开着吗？

没有。

为什么没有？

我刚才做了个噩梦。

你还好吗？格雷格在那里吗？

不在。

夏洛特呢？

也不在。我要去一下浴室。

好的。

我将双脚踩在地板上，走到床尾停了下来。我的心跳得嘣嘣响，手也抖个不停。我走进浴室脱掉睡裤。灯光下，我身体苍白干瘦，眼睛在脸上显得特别大。我打开水龙头开始洗脸。这是我做过最可怕的噩梦，也是我最常做的噩梦。以前每次做了这个噩梦，我都会给贝丝打电话。她说我以后也应该这么做。但我知道跟她谈论这个梦会让她难过，也会让我难过。谈论一个大部分都是事实的噩梦太难了。

在我的噩梦里，我永远都坐在汽车后排。但事实上，我根本不在场。只有贝丝、妈妈和爸爸。他们来医院看过我之后，一起开车回圣奥尔本斯。我不记得自己跟他们告别的情景，我只记得第二天爷爷奶奶、外公外婆全都来看我了。他们从没告诉我到底发生了什么，只说出了车祸。我不太记得那一天了，一切都是模糊的。我记得那天我在床上玩士兵玩具，人们在周围走来走去，跟我讲话。他们不断地跟我说贝丝受伤了，爸爸妈妈死了。我的大脑好像关闭了一样。我只记得士兵和坦克，只记得自己抬头看着过渡区的门，等着他们进来。贝丝说也许这样更好。有时候，我希望她能跟我讲一讲，让我知道究竟发生了什么事。很久以来，我对此都一无所知。直到我有了笔记本电脑，自己上网搜索了一番。一辆在爸爸前面行驶的大货车为了躲避另一辆车猛打方向盘，导致车体弯折，横亘在马路上。这场事故还导致了其他四个人的死亡。有时候我希望自己没有上网搜索。但就算我不做这个噩梦，也会做其他的噩梦。我使劲儿挤挤眼睛，把脸埋进毛巾里。在梦里，我永远都是超级英雄。我希望发生事故那天，我也是超级英雄。

我走回房间，从衣柜里拿出干净的睡衣裤换上。手机响了，还是阿米尔。我应该感谢他在我做噩梦之后跟我聊聊天。可我现在只想躺下来睡觉。

乔，你确定你还好吗？

嗯，好点儿了。

也许这不是个好主意。再缓缓吧。

不，这听起来很重要。

你确定吗？

嗯。看红毛猩猩也许能帮我忘记一些事情。

没有红毛猩猩。

什么？

没关系。别碰其他东西就行了。别碰卫星锅。

我拿起遥控器打开电视。

把所有屏幕都打开，然后戴上耳机。

阿米尔，你在干什么？

弄好了吗，乔？

我叹了口气走到游戏机前，戴上耳机。

手机再次响起。

现在把所有屏幕都打开。

我按下按钮。所有的屏幕都闪烁着打开了。一片漆黑，只有些阴影。接着，一道光亮了起来，照亮了一条通向门口的小径。我听到有个声音在我耳机里说话。

“能听见我说话吗？”

“阿米尔？”

阿米尔大笑：“嗯，至少我知道你能听见。不过你能看见吗？”

“嗯，我能看见。但是阿米尔，你在干什么？”

镜头顺着小径往门口移动。门被漆成了绿色和一丁点儿的红色，门上有个铜质的数字 8。阿米尔的手出现了，抓起了门环。

“阿米尔，你在哪儿？”

门上方的灯打开了，我听见了门锁转动的声音。阿米尔轻声笑了起来。

“乔，你说你希望见见我的家人。”

“呃，是的，但是……”

门打开了，屋里的灯光照了出来，一个女人站在门口。她穿着一件橙色的纱丽，肩膀上裹着一条宝蓝色的肩带，眉心有一个红点。

阿米尔踏过门垫，亲吻了她："乔，这是我的妻子阿布哈。阿布哈，这是乔。"

"你好，乔。"

"乔，打个招呼。"

我跪立在床上："你好，阿巴。" "不，是阿布哈，"阿米尔说，"阿布哈——美丽的光芒，光彩夺目的美人。"

阿布哈用手掩住嘴："阿米尔，别说了。"

"但这是真的。"阿米尔说，"你说呢，乔？"

"是的。"我觉得她是我见过最美的人之一。

阿布哈微笑着看着地面。我听见尖叫声和叫喊声。三个小孩跑过走廊，穿过门口消失了。我将双腿移过来放下床，然后看着屏幕。我的心跳得很快，脸也很疼，可我却无法停止微笑，仿佛在打开有史以来收到过的最大的礼物。我简直不敢相信这真的发生了。我将手举到脸旁，把话筒拉到嘴边。

"阿米尔，你是怎么做到的？"

他大笑："简单，乔。我把笔记本电脑连上摄像头，然后把摄像头戴在头上。"他向下看并解开了衬衫上的纽扣。我看见了他的胸膛上的毛发。再往下，我看见了他的笔记本电脑用黑色胶带缠在肚子上。他向我展示了摄像头的线从电脑接口顺着他的身体向上，消失在了他的腋毛里。接着，他关上门走到门厅，在镜子前面停了下来。我放声大笑。摄像头摇晃了起来，阿米尔也在哈哈大笑。摄像头被他用发带绑在头上，上面是一张我在微笑的照片。

“你从哪儿弄来的？”我问道。

阿米尔把手指抵在嘴唇上：“我趁你不注意的时候拿的。想给我的孩子们看看你长什么样。别告诉其他人。”

“阿米尔，”我说，“你知道我很擅长保守秘密。”

“是的，你很擅长。”他系上衬衫上的扣子，“我们现在做什么呢？啊，对了，我带你四处转转。”

我们走进一个房间，墙角有一个巨大的电视正在播放。长沙发上，那三个小孩叠罗汉似的爬在彼此身上。阿米尔拍了拍其中一个小孩的肩膀。

一个小女孩转了过来。她的眼睛又大又圆，门牙中间有条缝。

“跟乔打个招呼。”

她笑眯眯地向我挥挥手：“你好，乔。”

“乔，这是阿贾拉。”

“嗨，阿贾拉。”

她再次微笑着跟我挥了挥手。我举起手。

“阿米尔，她能看见我吗？”

“不能，”阿米尔说，“她只能看到照片，下次我们给你接个摄像头。”

“太好了！”我说。

阿米尔扭过头，两个男孩儿跳到了他的面前。他们都有着黑色的头发和棕色的眼睛，一个男孩儿的脸颊上长了颗痣，另一个男孩儿戴着眼镜。阿米尔把我介绍给了他的儿子们，舒克拉和古鲁。他们跟我打了个招呼，又继续上蹦下跳起来。

“你想跟我们一起看电视吗？”舒克拉指着电视问。电视上正在播放《蓝色彼得》。

“不了，”阿米尔说，“乔有自己的电视，他一天到晚都在看。我们还是带他参观一下我们的房子吧。”

舒克拉伸手向上拉住阿米尔的手，他们一起走出了房间。阿米尔回头瞥了一眼，阿贾拉和古鲁跟在后面。他们全都走进了餐厅，餐厅的正中央是一张大餐桌，周围有六把椅子。盒子在墙角高高地堆起，大一点的盒子里是洗衣粉和消毒水，小一点的是玛氏巧克力棒和士力架。我问阿米尔他怎么有这么多东西。他告诉我买得越多越便宜，这些一般不放在餐厅的，但是厨房正在装修。他返回门厅，走进厨房，墙上的墙纸已经剥落了。阿布哈正站在炉灶前面，灶上炖锅里的水开了。画面变得模糊起来。阿米尔伸手拿了块布擦了擦镜头。

阿布哈拿起一个木勺。

“我想我们还是晚点儿再来吧。”他说。

阿布哈微微一笑。“不，阿米尔，过来。”她朝摄像头走了过来，把手搭在阿米尔的胳膊上，“我觉得你需要平静一点。”

“我们只是在玩儿呢。”

阿布哈别过头去。“我知道，”她说，“我只是说说而已。”她伸出手抚摸阿米尔的脸，久久地凝视着他。

“我很好。”阿米尔低声说。

阿布哈笑了。阿米尔向前倾身，亲吻了她的额头。

“哎呀，对不起，乔，忘了你还在那儿呢。”

阿米尔简直太搞笑了。

“刚才我要去哪儿来着？啊，对了。楼上。”

阿布哈大笑着啧了他一声。阿米尔返回门厅，开始爬楼梯。楼梯旁的墙壁上挂着照片。阿米尔一边走一边指着那些照片。

“这是我父亲，这是我母亲……还有我的祖父和祖母，这是我们全家在泰姬陵外面。”他用手指指着相片告诉我，这是三年前他的祖母去世之前拍摄的。摄影头在那儿停留了一会儿，然后阿贾拉拽着他的胳膊说她想给我看看她的房间。她跑过楼梯平台，地板是木制的，墙壁被刷成了紫色。我们从门口走进房间。阿贾拉站在屋子中央，她转了个圆圈，然后指着她的床和衣柜，接着指着地板上堆满娃娃的地毯。她拿起一个娃娃，告诉我它的名字叫辛巴。随后她打开衣柜，里面满是颜色鲜艳的裙子和 DVD，她问我是否需要向她借，我放声大笑。

“我觉得你的裙子不太适合我。”

“我说的是 DVD 啦，笨蛋。”

阿米尔大笑着告诉她我已经有很多 DVD 了。

她举起一支蓝色的笔：“那他能有这个吗？”

阿米尔接过笔，带着我走到楼梯平台，进入了另一间蓝色墙壁的房间。舒克拉和古鲁一边笑一边在床上跳来跳去。

摄像头左右摇晃起来。

“这里没什么好看的，”阿米尔说，“一团糟。”他慢慢地转了一圈。我看见了窗户上阿米尔的倒影和贴满了变形金刚海报的墙壁。舒克拉拿起通天晓，用他的枪朝着摄像头射击，接着把它变成了一辆卡车。我告诉他我以前也有一个，但我觉得他没听见。

“疯了。”阿米尔说，“他们都把我弄疯了。”他转过身子，我们又回到了楼梯平台上。阿米尔做了个深呼吸，接着又一次。楼下还在放着《蓝色彼得》的曲子。阿米尔指着一个关着的门说那是他的卧室。然后他给我看了另一个门，门上的标示牌写着“浴室”，标示牌下面是蓝铃花的图片。

“浴室，”他说，“你想进去看看吗？”

“不用了。”

“那就是这样了，”阿米尔说，“每个地方我都带你看过了，乔！”他顺着楼梯平台向前走，在楼梯顶端的镜子旁停了下来。他的头发湿了，皮肤闪闪发亮。他用胳膊抹了抹额头。

“哎呀，抱歉。”

“没关系，”我说，“我还在这儿呢。”

“那么，你见过我的家人了。”

“我真的很喜欢他们，他们挺好的。不像你那么疯疯癫癫的！”

“那就好！”阿米尔咧开嘴笑了，笑容充满了我的整个房间。我等着他说点什么，可他只是低头看着自己的脚，然后看着镜子。跟我一起待在这里的时候，他总是说个不停。但是现在他好像不知道该说些什么。他带我参观完了以后，我也不知道该说些什么了。

阿布哈大声地叫喊着什么我没听懂。孩子们从阿米尔身边挤过去跑下楼梯。

“得走了。”他说。

“好的。”

“你喜欢吗？比红毛猩猩好吧？”

“嗯！好极了！我喜欢你的家人。有一天我想真的见见他们。”

“也许你会的。也许你会像你的朋友一样有套特制的太空服。”

“我不这么认为。我跟你说过欧洲宇航局还没回复我。”

“欧洲宇航局？他们一点儿都不好，他们发射了个卫星千里迢迢去火星，却在山上坠毁了。”

我哈哈大笑。

“是真的。我们再找找别的。”

“我挺好的。”

“什么叫你挺好的？你难道不想出去吗？”

“想啊，但我喜欢你为我做的这些。”

阿米尔笑了。“我也是，”他说，“我觉得他们都很喜欢你。”

阿布哈再次大喊了一声。

“来了！”阿米尔将双手举到头上，“很抱歉。我必须得走了。”

他把摄像头从头上拿了下来，屏幕变得一片模糊。

“阿米尔？”

“嗯？”

“谢谢你。”

“不用谢……啊，乔……我差点儿忘了。”

“怎么了？”

“别忘了看吉姆。”

“谁？”

“夜班保安。”

“但是阿米尔，我困了。”

“你试一试？他值得一看。”

“好吧。”

“晚安，乔。”

“晚安。”

我按下遥控器，监控又回来了。保安吉姆正坐在前台看书。他翻了一页书，咬了一口三明治。另一个保安向他走来，他们一起聊了会儿天。吉姆用手指在空中画着圈。另一个保安点点头，沿着走廊走进了电梯里。一分钟后，他出现在了 9 号屏幕。他在走廊里走来走去检查房门，随后坐电梯到 2 楼重复同样的动作。我看回 1 号屏幕。吉姆还在边看书边吃东西。其他屏幕上，除了两个门卫在手术室门口聊天以外，走廊里空荡荡、静悄悄的。我再次看着 1 号屏幕。前台空了。吉姆把书拿在手里沿着走廊向前走。然后他停下来，打开厕所门。我不知道阿米尔为什么要让我看吉姆。他还没有做任何有趣的事。

我打了个哈欠，躺在枕头上。我的房间里空落落的，又黑又冷。我想着阿米尔和他的家人。有那么一会儿，他们好像全都在这儿陪着我说说笑笑。我闭上眼睛，想象着阿米尔坐在桌旁。我能看见舒克拉、阿贾拉和古鲁微笑着握着刀叉。阿布哈伸出手来让我把盘子递给她。阿贾拉问我是否需要她帮我拿点水。我点点头。阿布哈把我的碟子递了回来。碟子里堆满了土豆和鸡肉。她微微一笑："你在这儿真是太好了，乔。"

阿米尔拿起一个玻璃杯，高举在空中。"致朋友。"他说。

我点点头，耳机滑落到我的脖子上。我睁开眼睛。他们全都消失了，如同鬼魂一般。

第十五章

十一岁三个月零七天

现在是上午九点，医生来了又走了。他们觉得我的病情好转了，我的白细胞已经回升到3000多，体温也下降了。我自己也感觉好多了，我不用扶着床就可以在房间里自如地走动。他们也允许我独自去上厕所，不再需要护士守在门外了。摩尔医生说他认为最糟糕的时刻已经过去。他一边说一边微笑着摸着我的头发，然后他看着我的电视屏幕摇了摇头。

“年轻人，”他说，“你也许感觉好点儿了，但是我觉得你应该让你的眼睛休息一下。”

“我会的。”我说。（我不会的。）

我整个星期都在用新电视屏幕。一开始，我一部接一部地看完了所有我最喜欢的电影。我看了索尔打败洛基，将他扔下悬崖。我还看了美国队长、猎鹰和黑寡妇消灭九头蛇。格雷格和我一起坐下来看蜘蛛侠阻止蜥蜴教授。第二天，我搜索了所有的频道，却只找到世界各国的新闻和脱口秀，里面的人用我不懂的语言互相叫喊。

我还看了监控。在外面挖路的工人经过医院门口，走去星巴克。天气太热了，于是他们购置了巨大的泛光灯，这样就能在夜间工作了。两天前，一辆卡车送来了三大捆铜线。阿米尔说这是为了增强磁场，让外星人的飞船能在空中盘旋而不用接触到地面。他说这个叫磁悬浮。我在网上搜寻了一番，上面没提到外星人和宇宙飞船，只说了日本正在使用磁铁修建铁路，磁铁可以驱动列车。

门咔嗒一声开了。我拿起遥控器。

格雷格走进来瞥了屏幕一眼。一辆挖掘机正沿着马路前行，它垂下铲斗挖掘地面。

“伙计，来吧，你偶尔也得把衣服穿好。”他将干净的衣服搭在我的椅背上。

“但我喜欢这样。”

“我知道，但你必须要看这个吗？”

“没有啊。”我切换到 8 号屏幕。

格雷格笑了。画面变成了医院门口。前台的那位女士正在门外和保安聊天。

“我觉得他要约她出去了，”我说，“昨天晚上他陪她走到了街尾。”

“伙计，基思已经陪朱莉走了好几个月了。他没打算约她出去，只是找个理由再抽支烟罢了。”

“可他给她买了土耳其烤肉卷。”

“哈，那她肯定得答应了。”

屏幕上，基思说了些什么我听不见。朱莉在哈哈大笑。我也听不见。但是当我切换到3号屏幕时，我看见她坐在办公桌前，脸上仍然挂着微笑。

格雷格本来不应该知道监控的事。可是有一天晚上我睡着了，他走进来看见吉姆在看书。我还以为我的监控屏会被没收，但格雷格说他不会告诉别人的。不过如果有人进来，我还是得关掉屏幕。阿米尔在设法寻找一些传感器，能在我眼皮耷拉下来的时候将屏幕自动关闭。他的哥哥正在努力解决这个问题。他觉得他能给我弄到一种人眼传感器。

我切换到12号屏幕。一辆洗衣店的小货车开了过来，倒车去到了大楼后面。两个男人下了车，滑动关上两个大大的车门。

“伙计。”

我抬起头，格雷格正站在门口。

“我说，我一会儿回来看球赛，别忘了你的纪录片准备播出了。”

那两个男人把好几袋脏衣服装到小货车后面。我觉得那个年轻的小伙儿有女朋友，因为他坐在车子后面用手机发短信，或者他有个总跟他发短信的好朋友。那个年长的男人把一个袋子扔了下来，嘴里嘟囔着什么。年轻的小伙儿摇了摇头，把手机放回口袋。

我的电脑噔噔地响了起来。是亨利。他有好一阵子没动静了。他的医生和NASA的人都在努力增强他的体力，他一直在房间里走来走去适应他的太空服。

嘿，乔，你在干吗？ 14:06

看街上的行人。 14:06

你疯了。 14:07

挺好看的。比真正的电视好看。 14:07

比《复仇者集结》好看吗？ 14:08

不，没那么好看。你怎么样？ 14:08

我还行。靴子还可以。头盔有点儿小。

脸看起来像个大西瓜。 14:08

哈…… 14:09

我的家人今天要来。

这是我去购物中心之前，我爸最后一次见我啦。

你拿到你的太空服了吗？ 14:10

没有。我觉得阿米尔不是认真的。 14:10

他没做点儿什么吗？ 14:11

也不完全是。他查看了我的运动鞋大小和我睡衣里的标签。 14:11

NASA 是用激光什么的给我量大小的，但如果你的运动鞋和睡衣合身，那也差不多的。 14:12

我不太确定。 14:12

也许是个玩笑。 14:12

不会的，阿米尔不是那样的人。 14:12

没错。那么这是真的。你想去哪儿呢？ 14:13

帝国大厦！跟蜘蛛侠一起玩儿。 14:13

哈。挺好的，可惜是在纽约。 14:13

是啊。 14:13

嘿，就在邻州。

你可以顺道来看我。 14:14

哈！ 14:14

你跟谁说过你要出去了吗？ 14:15

没有。不想让贝丝担心。而且阿米尔说如果被人发现了，他会丢掉饭碗的。 14:15

也是。他说你什么时候可以出去了吗？ 14:16

没怎么说。他只说恩菲尔德有个购物中心。

大部分时间他都只是看着飞机而已。 14:16

好诡异。 14:16

真心希望是真的。 14:16

我也是。 14:17

嘿，我的家人到了。 14:17

那我下了。 14:17

不用。没关系，开视频吧。 14:17

我们打开摄像头。

我看见了亨利的笑脸，还听见了人们说话的声音。亨利把他的笔记本电脑转了个方向。他的爸爸妈妈穿着白色连体罩衣站在门口，微笑着向我挥手。亨利的妈妈跟亨利都有一头金发，而他的爸爸却快秃顶了，亨利说这是因为医院的治疗费用让他太焦虑了。亨利住院和治疗都是自费的，不像我是免费的。一开始他的父母还有些保险，但却远远不够。所以他的爸爸现在不得不离开家去加拿大新斯科舍附近的石油钻井平台工作，一走就是好几个月。那里离费城很远，坐飞机都要五小时。他爸爸看起来倦容满面，我想他可能刚下飞机。他们微笑着挥手，我也跟他们挥了挥手。他们走到亨利身边告诉他，他们很想念他也很爱他。亨利伸开双臂说他也很爱他们，然后他们相互拥抱了一会儿，好像忘了我还在这儿。但我不介意。如果我的爸爸妈妈能来看我，我也会长久地拥抱他们。终于，他们松开了彼此。

“马特去哪儿了？”

“我觉得他不在这儿，乔。”亨利说。

我听见有人在咯咯地笑，亨利把摄像头转向地面，他的弟弟正蹲在床尾。

“砰！”他用手指指着我，假装手里有枪。

我紧紧地捂住胸口，向床上倒了下去。“你射中我了。”我说。

亨利哈哈大笑：“你射不中乔的。他是超级英雄，能用手指夹住子弹，哪怕子弹以光速射出。”

我和马特放声大笑。

我已经有三个月没见过亨利的弟弟了。他的年纪是亨利的一半，个头也是亨利的一半。但他的脸蛋胖嘟嘟的，几乎要溢出屏幕。我把笔记本电脑转了个方向。

“嘿，马特，我有东西要给你看。”

我打开电视屏幕。

“哇，你从哪儿弄来这些东西的？”

“我的护士，”我说，“我睡觉的时候他弄来的。”

马特的脸上绽开笑容：“好酷呀……嘿，妈妈，乔有十二台电视！”

亨利妈妈的笑脸渐渐出现在我屏幕边缘：“那太好了。”

“我的卧室可不可以多几台电视呀？”

“不可以，马特，”她说，“我觉得一台就够了。”

马特噘起嘴，我哈哈大笑。我真希望自己也有个弟弟。我很爱贝丝，但是如果我有个弟弟就更棒了。我不知道他会不会长得像我。我们可以一起在后院玩耍，沿着马路奔跑，去街角的商店买糖果。回家的路上，我们可以一起吃糖果，然后玩儿打仗的游戏。他可以当绿魔，踩着悬浮滑板蛇形地穿过马路。我会在后面追他，用我的蜘蛛网把他抓住，然后我俩会一起滚到地上，笑得喘不过气来。但是爸爸妈妈觉得再生一个小孩风险太大了，万一他患上跟我同样的疾病呢，这有百分之五十的概率会发生。但我还是希望他们又生了一个小孩。亨利的爸爸妈妈也被告知了同样的情况。有时候马特弄得亨利很烦，亨利就会告诉我马特是个错误。但我觉得他是个美好的错误。

亨利拿起笔记本电脑穿过屋子，摄像头摇晃了起来。他把电脑放在桌子上，自己则在椅子上坐了下来。他的爸爸妈妈坐在沙发上。亨利的爸爸向前倾身，移动屏幕。

“可以了吗，乔？”

画面转到了左边，马特坐在沙发扶手上挖鼻孔。我大笑。他们全都微笑着看着摄像头。我感觉就像坐在一个圆圈的正中央。他们来看亨利，仿佛也来看我了。我很喜欢这一点。有时候贝丝来看我时，亨利也会跟她聊聊天。这挺好的，但是跟拥有一个可以分享的大家庭还是不一样。

亨利的妈妈第一个开口讲话。她涂着大红色的口红，说话的时候会看着每一个人，确保他们都在聆听。

“我有了份新工作，”她说，“在城里新开的一家会计公司。他们看起来人都很好，但我不知道我怎么就得到了这份工作。我还以为我年纪太大了。我猜也许是因为我泡的咖啡很好喝，而且 1 分钟能打 120 个字吧。”

“是的，不幸的是她说话速度也是那么快。”亨利的爸爸说。

我们都笑了。亨利的妈妈试着保持沉默，但不一会儿她又开始讲话了。她告诉我们上周在高速公路上她的车坏了，但她不是很介意，因为拖车的小伙儿长得很像汤姆·克鲁斯。亨利的爸爸说他不确定我们都想听这个，而她只是笑容满面地继续讲述拖车司机的事。接着她还讲了她街道上的一只猫爬进了滚筒式烘干机然后死掉的故事。终于，她停了下来，环视着整个房间。“好了，”她说，“我想该轮到下一个人了。”她看着马特。马特把手伸进口袋，从里面掏出一张纸举到摄像头前：《我做的事》。他把纸转了个方向，大声地读了起来："我的小船困在了湖里。我的单车丢了。我发现了10美元。我买了个锤子。我在购物中心摔了一跤——受伤了——"他卷起裤脚给我们看了他膝盖上的痂。

"去了电影院，买了新的变形金刚，跟爸爸在Skype上聊了天，跟亨利在Skype上聊了天，锤子弄丢了，上学迟到了，给笼子买了锁，买了新锤子，画了霸王龙，收拾了东西去看亨利和乔。没了。"

他的爸爸微笑着用胳膊搂住马特的肩膀。我等着他们就马特的清单进行提问，但大家什么都没问。我想他们可能已经跟他聊过了，这个清单只是写给我看的。我听见了门滑开的声音。亨利的妈妈走到摄像头前，过了一会儿她回来了，把两杯咖啡放在了桌子上。她看着亨利，他对她微微一笑，然后看着我的方向，好像想说些什么。但他只是耸了耸肩膀，我也耸耸肩。很奇怪，没人的时候我们俩能整日整夜地说个不停，可当有人在跟前的时候却不知道该说些什么。

亨利的爸爸向前弯腰拿起一杯咖啡。"嘿，乔。"他说，"亨利说你可能也可以出去了。"

"对不起，乔。我说漏嘴了。"

"哎呀，对不起，乔。我不知道这是个秘密。这家伙要去购物中心了。"他用胳膊搂住亨利的肩膀，"你准备去哪儿呢？"

我耸耸肩，谈论我准备去哪儿似乎有些愚蠢。阿米尔什么都还没告诉我，我们也没有任何计划。亨利明确地知道他在做什么。他有个时间表，精心计划了好几个月的事。

“我不知道。不过我可以告诉你我在脑海里去了哪些地方。”

“对啊，乔。”亨利说，“跟我们讲一个你的梦想吧，超级英雄的那种。从那个踢足球的开始。”

我微笑着抬头看了看西奥·沃尔科特，我想跟他一起踢足球。温布利的比赛结束后，他会跟我握手，送我一件他的球衣，然后带我参观更衣室，见见其他的队员。屏幕上，每个人都在等我说话，但我太紧张了，说不出什么有趣的事。

“我的梦想就是去伦敦，在考文特花园跟贝丝碰面。她喜欢那里的一家咖啡店，我不知道名字是什么。但她说就在市场里面，钟的旁边。我会让格雷格给她发短信，说要跟她聊聊我的事。但去的不是他而是我。我会在她喝着咖啡看书的时候，悄悄走到她身后，拍拍她的肩膀吓她一跳。然后她会给我一个大大的拥抱。”

我停了下来。亨利的妈妈正在对我微笑。

“继续说，乔。接下来呢？”

“我不知道，但她一直说她想去伦敦眼。”

“你知道路吗？”她把“路”念得像“漏”。

“什么？”

“路……你知道怎么走吗？”

“啊，知道的。我在谷歌地图上查过好几遍了，现在都记在我脑袋里了。”

“但是别坐地铁，”亨利说，“你可不想在房间里困了一辈子之后，再去地下。”我们全都笑了。

“或许你们可以见见她，”我说，“我们可以去她家。”

“在你的医院附近吗？”

“现在不在了，她去爱丁堡了，远着呢。”

亨利的妈妈把头靠在她丈夫的肩膀上。我等着亨利或是马特说些什么，但他们只是坐在那里看着我。我低头看着地板。贝丝搬家前我还没去过她家呢。距离这里只有两英里，她和朋友住在那里的时候，我看过照片。但也只是他们坐在沙发上看电视或是在厨房喝东西的照片。如果我去看她，我不想有别人在那里，我只想跟她一起坐在沙发上，吃着晚餐看电视。但是我却做不到。认为自己能做到真的太愚蠢了。

听到抽泣声，我抬起了头。亨利的妈妈脸上在笑，手却在抹着眼泪。

“对不起。”我说。

亨利的妈妈用袖子擦了擦鼻涕。

“你还好吗，乔？”亨利的爸爸说。

“嗯，就是有点儿困了。”

“不奇怪，”亨利说，“你都一路去到特拉法加广场又回来了。”

我微微一笑。“我觉得我得休息一会儿了。”

“好的。”

他们挥着手大声地跟我说再见。我拿起手机给贝丝发了条短信。

想你了。

一分钟后她回复了。

你怎么了？

没什么。只是感觉想你了。

我在上班路上。

我躺在床上。

刚刚跟亨利聊天了。

要去购物中心了，他肯定很兴奋吧。

确实是……

我的手指悬在键盘上。我想告诉她阿米尔也要带我出去了，但她肯定会跟我说别去，她甚至可能会告诉护士。但是我想要的也是她想要的，不是吗？我开始打字。

我有事要告诉你。别担心我，我也要出去了。

我的大拇指悬在发送键上方。

得走了。

我摇了摇头。我不想让她担心。我深深地吸了一口气，按下删除键。

好的。

下班了给你短信。

亲亲

亲亲

我叹了口气把手机放在身边。

屏幕上，工人们还在挖沟。信号灯由红变绿。在最下面的屏幕上，我看到有人在我屋顶，是那个穿着连体工作服的男人。他把包从肩上滑下，伸手从包里拿出一把小刀。我以为我们屋顶没有鸽子。它们破坏建筑，传播疾病。它们会被困在冷却塔，然后疾病会顺着管道从通风口传播进来。但是通风口有过滤器，我的监护仪有传感器。我抬头看着空调，空调百叶转下来，空气朝我吹了过来，细菌可能现在就会进来。我闭上眼，深深地吸了口气。我在这里都怕染上疾病，怎么还会想着要出去呢？我又深深地吸了口气，然后睁开眼睛。那个男人在冷却塔之间穿行。我拿起遥控器，关掉了屏幕。

第十六章

十一岁三个月零八天

笔记本电脑的指示灯闪了一个早上。纪录片昨晚刚在电视上播出，信息就已经开始陆续抵达了。每年都是如此。一开始，他们不给我看全部的信息。那些粗鲁无礼的信息或是他们觉得可能会让我感到沮丧的信息都被过滤掉了。但是现在我长大了，他们把全部信息都开放给我，含有脏话的除外。

格雷格坐下来跟我一起看纪录片。我的镜头有 14 分 45 秒。关于黄蜂的那段被删掉了，我去上厕所的那几次和苍蝇在墙上的那一小时被剪辑成了十五秒。但是他们保留了我是超级英雄的部分。看到我说自己是超级英雄时，格雷格笑了起来。节目的其余部分是对医生和其他病房的一些小孩的采访。我看见了那个假装自己是匹小马，在病床间奔跑的小女孩。我还看见了那个独自在角落里阅读《饥饿游戏》的小男孩。除了谈论他最喜欢的电影《超凡蜘蛛侠》，他没说太多的话。我觉得这个男孩很酷，真希望能和他一起看蜘蛛侠。但我最喜欢的还是台球小子，他一秒钟都闲不住。格雷厄姆一直设法和他攀谈，与此同时新摄影师大卫扛着摄像机在后面追着他们跑。当大卫终于追上他们时，台球小子已经跑得上气不接下气，语速飞快。

“医生和护士都特别好我很喜欢其他的小孩哪怕他们不支持纽卡斯尔。”

我和格雷格放声大笑。接着台球小子从床上拿了张被单披在头上扮鬼，在病房里跑来跑去。我和格雷格见状又大笑起来。尽管台球小子一直在笑，但我看得出他的状况并不太好。我能看见他涂成红色的脑袋上的血管，他的腿跟我的胳膊一般粗细。我真想见见他。可我觉得就算见了面，我也会累得跟不上他的节奏。

我拿起电脑，有六条信息。我已经跟其中一些人聊了聊天。我点开第一条。

英国广播公司气泡男孩论坛

8月24日 星期二 22:01

亲爱的气泡男孩：

我刚才在电视上看见你了。很遗憾，你被困在一个气泡里。你会做些什么来忘掉这件事吗？

艾米·霍布斯

邓弗里斯

英国广播公司气泡男孩论坛

8月25日 星期三 07:23

亲爱的艾米。是的，我会做梦。

你都梦见了什么呢？

很多很多。

有用吗？

是的。

太棒了！

但醒来时，我仍在原地。

噢。

对不起。得去上学了。再见。

再见。

英国广播公司气泡男孩论坛

8月25日 星期三 09:23

亲爱的气泡男孩，你愿意来参加我的生日派对吗？8月28日。你可以带上亨利。我妈妈说如果格雷格愿意的话，他也可以来。

乔治亚·D

布赖顿

英国广播公司气泡男孩论坛

8月25日 星期三 10:25

亲爱的乔治亚，我很想去。

但我去不了。

生日快乐。

我收到的信息大都如此。他们以为只有自己问了这样的问题吧，可我不介意。电影明星被报纸和电视采访的时候，情况肯定也大抵如此。格雷格说这是件好事，因为这至少说明了人们在看着我、想着我。屏幕上，新信息提示音响了起来。

英国广播公司气泡男孩论坛

8月25日 星期三 10:21

亲爱的气泡男孩，我爸爸认为你并没有真的住在气泡里，你也没有生病。这全都是炒作，为了让人们给医院捐更多的钱。他说摄影机一关掉，你就会走出门去街角的肯德基。我告诉他这不可能，你在外面会有生命危险，而且你只能吃锡纸包装的食物。他说这全是胡说八道。他说他认出你了，因为你穿着一件阿森纳的球衣。上周你就在那儿吃着全家桶喝可乐。他还在鸡盒上拿到了你的亲笔签名。我希望这不是真的，可我又希望这是真的。住在气泡里一点儿都不好。

汤姆·巴斯尔登

亨廷登

我希望这是真的。我希望我是装的。我希望他们停止拍摄时，我能穿上外套出门去。我很想去肯德基，我只在电影里见过它。有时候我看见肯德基的红盒子被吹到大街上，我不知道肯德基尝起来是什么味道。格雷格告诉我肯德基闻起来像木屑，吃起来很油腻。可这一点儿帮助也没有。我根本不知道木屑是什么气味。

我的手机响了。我的早晨从未如此忙碌。我拿起手机，是贝丝发来的短信。

乔，你起床了吗？

起了。

我的手机再次响起。我看了看屏幕。贝丝？她从不打电话。或许她想聊聊昨晚播出的纪录片。我把手机贴近耳边。

“乔。”

“嗯。”

她又喊了声我的名字。但接下来我只听见模糊的声音和车辆的喧嚣。

“贝丝，”我说，“我听不见你说话。”我看了看我的手机，有三格信号。

“贝丝。”

车辆的喧嚣声消失了，我只听见贝丝在哭。我的心在飞快地跳着。我走下床，在屋里来回地踱步。

“贝丝，怎么了？”

她设法开口讲话，却哭得更厉害了。

“贝丝，你在哪里？”

手机突然没声了，我看着屏幕。她挂掉了。我走到窗边，拨打她的号码。还没拨出去，手机又响了起来。

乔，对不起。不该给你打电话的。

我的手止不住地颤抖，几乎连字都打不了。

怎么了？

我不打算待在爱丁堡了。

为什么？

我在电视上看见你了，你不想让我来这里。

什么？

他们问你的时候你哭了。

噢，不！我忘记我哭了。我环视着整个房间，抬头看着空调。我可以告诉她格雷厄姆问我那个问题的时候，空调风太大太强，刺痛了我的眼睛。但她肯定知道那不是真的。

乔，你还在吗？

在。对不起。是药物的关系，是药物让我流泪了。

我盯着手机，等待下一条短信。屏幕上什么都没有。我讨厌贝丝沉默不语的时候。

真希望我没上电视。

但你喜欢。而且你很棒。

并没有。

你很棒。你说你是超级英雄的那段太可爱了。

但我就是超级英雄。

哈。

我微笑着闭上双眼，试着思考些能使她发笑的事情。还没想出来，手机再次响起。

乔，我知道不是药物的关系。我会回来的，我会在伦敦附近找找看。

你说过你必须去那里。

我看看是否能更改。

她必须待在那儿。如果爸爸妈妈还活着的话，她会待在那儿的。我想让她去做自己想做的事情，找到最好的工作，幸福快乐。我不想让她一天到晚都想着我。

我想让你待在那儿。我被困在气泡里并不意味着你也一样。你不待在那儿就太无聊了。你会没有什么新鲜事讲给我听了。

好的。好的！你可以打住了。

但我是认真的。

我知道。

你只是惶恐了，就像我一样。深呼吸。

哈！专家！

到时候我们每晚都用Skype视频。

你忙着跟亨利聊天呢。

那等他吃晚饭的时候。

挤出点时间给我？

我开玩笑的。

那么你会待在那儿咯？

我微微一笑。我赢了。在她改变主意之前，我必须结束对话。

我快没电了。

不可能。

真的。

你有充电器。

坏了。

我知道你在做什么！

你要待在那里。

你需要我的时候可以给我打电话。

我需要的时候也会打给你的。

你保证？

快没电了……快没电了！

乔！你保证？

好的。

真的快没电了吗？

没有，我想尿尿。哈！

亲亲

亲亲

我把手机关掉放在身旁。我的胸口很痛，头也很痛。我真希望自己没在电视上哭。我希望格雷厄姆没有问我那个问题，或者把那一段剪掉了。

第十七章

十一岁三个月零九天

前台排了二十人长的队伍。朱莉一早上都在忙着收礼物。她的桌子后面，礼物靠墙堆成高高的一摞。我看不清是什么礼物，但如果跟去年差不多的话，那么大部分都是泰迪熊、洋娃娃和遥控汽车。有些是人们不想要的旧玩具，有些则是崭新包装的，标签上还有孩子们手写的名字。他们拦截了大部分的礼物，可我并不介意。如果只有我们这些上了电视的孩子才拥有一切，那也太不公平了。况且我的房间也不够大，装不下所有的礼物。可我想要一小时前一对父子拿来的《足球世界 15》。

正午过后，队伍排得更长了。人们去吃午饭的时候又去商店里买了更多的礼物送给我们。两点之后，前台安静了下来，礼物也堆得没那么高了。基思把它们拿到走廊，锁在一个房间里。我切换摄像头，看了施工的工人一小时，直到看见阿米尔背着帆布背包走在人行道上。他朝基思点点头。走到前台时，他转过身抬头看着摄像头，向我竖起了大拇指。他实在是太可笑了。

通常他从前台到我的房间需要二十二分钟。可是今天差不多过了两小时我才听见他在过渡区弄出的声响。他微笑着走进我的房间。

“你还好吗？”他问道。

“嗯，我很好，你去哪儿了？”

“抱歉，有点儿忙。”

“照顾其他人？”

阿米尔连忙点头：“是的，但是我也忙着找这个。”

他举起手，食指和大拇指捏着一个小小的正方形芯片。

“这是什么？”

他咧嘴一笑。“我哥给咱们弄了解码器升级版。”他说，“它可以同时扫描所有网络、所有国家、所有城市，不管是地面电视、卫星电视还是有线电视。”

“但我已经有的频道也不是全都看的。”

“你不会嫌多的，”他说，“所有人都想要更多的频道，再多都不嫌多。世界这么大，你可能会在什么地方错过什么东西的。”他在接收器旁跪了下来。

我走下床跪在他身边：“阿米尔，这些东西都是哪儿来的？肯定花了不少钱吧。”

他打开接收器的盖子，然后看着我：“没有，是免费的。我哥从货车后面拿的。”

“偷的？”

“不，是借的。”阿米尔一边对我咧嘴而笑，一边将新的芯片嵌了进去。

“好了，”他说，“现在我们只需要找到那个电视频道就行了。”

“哪个？”

“你朋友会上的那个啊。”

“亨利吗？”

“还有别人吗？把人送上月球却没人打开电视观看的话，这件事就毫无意义。”

我笑了。亨利才不是要去月球呢，但是我知道阿米尔是什么意思。这和听亨利跟我讲他在购物中心走来走去是什么感觉不一样。他会漏掉他认为不重要的细节，而且他可能会编造一些根本没有发生的事，他有时候激动了就会那样。在电视上看他更好。

我站了起来。我们走回床边的时候，阿米尔拿起遥控器指向电视。屏幕闪了一下，可是上面只有模糊的图像和白噪声。

阿米尔看上去迷惑不解。“它不在银河系，”他说，“但肯定在这里的什么地方。”

频道再次切换——跑道上的赛车，骑摩托的女孩，走过沙漠的骆驼——阿米尔用遥控器敲着半边脑袋。

“我打给他。”他低声说。

“亨利吗？”

“不是，我哥。”他从口袋里掏出手机，走到窗边。他拨号码的时候，我搜寻了更多的频道，但却只找到了关于玉米片和洗衣粉的无聊广告。阿米尔将手指指向空中，我停止换台。

“拉希德，我们找不到！”阿米尔先是安静地倾听着，然后语速飞快地讲起话来，“好……好。”他挂掉电话。

“他怎么说？”

他走过来，拿走我手中的遥控器。

“我的错，”他说，“我们应该在回声之星，却跑去了阿斯特拉①。”

他瞥了眼手表：“但我们现在没有时间了。我们只剩两天了。”

“还有两天外星人就要来了？”

“不是，”他说，“还有两天你就要出去了。”

“什么？我真的要出去了吗？”我的呼吸开始变得急促起来，心跳也立马加速了。外出！外出！！

“我真的要出去了吗？！”

“当然，虽然是临时通知，但是只有那天我哥才能把车子借给我们。”

我们只剩两天了，可他什么都还没有告诉我！亨利的计划表规划了三个月的事。他一直在吃特殊的饮食，还去外面试走了几回。而我所做的不过是躺在床上看电视而已。

“怎么了？你紧张吗？没关系。每个人都会紧张，他也会。”他朝西奥·沃尔科特点点头。

---

① 回声之星和阿斯特拉都是全球卫星服务提供商。

我咬着嘴唇。

“说吧，”阿米尔说，“怎么了？”

“我有点儿害怕。我不知道我要穿什么，也不知道我要……去哪儿。”

阿米尔靠近我。“别担心。”他轻轻地敲着半边脑袋，“都在这儿呢，我什么都知道。”

“但我也需要知道。”

阿米尔看了眼手表，然后看向门口。

“嗯，你当然需要。对不起，快点儿，把那个递给我。”

我伸手从桌子上拿起笔记本电脑递给他。突然，阿米尔看起来很生气。

“这是什么？”

他读着那条说我在肯德基的信息。

“都是瞎说。”他说。

“我知道。”

阿米尔开始打字：

你爸弄错了。不是肯德基，是汉堡王。

他按下发送键，然后咧着嘴对我笑。“那么，”他说，“我来告诉你我们准备做些什么。”

他打开一个空白文档，然后开始飞快地眨着眼睛，好像眼睛里进了什么东西似的。

“你还好吗？”

“当然，我只是在思考。”他又眨了眨眼睛，接着打起了字。

“这是一个核查清单，”他说，“你必须要做的事，我必须要做的事。不要保存这个文档，记住我打的内容，然后删除。”

我看着屏幕，试图跟上他打字的速度。但是他的手指敲得飞快，我还没读完就跳转到了下一页。

“好了。”他把屏幕转向我。

预计出发时间：03:06

压缩空气：19.5%

氧气：80.5%

氮气。

容量1升。空气流量每分钟3立方英尺。持续时间2小时52分26秒。

预计到达时间：06:58

“哈，”他说，“我有没有告诉你我以前在火车站工作？”

“那么这就是我们所需要的全部？”

阿米尔连连点头。“是的，”他说，“我全都算好了。我会多给你二十六秒的空气以防我们被困在电梯里。”

我读着清单的其余部分。有些很合理，但还有一些数字和词我不太明白。上面写着什么立体容积、内外温度变化、光污染还有车流密度。文档末尾是一个头上贴着我的名字的人的照片。

身高：150cm

体重：36kg

身体质量指数：16

肺活量：4.5 升

屏息每分钟 23 次——方差因肺泡压增加一倍

我抬起头。阿米尔对我咧嘴而笑。

“有些是从你的病历里抄的，其余的都来自维基指导手册（wikiHow）。”

我挠了挠头。

阿米尔笑了。“我开玩笑的，”他说，“相信我。我咨询了最好的医生。我没问这里的任何人，但是我在印度认识一些顶尖人才。啊，我差点儿忘了。7–11。”他深深地吸了一口气。

“7–11 是什么？”

阿米尔呼出气。

“增加肺活量，”他说，“还能让你保持冷静。吸气 7 秒，然后吐气 11 秒。试试看，像这样。”

我看着他，尽可能像他一样久地吸气，然后呼气。

“很好，”他说，“再来一次。有没有让你感觉好一点？”

“没有，让我感觉恶心想吐。”

阿米尔放声大笑：“我也是，过一会儿就好了。今晚记得练习。”

我告诉他我会的，然后又把清单读了一遍。上面太多数字了，他肯定做了大量研究。但我不知道是否该信任他，这一点是非常非常重要的。假若他装电视时出了差错，那么后果不过是频道错乱或者电视无法开机。可是如果他在这里出了差错，那我可能会死在外面。

阿米尔的传呼机响了起来。“我得走了，”他说，“继续看着监控屏，特别留意一下吉姆。”

“但他什么都不做！”

“你没有发现他和菲尔很搞笑吗？他俩就像是搞笑兄弟①，或是安特和戴克②。也许你应该做个笔记，乔。他们太搞笑了，你应该整晚都看着他们。”

“为什么？”

“我想知道我不在这儿的时候都发生了什么事。你电脑上有收到其他人的信息吗？”我还没来得及回答，他就把我的电脑转了过去。

英国广播公司气泡男孩论坛

8月26日 星期四 12:17

亲爱的气泡男孩：

你八岁的时候实在是太可爱了。

后来发生了什么事？

斯蒂芬·H

布里斯托

阿米尔啧了一声。“有些人，”他说，“什么都不懂。”

---

① 搞笑兄弟（Chuckle Brothers）：英国双人喜剧组合，以恐怖儿童节目闻名。

② 安特和戴克（Ant and Dec）：英国当红组合，横跨电视和流行音乐两界。

他长大了，你也该长大了。

“棒极了！”我大笑道。

阿米尔的传呼机再次响起。

“必须走了，”他说，“还有其他人需要我。我晚一点儿可能会来看你，但是明天我不在。”

“可是阿米尔……”我回头看着电脑屏幕。

“嗯？”

“我们为什么是晚上出去啊？”

“白天风险太大。而且只有这样你才能看到外星人来这儿的真正目的。”

“是什么呢？”

“地球上最棒的演出。”

“什么是——”

阿米尔咧嘴一笑，溜出了门。

我合上电脑，躺在床上。我真的要出去了。真的要出去了。我真的真的要出去了！我拿起手机。我想要告诉贝丝。我想问问她是否觉得我很傻，傻到相信这件事真的会发生，甚至傻到要出去。但我不能告诉她。她已经很担忧离我太远了。我不想增加她的担忧。我知道她肯定认为这件事风险太大。我也不能告诉格雷格，他也会那么觉得的。我想出去，哪怕可能会很危险。没人明白我是多么地想出去，只有亨利知道被困在气泡里是什么感觉。可我的腿抽痛起来，胸口也很闷。

深呼吸。深呼吸。

我在房间里踱来踱去。电脑再次响起。一条新信息。

英国广播公司气泡男孩论坛

8月26日 星期四 15:08

亲爱的气泡男孩，我昨晚在电视上看见你了，你当时正在看《源代码》。那是我最喜欢的电影之一。我觉得杰克·吉伦哈尔在里面演得棒极了。他在《死亡幻觉》里的表现也很出色。你看过吗？总之，你跟采访者聊天的时候，他问你如果生命只剩下八分钟你会做些什么，你说你会眺望窗外，我觉得听起来有一点点悲伤。但从那时起，我一直在思考我在八分钟里会做些什么。一开始，我觉得我会去巴黎迪士尼，去爬珠穆朗玛峰或是去纽约，做些激动人心的事。可是后来我发现八分钟并不长，我可能还没到达目的地就被冻结在时间里了。所以最后我觉得我会待在家里跟爸爸妈妈一起看电视。

希望你早日康复。

如果你愿意的话，可以回复我。

丹

埃塞克斯

我走到窗边。工人们正在挖沟，办公室里的人们盯着电脑屏幕，飞机掠过葡萄适大楼朝希思罗机场飞去。如果我真的只剩下八分钟，我会做什么呢？我什么都做不了。我哪儿也去不了。我可能可以穿过过渡区，走过走廊，搭乘电梯。我或许可以走到前台。但是当我走到那儿的时候就该返回了。但是现在，我拥有的不止八分钟。阿米尔说我差不多有三小时。整整三小时在外面。我走回电脑旁，打开一个新的标签页。

三小时在伦敦可以做什么？

323000000 条搜索结果——我可以买一张游客卡去搭乘公交车。我可以参观白金汉宫、国会大厦和伦敦塔。如果排队的人不多的话，我还可以去杜莎夫人蜡像馆。我可以去海德公园散步。我可以登上驳船，沿着泰晤士河顺流而下。我可以在丽兹酒店喝下午茶，我还可以去看音乐剧。我可以做七千万件事。但是凌晨四点的时候，他们要么都关门了，要么太黑了什么都看不见。阿米尔，我们起那么早是要去做什么啊？

我的胸部一阵绞痛。我不确定自己真的想去。如果我死了呢？深呼吸。如果不能呼吸，我哪儿都去不了。我躺在电脑旁，再次看着那个问题。丹没有三小时，他只有八分钟。我闭上眼睛想了一会儿，然后再睁开。

亲爱的丹，我没看过《死亡幻觉》，但我喜欢《源代码》。你想做的事情我全都想做。但如果只有八分钟，我想我也会待在家里。

我关掉电脑，看着监控屏。几乎什么事也没发生。我一遍又一遍地看着同样的东西。就像抢劫犯在抢劫银行的时候控制了安保系统，在监控里播放提前录好的片段。我打了个哈欠，准备找点儿足球赛来看。但是阿米尔让我做笔记。我在电脑上记下笔记。

16:10 有人来修复印机。

17:05 运输车送来血液。

17:30 朱莉跟基思说再见，然后沿路往前走。

19:55 吉姆来了。

20:00 朱莉和基思在外面见面。他们在服务通道亲吻。

20:30 吉姆拿着书去上厕所。

20:46 吉姆从厕所出来。

21:15 菲尔检查了 1 楼。

22:00 吉姆再次去上厕所。

我关掉电脑。这也太无聊了。为什么阿米尔说我应该整夜都看着他们？我不觉得搞笑兄弟很搞笑，但也比这个有趣多了。安特和戴克肯定也是。我刚才检索了他们。

第十八章

十一岁三个月零十天

第二天早上格雷格进来的时候，我正在做呼吸练习。他脸色苍白，眼睛通红，仿佛整晚没睡。他坐在我旁边，手肘撑在膝盖上向前弯腰。

“发生了很多事吗，伙计？”他朝着监控屏点点头。

“没什么事。基思亲吻了朱莉，我还看见你今早转弯的时候从单车上摔下来了。”

格雷格啧了一声：“都怪那该死的路障，伙计。晚上有人把它们挪了位置。”

“那是特里干的。”我指着 4 号屏幕，“他负责交通信号灯和路障。”

“哈，你给每个人都起了名字吗？”

“当然。”

“继续说，我听听看。”

我从床上爬下来，站在 5 号屏幕旁：“迈克、安迪、戴夫和……等等……我希望他能停止那么做！”

“谁，伙计？”

“一个保安。他一直在移动摄像头。”

格雷格放声大笑：“伙计，我觉得比起关心你看监控，他们觉得制止犯罪更重要。”

摄像头摇摄回来，我把戴夫和迈克指给他看。

“他们住在布赖顿。”我说。

“你怎么知道他们住在哪儿？”

“他们的小货车上写着呢。”

“哈，你什么都知道。”

我回到床上。格雷格打了个哈欠，将头埋进手里。我想告诉他我可能不必马上就给所有人都起好名字，我或许能去外面亲自会会他们了。但是我不能。他可能会阻止我，我也不想阿米尔因此被解雇。

格雷格的传呼机哔哔地响了起来。他把手从脸上移开，低头看着皮带。

“伙计——”

“没关系。我懂。”

“最近的事让人有点儿抓狂。”

我想告诉他我最近的事也让人有点儿抓狂。

格雷格站了起来。

“大家都还好吗？”

“是的，伙计。为什么这么问？”

"阿米尔昨晚也很忙。"

"大家都很好，真的。"他假装一瘸一拐地向门边走去，"你就好好待在那儿，告诉特里今晚最好不要再移动那些该死的路障了。"

格雷格一整个早上都没有再回来。我看着监控屏做呼吸练习，直到一位我从未见过的护士进来给我送午餐。她没有告诉我她的名字，但她知道我的名字。我打算跟她说说话。可我还没想出来要说什么，她就已经走了。

吃完午饭，我点开英国广播公司的网页。我有一条新信息。

英国广播公司气泡男孩论坛

8 月 26 日 星期四 22:01

亲爱的气泡男孩：

昨晚我在电视上看见你了，想给你写封信，希望你不要介意。去年我也写了，但在发送之前我改变了主意。我的名字叫汉娜，今年 14 岁。我住在威尔斯，在圣玛丽中学读书。我不太擅长跟人聊天，我只喜欢待在我的房间里看书和弹奏音乐。我喜欢读《小王子》（我已经读了一百遍了，你读过吗？），我还喜欢看《指环王》。大部分时间我都待在家里。抱歉，这听起来一定很糟糕。我明明可以出门却不出去，而你却没有选择。再次感到抱歉。我只想告诉你，你的房间看起来棒极了。我喜欢你走到窗边给我们看飞机那段。

我从来没有坐过飞机，但我总是在想飞机去到的所有地方。我不知道这封信是否说了任何有意义的话，我只是想给你写点儿什么。希望你不会觉得很愚蠢。也许我应该像上次一样删除这封信。

汉娜

我微微一笑，开始打字。

亲爱的汉娜：

感谢你的来信。没关系，我不介意你说我被困在气泡里，大家一直都这么说，我姐姐也一样。我没有读过《小王子》，比起霍比特人我更喜欢超级英雄。我看漫威和DC的漫画，我更喜欢漫威，因为漫威的超级英雄都很勇敢而且更有趣。蜘蛛侠是我的最爱，金刚狼我也很喜欢。

门开了。格雷格走了进来："还好吗，伙计？你在做什么呢？"

"回信息。"我把电脑屏幕转向他。

"嘿，好极了。"他走到我的床边开始读起了信息，"嘿，你收到了一个女孩的信息。"

格雷格看着屏幕大笑起来。

"怎么了？"我问。

他指着我的回复："伙计，我没时间读完，但她是个女孩，女孩可不想一直谈论超级英雄。”

“贝丝就想啊。”我觉得格雷格说得不对。不过也许凯蒂不喜欢超级英雄，所以他不知道不是所有的女孩都像凯蒂一样。

格雷格又大笑起来。

我回头看着电脑。既然格雷格都这么说了，我不知道还能写些什么。我的手指悬在键盘上方，思考着要不要按下删除键。格雷格查看了监护仪的读数——

室内温度：19℃

空气纯度：98.2%

心率：77

“问她一些问题，”他说，“看上去她也被困在了一个房间里。”

“问什么？”

“什么都可以，伙计。”

我很开心你喜欢我的房间和那些飞机。你的窗外能看见什么呢？

格雷格瞥了我的屏幕一眼：“嗯，不错。”他向门口走去。

“你已经要走了吗？”

“是的，伙计，抱歉。我必须要回去了。”

“回哪儿去？”

“什么？”他把手搭在门上。

“你必须得回哪儿去？”

“其他病房。仅此而已。”

“又是诺瓦克病毒吗？”

“什么？”

“大家都如此忙碌的原因，是因为诺瓦克病毒吗？”

“不是的，伙计，你怎么会这么想呢？”

“因为你很忙，阿米尔也很忙。”

“我们都很忙，不过别担心。嘿，”他朝我的电脑点点头，“或许问问她喜欢什么类型的音乐……我尽量一会儿回来找你。”

我回头看着我的电脑。

你喜欢什么类型的音乐呢？

我按下发送键，然后躺了下来。上次格雷格这么忙，还是两年前诺瓦克病毒在这里肆虐横行的时候。那时他没有告诉我发生了什么事。但是每天所有的护士都东奔西跑，忙着照顾病人和打扫卫生。医院外面还围着记者和电视台的人。这是我在新闻上看到的。许多人都生病了——病人、护士还有医生。四百个人被感染了。因为情况着实太糟糕，他们让一些病人出院回家，然后在六个病房喷洒了消毒剂，关闭了两周。我以为我也要被转移，但他们告诉我这永远都不会发生。我所在之处是整个医院最安全的地方。这次我没看到外面有电视台的人。也许是因为太危险了，所有人都觉得自己会被传染。

我打开一个新的标签页，输入诺瓦克病毒。

938400 条搜索结果。

症状：呕吐和腹泻。

我在这儿没看到任何诺瓦克病毒的迹象。

电脑噔噔地响了起来。我瞥着屏幕一角。

嘿，乔。你在干什么呢？	14:00
搜索诺瓦克病毒。	14:00
我去！你们那儿有了吗？	14:01
没有。	14:01

我向下滚动页面。

但是南威尔士有 300 个人被感染了。	14:02
有多远？	14:02
等等……220 英里。	14:02
很近啊！	14:02
是吗？！	14:03
嗯，就在那儿。	14:03
要过一座桥才能到。	
桥能拦住吗？	14:03

我觉得应该是通过空气传播而不是地面传播的。

哈。 14:03

鸽子！ 14:04

不，我不这么觉得。上面怎么说？ 14:04

它是通过人传染给人的。

粪口途径传播。 14:04

听起来好像在吃屎。 14:04

这很严肃。

如果外面真有，我可不想出去了。 14:05

抱歉。我敢肯定外面没有。

所以你确定要出去了吗？ 14:05

嗯，我觉得是。明天。

阿米尔给了我好多指示。 14:06

我必须要熟记于心。

酷。你几点出发？ 14:06

四点。 14:07

跟我一样。 14:07

真的吗？！ 14:07

嗯，NASA 刚刚告诉我的。下午四点倒计时开始！！！ 14:07

不，我是早上四点出发！ 14:08

什么？！就是说你比我早出发！ 14:08

我知道。 14:08

你可以在我出发前告诉我…… 14:08

不，别告诉我。 14:08

会扫兴吗？ 14:09

嗯，反正你到时也联系不上我。 14:09

我会被全面封锁，就像最高机密一样。

只有我的爸爸妈妈能联系到我。 14:09

好吧。那之后再聊。等不及了。 14:10

我也是。 14:10

我微微一笑。在担忧了一切之后，我迫不及待要出发了。我跟亨利说了阿米尔的清单里都写了什么，我有多少空气，以及阿米尔计算出三小时我会呼吸 4576 次，我到时还会有些空气剩余。亨利告诉我 NASA 也帮他做了计算，但这些数据被科学家安全地保存在他们的笔记本电脑里，必须要指纹解锁才能读取。他看不见。我告诉他我还是不知道我要去哪儿，只知道一开始我看不见太多东西，但我出去以后天会渐渐亮起来的。

嘿，乔。 14:12

也许他带你去吃麦当劳早餐呢。 14:12

哈。 14:12

这是我最期待的了。 14:12

麦当劳的汉堡和薯条。

NASA 告诉我他们用特制的杀菌装置来烹饪。

真的吗？ 14:13

不是，我瞎编的。哈。 14:13

你准备带什么去？ 14:13

我不知道。还在想呢。 14:14

我环视整个房间。要去旅行的时候，人们通常知道自己要去哪儿。他们会带上三明治和饮品，或是坐在车里吃，或是下车来到野外坐在毯子上吃。格雷格告诉我，他每次跟凯蒂出去的时候都会带上一个帆布包。包里装着各种重要物品，手电筒啊小折刀啊，还有一件外套以防降温或下雨。我不知道我是去海滩、河边还是公园，不知道那里是冷是热。可就算知道，我也没什么东西可带。我没有步行靴，我没有外套，我甚至没有能装饮品和食物的帆布包。我只有运动鞋和衣服。仅此而已。

亨利。 14:20

在。 14:20

我没什么可带的。 14:21

嗯，我刚才也在找呢。 14:21

不过起码我们什么都不用拿。 14:22

那倒是。 14:22

我得走了。马上要跟 NASA 开重要会议。 14:23

好的。 14:23

人们指着图表什么的。 14:23

好像是军事任务一样。

《敢死队》。 14:24

哈。没错。待会儿见。 14:25

Skype的指示灯灭了。我考虑着再给汉娜发条信息，但她还没回我。我拿起游戏手柄玩儿起了《足球世界》。我是阿森纳，在跟巴塞罗纳打比赛。我玩儿了一下午，打了十场比赛。里奥·梅西实在是太棒了。他进了二十二个球。我一直在努力，却依然没法让阿森纳获胜。

天渐渐黑了下来，玻璃大楼里的灯光也变得昏暗。我打开声田，一边听音乐一边洗澡。我闭上双眼，让水淋在我的头上。水浸透了我的头发，顺着我的身体滴落下来。淋雨就是这样的感觉吗？我紧紧地闭起眼睛，试着想象那种感觉。但我只看见眼皮里的紫色圆圈。我深深地吸了一口气。我看不见雨，看不见我和贝丝的房子——仿佛脑海中所有的图像全都消失了。我微笑着睁开眼。消失了也没关系，明天我就出去了，去亲眼见见这个世界。

我听见门滑开的声音。格雷格在外面大声地询问我是否还好。我告诉他我很好。我想告诉他即将发生的事情，我想让他和我一样兴奋不已。但我知道如果告诉他，他是不会让我走的。

“伙计，你还好吗？你洗了好一阵子了。”

“对不起，我很好。只是在检查瘀青而已。”

我擦干身子，检查着自己的皮肤。手肘上有一小块瘀青，是靠在窗台上的时候压到的。但它的颜色红而不棕，我觉得没必要告诉格雷格。我可不想招来医生妨碍我。

回到房间时，格雷格正坐在我床边的椅子上。他半闭着眼睛，脑袋后倾。我把脏衣服丢在门口的篮子里，然后爬上床。

“一切都还好吗，伙计？”格雷格轻声问。

我点点头。

“你发信息了吗？”

“信息？”

“你已经忘了吗？那个女孩。”

“嗯，是的。对不起。”

我拉起被单盖在身上。格雷格把手搭在我的肩膀上。

“伙计，你确定你没事。你看起来有点儿焦虑。”

“我没事，只是有点儿困了。”

格雷格盯着我看了好一会儿，仿佛想要弄清我在想些什么。

我伸手将笔记本电脑拿了过来。“我查收一下信息。”我说。

“你刚才说你困了。”

“不是只有她的。”

“我知道，伙计。反正她可能已经睡着了。你也应该睡了。”我看着电脑，格雷格摇了摇头，“去吧，只许看一条。”

我看着屏幕。上次跟亨利的聊天记录还在那里，我赶紧关掉然后望着格雷格。我觉得他没看见。他的头靠在椅子上，好像十分疲惫。好险。我深深地吸了口气，点开我的信息。

英国广播公司气泡男孩论坛

8月27日 星期五 21:45

亲爱的气泡男孩：

感谢你的回信。信息发出后，我十分担忧。不知道为什么，但就是很担忧。已经很晚了，可我还是想告诉你从我的窗户能看见什么。下雨天，我只能看见雨。晴天的时候我能看见大片大片的田野。平坦的大地绵延数里，直到一座大山突然出现，山顶上有格拉斯顿伯里突岩。它是石头的，有时候却像玻璃一样闪闪发光。我希望我能一直看着它，但是到了夜晚外面就是一片黑暗。我得走了。快十点了我还没有洗澡。我说过我不会写太多。我写得太多了吗?

汉娜

又及，我也喜欢金刚狼。

我微笑着将电脑转向格雷格。他双手捧着脸，手肘撑在膝盖上，向前倾着身子。

“你错了。”

格雷格没有动。我拍了拍他的肩膀。

“怎么了，伙计？”他抬起头，拨开挡在眼前的头发。

“你之前说女孩不喜欢超级英雄。你错了。汉娜就喜欢金刚狼。”

“那很好啊，伙计。”格雷格继续把头靠在椅子上。他的眼睛泪汪汪的，好像刚才打了个哈欠似的。我问他是否还好。

“是的，伙计。我只是累坏了。”

他在身后摸索着关掉开关，把灯光调暗。我躺在枕头上。格雷格看起来的确疲惫不堪，但我觉得不止如此。我翻过身侧躺着。

“凯蒂她，还好吗？”

格雷格叹了口气：“嗯，她很好，伙计。”

“那么这里的其他人呢？”

他抽了抽鼻子，用手擦去鼻涕。“抱歉，伙计。我觉得我该走了。”他站了起来，“后天我再来找你。”

我不知道该做些什么，也不知道该说些什么。除了贝丝和电视上的人，我从没见过其他人哭。我把双腿移过来放下床。

“你能告诉我怎么了吗？”

格雷格摇了摇头：“不能，伙计。我们不能说。”

我低头看着地面，又抬头看着他。

“我觉得我知道了。”

“嗯，我也这么觉得。”

我的喉咙抽着抽着痛，泪水也开始涌上眼眶。格雷格把手放在我的头上。

“睡一会儿吧，伙计。明天可是你朋友的大日子呢。”

我闭上双眼躺在床上，听着格雷格走出去关上门。我翻过身侧躺着。明天是我和亨利的大日子，但是我已经不在乎了。一滴眼泪顺着我的脸颊流到了枕头上。我从没见过他，但却又好像见过。我紧紧地闭上眼睛。我觉得台球小子死了。

第十九章

十一岁三个月零十一天

护士们微笑着低声私语。

“嗨，乔，你好吗？我只是来看看你怎么样，没什么可担心的。”

医生们微笑着讲着笑话，谈论着足球。

“阿森纳太可惜了，他们总是筋疲力尽。嘿，那是西奥·沃尔科特吗？我刚看到他一瘸一拐地在路上走。”

我笑了笑说起了超级英雄。

“我刚看了《银河护卫队》，奎尔在躲避罗南的追杀，他还跟一只持枪的火箭浣熊休战了。”

摩尔医生摩挲着我的头发：“好小伙儿，明天见。”

护士们满脸微笑：“再见，乔。一会儿回来。”

“好吗？”

我点点头：“好的。”

“我们必须继续了。”

保安吉姆走了。

保安基思来了。

每个人都在继续。

台球小子去世的那天早上，我继续看着监控屏。我感到很内疚。不是因为我不在乎他，而是因为我无法停止去想我生命中最激动人心的事——外出。我每十分钟就查看一次手机，但是阿米尔没给我发短信。他要带我去哪儿？去看电影为时已晚。逛商店也是不可能的，那时候店铺还关着。不过就算商店开门了，我也不想去。我想去外面看看真正的东西。我可不想刚从这个房间出来又去另一个房间。

上午过去了一半，一些我不认识的医生和护士聚集在前台。他们一小群一小群地站着，笑着聊着天。电梯门打开了，一个坐着轮椅的女孩被推了出来。她的爸爸妈妈微笑着走在她身后。她的嘴唇上贴着白胶布，鼻孔里插着鼻氧管，身旁还有一个氧气瓶。医生和护士围了上去，跟她的父母握手。基思向他们走了过去。我以为他可能是去说他们挡道了，让他们继续往前走。然而他却将手伸进口袋掏出手机。医生和护士都站了起来，站在女孩的左右两侧。基思举起手机。

我觉得他在说“说茄子”。

他们全都面带微笑。

基思拍了张照片。

一位护士拥抱了女孩。侯赛因医生跟她的爸爸握了握手。她的妈妈抹着眼泪。他们一起向门口走去。门外停着一辆救护车。

她要回家了。我抬头瞥了时钟一眼。距离我外出还有十六小时，但我还是没有收到阿米尔的消息。我又瞥了手机一眼。

看到 Skype 的指示灯在电脑上闪烁时，我的心都快要跳了出来。我看着电脑屏幕，是亨利发来的信息。

嘿，乔。你好吗？ 12:00

天哪，我没法保持静止。好像肚子里有条虫似的。 12:00

我大笑着想要回复他，但屏幕显示亨利还在飞快地打字。

应该会很盛大。我爸刚打电话了。 12:01

他会跟钻塔的人一起在电视上观看。 12:01

乔，你在吗？ 12:02

听上去棒极了！ 12:02

啊，你在呢！你也会在电视上看我吗？ 12:02

当然。阿米尔给我留下了指示。 12:03

你准备好了吗？ 12:04

没有，阿米尔不在这儿。什么消息都没有。 12:04

那你都在做些什么呢？看监控吗？ 12:04

是的。 12:04

发生了很多事吗？ 12:05

一个女孩回家了。 12:05

太好了！ 12:05

我看着屏幕，想要告诉他台球小子的事。但是他看起来太兴奋了，我不能这时候告诉他有人死了。屏幕上的铅笔又开始飞舞了起来。

乔，你还好吗？ 12:06

嗯，为什么这么问？ 12:06

还以为你会跟我一样亢奋！你害怕了？

没关系，我也是。总想去尿尿！ 12:07

不是这个原因。 12:07

那是什么？你应该叽叽喳喳说个不停。 12:08

我知道。 12:09

我的手指悬在键盘上方。

对不起，只是发生了一些事。 12:10

什么事？ 12:11

不确定是否该告诉你。 12:11

你现在得告诉我了。 12:11

好吧。台球小子死了。 12:12

啊啊啊！真是太让人难过了。 12:12

我很内疚自己对外出那么兴奋。 12:12

铅笔又在屏幕上舞动起来。亨利要么是在写很多，要么就是在删除重写。

我瞥了手机一眼。还是没有阿米尔的信息。

电脑再次响起。

乔，听起来很糟，但你必须停止去想这件事。12:14

人终有一死。你和我也一样。12:14

也许是今天，也许是明天。

我们都知道如果他们治不好我们，那我们可能很快就要死了。

我知道。

对不起。有点太直白了。我妈说我是遗传我爸。

12:15

没关系。 12:15

只是想说，我们必须得去。可能会死在外面，

可能会死在床上……我去，乔，

为什么我们要聊这些？

我们即将开始最棒的旅行！12:16

对不起。只是思考了很多关于死亡的事。你没有吗？

12:16

有。但不是现在！12:16

我看着屏幕。亨利没有打字，而我也不知道该说些什么。我真希望我刚才什么都没说。我希望亨利能说点什么。我害怕我也遏制了他想要出去的欲望。我的手指悬在键盘上，屏幕上的铅笔飞舞起来，又停下了。

你必须去！超级英雄如果一辈子都待在屋里，
那他谁都救不了！　　12:17

我咯咯笑了起来。我必须去。我不能一辈子都坐在这里做梦、幻想和担忧。

开视频。　　12:18

为什么？　　12:18

因为我说过，我想给你看些东西。　　12:18

我们打开视频。

“嗒啦！”

我放声大笑。亨利隔着面罩上的玻璃对我微笑，他用指关节轻轻地敲着头盔顶部。

“百分之百的聚碳酸酯。你觉得怎么样？”

“我觉得你看上去像被卡在了鱼缸里。”

“所以，我看起来不像个瓜？”

“也像。”

亨利摘下头盔，鼓起双颊。“真的很沉，”他说，“还很热。你拿到你的了吗？”

“没有。阿米尔今晚会带过来。”

亨利向前倾身靠近摄像头，仿佛他只看见我。“我的妈呀，乔，”他说，“你白得跟鬼一样。”

“我知道，我真的很紧张。”

“你会没事的，你只是太焦虑。我也很焦虑。”

“但是你的太空服是 NASA 设计的。”

“所以呢？你的是由一个疯狂迷恋外星人的家伙设计的。超酷。”

“你真这么觉得？”

“当然了。我的太空服很棒，但你的会有很多奇奇怪怪的东西。”

“我知道，但是我还是无法停止发抖。”

“你知道该怎么做。”

亨利鼓起脸，深深地吸了一口气，仿佛准备吹气球。我笑了。

“我已经试过了。”

“那哼唱呢？”

“我也试过了。”

“没关系，我也是一直抖个不停。”他拿起笔记本电脑抖动起来，“瞧，就像是整天都在地震。”

我不敢相信他是这么的快乐和亢奋，但他一直如此。唯一一次他有些沮丧，还是费城老鹰队输掉比赛的那次。可那时他也只是低落了几分钟就又大笑起来。

他把笔记本电脑放在床上。“我是认真的，”他说，“一整天都这样。但我等不及了。”

我的手机响了起来。亨利问我是谁。我大声地把阿米尔的短信读了出来。

“‘乔，确保自己休息一会儿。当房间的温度下降，开始冷得像冰箱的时候，别担心。温度下降到 11 度应该就会停止了。如果没有的话，我就带个冰锥来。’”

“太棒了！他太棒了！”亨利弯下身子拿起一个文件夹，“我就只有算法和数据单。”

我的手机再次响起。

“他又说了什么？”

“‘如果你没记住我的指示，不用担心。我全都记着呢。’”

“喏，乔。你没什么好担心的。这个人已经全都计划好了。”

“你真的这么觉得？”

“那当然……你在发什么？”

“我在问他在哪儿。”

我刚发完信息，手机就响了。

“他说什么？”

“他说他在赛恩斯伯里购物……一个超市。”我深深地吸了口气。

亨利用手指敲击着屏幕。

“嘿，别愁眉苦脸的。人得吃饭啊。也许他在为你们的旅行准备野餐呢。我就不需要了。我会在麦当劳停下来吃个汉堡。”

“你觉得他们会同意吗？”我想起了格雷格说的话。

“我很怀疑，但我不在乎，我只想要出去。NASA 说到时候会有很多车，就像总统的车队一样。”

“等不及要看了。”

“我会给你挥个手，或者这个。”他伸出一只手指，“哈哈！”他瞟了屏幕旁边一眼，然后继续看着我，“等一等，我觉得布雷特要来了。”

“我应该走了吗？”

“不，还不用。他还要一会儿呢，要为最后一刻的测试和其他东西做好准备。然后我就得去休息了。也就是说我可能好一阵子都没法聊天了。”

“我去了外面以后，就不能跟你聊天了吗？”

“应该不行，不过设法阻止我吧！”

我等着亨利说些别的什么，但他只是盯着摄像头。有那么一会儿，我以为网络卡了，但是他的头发却被风扇吹动了。

“亨利，怎么了？”

“没什么，只是在思考。”

“思考什么？”

“这有点愚蠢——我应该感恩的。我只是希望我们俩能一起出去。肯定会很有趣。我们俩一起。就像万圣节一样——我打扮成宇航员，你打扮成外星人。”

我大笑起来。

“我们相距 3500 英里，真是太烦人了。”

“我知道。”

亨利朝门口望去。

“一两分钟，伙计？”布雷特说。

亨利点点头。

“你听见了？”

“嗯。”

亨利眨眨眼，凑近屏幕。“嘿，乔，”他低声说，“别担心。你会没事的。”

我点点头：“我觉得你也一样。”

“哈，”他说，“我们可以拍一部电影。”

我艰难地吞咽着：“嘿，亨利。”

“嗯。”

“我会假装你走在我旁边。”

“我也会的。啊，对了，乔……”

“怎么了？”

“别忘了呼吸。我可不想你晕过去，错过一切！”

“你也是！”

“回见。”他说。

“回见。”

屏幕变成了一片空白。

我躺在床上看着天花板，心在胸口跳得嘣嘣响。我不敢相信这居然要发生了。我和亨利真的要出去了。

亨利下线以后，我盯着监控屏看了一会儿，可却始终无法集中精神。人们在一片模糊中安静地走来走去。看《雷神》的时候，我的眼前只有火焰和乌云。我试着听阿米尔的话去休息一会儿，可我满脑子想的都是我和亨利要去外面了，实在难以入睡。

现在是七点钟，我收到了汉娜的一条新信息。

英国广播公司气泡男孩论坛

8月28日 星期六 19:00

亲爱的乔，我刚做完假期作业，现在查收信息。你还没有回复我。我希望我没说错什么话。我只是想告诉你，我要去祖母家为她庆祝生日。她住在威尔士，家里没有网。我手机的网络也不太好，所以我可能有一阵子不能给你发信息了。我告诉一个朋友我在跟你聊天。她大笑着说，跟一个永远都出不来的人聊天有什么意思？但我不在乎。不是只有一起出来玩才能做朋友，你说呢？我希望你一切安好。

汉娜

我回复了一条信息。

亲爱的汉娜：

很抱歉没有回复你。你并没有让我难过。最近发生了许多事。有件让人难过伤心的事，还有件让人兴奋不已的事。

我希望我能告诉你，可是我不能。或许之后我可以告诉你。

听你说你喜欢金刚狼，我很高兴。我搜集了他的漫画，还看过两部电影。九月有一部新的电影要上映了。我的姐姐会给我买DVD，但我不确定能不能等到那个时候。

我喜欢你窗外的风景，听起来跟我的全然不同。有时候我梦见自己在医院楼顶，可以看见伦敦周遭所有的湖泊和公园。我经常做梦。但我不能写得太多，因为我要节省能量。有件激动人心的事情正在发生，但是我不能告诉任何人。我觉得我刚才已经说过了。

乔

又及，祝你在祖母家玩得愉快。

我躺在床上。

我知道我需要睡眠来节省能量。可是人生中的第一次，我要出去了。我根本没法保持静止。

半夜，一个新来的护士进来查房，我假装睡着了。她没有说话，只是查看了监护仪。她好像没有注意到我的心率。她好像也没有注意到我的呼吸有多么的绵长。她只是在我的床边站了片刻，然后将灯光调暗。

我不记得自己是什么时候睡着的，但是空调的嘀嘀声把我吵醒了。我扭过头，眼睛因困倦而模糊。

室内温度：18℃

空气纯度：98%

空调又嘀了一声，数字变了。我眨眨眼。

室内温度：17℃

室内温度：16℃

温度开始下降了，就像阿米尔说的那样。

心率：87

室内温度：15℃……14℃……

好像我每呼吸一次，它就下降一度。

13℃……

温度从未这么低，警报器应该响起来了。阿米尔肯定控制了它。我瑟瑟发抖，仿佛有人拿冰块从我的后背上浇了下来。

心率：91

我在脑袋里给阿米尔发了条短信：我希望你知道你在做什么。我希望你全都检查好了。

如果他没有呢？如果温度降低让我疲惫，我的白细胞可能减少，我的皮肤会皱起来，然后像蛇皮一样蜕掉。我的眼睛会变成水晶，我的肺会变成铅，我的鼻子会开始流血，最后我会失去意识。

我坐在床上，不能呼吸。我的心在剧烈地跳动着，仿佛要冲出肋骨。我拿起手机。

阿米尔，我觉得我们不应该这么做。

我等了五分钟，他没有回复。我的胃里一阵痉挛。我跑到浴室看着镜子里的自己，我脸色苍白，汗水从脸上流了下来，滴在脖子上。

空调又嘀了一声。我不想走。我也许会像电视上的北极熊一样，它在笼子里待得太久了，所以当它走出笼子时，它只是在原地转了个圈。我用手臂环抱着我的肚子。太冷了，我会冻僵的。我会死于呼吸真正的空气。我的头晕眩起来，我急忙抓住面盆以防摔倒。保持冷静，深呼吸，深呼吸。不管用！我向前弯腰，吐在了厕所里。

我的手机在地板上震动起来。我一把抓住它。

别担心，温度会停在 11 度。

我试着回复，可却打不出正确的字母。我甩了甩手，再次尝试。

阿米尔，我害怕。

没关系，就算是超级英雄也可以害怕的。

监护仪响了。我站起来靠在门上。监护仪上的数字变了。

室内温度：11℃

空气纯度：98.4%

心率：96

我的手机又响了起来。

乔，我在路上了。

第二十章

十一岁三个月零十二天

现在是凌晨2:15，室内温度停在了11度。外面有三个工人正在灯下挖掘，还有一个工人在大大的沥青桶上暖手。我真希望自己能站在他旁边，因为我实在太冷了，下巴不停地打着哆嗦。我裹上羽绒被，可无论裹得多紧，都暖和不起来。我从窗边走开，看着监控屏。自阿米尔说他在路上已经过去了一小时，他还没到。漆黑的服务通道里空无一人。吉姆正坐在前台的灯下看书。车灯经过的时候，阴影也从医院前门一闪而过。吉姆抬头瞥了一眼，我看不见他在看什么。阿米尔不会从前门进来的，对吗？我切换摄像头。一只狐狸一颠一跛地走在人行道上。吉姆低下头看着书，继续阅读起来。

过渡区的门咔嗒一声打开了。我走到床边，将羽绒被拉到下巴。门滑开了，阿米尔走了进来。他的肩膀上背着帆布包，手里拉着滚轮金属箱。

“我以为你不来了！”

“我当然会来。”他将帆布包滑下肩膀，把箱子放在我的床上，“我得停车。”他朝6号屏幕点点头。服务通道里，一辆车正停在楼房的阴影之下。

“我怎么没看见你来啊？”

“我把灯都关掉了。”

我想要微笑，可下巴仍旧冷得像冰：“阿米尔，我觉得我做不到。”

“你会没事的，”他说，“一旦你穿上了这个。”他朝箱子点点头。

“什么？我需要的东西全都在里面了？”

阿米尔将大拇指按在锁扣上：“我知道你在想什么，但是你会大吃一惊的。”

锁扣弹了起来。阿米尔打开上盖。

一套蓝色的制服整整齐齐地叠放在里面。

“你是不是拿错箱子了？”

“没错，就是这个。”他把制服从箱子里拿出来，拎在手上。

“我穿不了。太小了……”我回头看着箱子，“而且这里没有头盔也没有氧气瓶。”

“当然没有，”他说，“它们太大了，过不了安检。这是我带你出去之前用的。”

“但它跟维修工人的衣服一模一样。”

“不，不一样。我给你看看。”他卷起袖子，“棉和橡胶，还有可塑性钛。把它穿上。”

我将双腿移过来放下床，阿米尔帮我把脚套了进去。我试着把它提起来，可是橡胶粘在了我的皮肤上。我使劲儿向上提，可提到膝盖就再也没法儿往上了。

阿米尔将手伸进口袋：“用这个。体操员都在手上抹上这个以防粘在单双杠上。”

他把白色的镁粉撒在我的腿上。裤子被我拉了起来，围绕着腰部将我密封起来。我把手伸进袖子，将衣服套上肩膀。

“完美！”阿米尔顺着我身体向上拉上拉链，制服紧紧地贴合着我的皮肤，紧得就像我在电视上看到的潜水员穿的潜水服。

我把手指伸到衣领下面。

“有点儿紧。”

“必须得这么紧。你会慢慢适应的。舒克拉试过了，他穿着它坐在沙发上看了两天电视。然后我给它消毒了。这里。”他递给我一双橡胶袜子和一双橡胶手套。我穿戴好后，看着自己的手，活动了一下手指。

阿米尔后退一步。

“你喜欢吗？”

我在窗户上看见了自己的影像。我的外表看起来像维修工，可内心我觉得自己是蜘蛛侠。

“现在你只需要这个。”阿米尔递给我一个金属环，“这是给你呼吸用的。”

“但它看上去像个飞盘。”

“这是配有锂电池的涡轮风扇。”他指着金属环上的小孔，“看见这些了吗？当我们把它打开时，一个纯净空气屏障就会启动。我演示给你看。”

他把橡胶软线连接到一个氧气瓶上。这个氧气瓶和小型灭火器一般大小，看上去只够我呼吸十次。

阿米尔瞧见了我脸上的担忧：“别担心。我车上还有两大瓶的氧气和一个像样的头盔。”

“好吧。”

阿米尔拿起金属环套在我的脖子上，仿佛在给我颁发奖章。我低头看着它。阿米尔从帆布包里拿出一根管子插入金属环：“准备好了吗？”

“我不确定……”

他点击按钮。“阿米尔！”冷空气从氧气罐里猛地冲了出来直奔我的鼻子，我大口大口地呼吸着。

“哎呀，对不起。”他伸出手，“稍微调整一下。”他把金属环向前拉，用带子将它向下系紧。我又可以呼吸了。

“好点儿没？”

“嗯……我想是吧。”

阿米尔拿起电视遥控器。

“阿米尔，我以为我们要走了！”

“没错。我只是看看吉姆的情况。”

屏幕闪了一下打开了。吉姆正在前台看书。

“嗯，他还在那儿。”

“他三点会去上厕所。”

“很好……菲尔呢？”

“他应该在 20 楼。”

阿米尔轻轻地拍着我的背。“好极了，”他说，“这就是我让你当保安队长的原因。”

“是吗？”

“当然。我让你观察他们。”

“我那时不知道是因为这个。”

“最高机密，”他说，“你知道的越少，泄露的越少。就像间谍一样。”

“但我也不会告诉任何人。”

“我知道，我相信你，但是有时候你做梦会说漏嘴。”他拿起帆布包。我将手臂穿过肩带，阿米尔扣上前面的搭扣。

“你准备好了吗？”他将帆布包甩到肩后。

我点点头，但我其实并不知道自己是否准备好了。苦苦等待了这么久，一切发生得太快了——行李箱、制服、氧气、出发——我以为我会花费跟亨利一样长的时间。他只是去停车场走一走，就准备了好几小时。我什么都没有，只有我和阿米尔。他全都检查好了吗？气温如何？空气质量如何？如果太纯的话，只要有人在我身边抽支烟，我就会起火。

“阿米尔，我们是不是应该检查一下空气质量？”

他把手伸进口袋：“我全都检查过了。”说完便把手机拿给我看。

室外温度：11℃

体温：37.3℃

心率：119

空气余量：3 升

空气纯度：97.5%

“那我不会起火咯？”

他按下空气纯度的图标。空气——氮 80.5%，纯氧 19.5%。

“嗯，你不会起火的，但是我会带上灭火器以防万一。”他微微一笑。我不知道他是不是在开玩笑。

阿米尔抓住我的胳膊：“来吧，我们现在出发。”

我深深地吸了一口气，环视整个房间——监护仪、窗户、床、西奥·沃尔科特。我在这里生活了一辈子，度过了每一个圣诞节和每一个生日。现在要出去了，房间突然看起来比任何时候都要小。我把手放在胸口。在经历了这一切之后，我根本不想离开我的房间。这里有我所有的记忆和我所有的朋友。

我想跟亨利聊天。

我想跟格雷格聊天。

我想留下来。

我想尿尿。

阿米尔碰了碰我的胳膊肘：“没关系，我们会回来的。现在你要帮助我们找到出去的路。”

门滑开了。我想着回到床上去，用被单蒙住头。但还没来得及，阿米尔就拽着我的手把我拉了出去。他带我穿过过渡区，走过一排塑料椅子、一个淋浴头、几罐消毒液，还有一个药架，上面放着小小的药盒和药瓶。然后我看见了挂在钩子上的白色外套。这就是贝丝换衣服的地方。这就是医生和护士洗手的地方。我不知道这个房间有这么大。贝丝跟我描述的时候，我以为这个地方就是个橱柜。墙角摆放着一摞杂志和几箱玩具。我想也许是人们带来的，但是不允许给我。

阿米尔拉着我继续往前走。

“如果你总是停下，我们就永远都出不去了。”

我们经过氧气瓶，在门口停了下来。脚步声在走廊里回荡，越来越近，越来越响。我们屏住呼吸。脚步声靠近，又离开了。阿米尔竖起三只手指：“数到三。”他通过口型示意我。他点了两次头，第三次他打开了门。我的心剧烈地跳动着，好像被困在了制服下面。一种奇怪的感觉油然而生。我知道我不该这么做，可却抑制不住。

我跟着阿米尔进入走廊。我向前张望，狭长的走廊里，昏黄的灯光不断延伸。我们走了起来。突然，阿米尔停下来仔细聆听，仿佛听见有人来了。

“没事的，”我低声说，“菲尔早晨才会来这儿查看清洁工的情况。”

阿米尔竖起大拇指，对我微微一笑。我看监控的时候根本不知道他是让我为此做准备。他把我训练成一个迷宫行者。我知晓所有的走廊，我知晓所有的门，我知晓出去的路和回来的路，就好像阿米尔在我的脑袋里植入了一幅医院的地图。

我们蹑手蹑脚地沿着走廊向前走，沿途路过了大象、猴子和长颈鹿的图画，还路过了其他小孩的病房门口——那个假装自己是匹马的小女孩，读《饥饿游戏》的小男孩。有那么一会儿，我觉得我们应该停下来去跟他们聊聊天，他们可以把自己的故事告诉我，这样我就不必听医生和护士的转述了。如果我停下来就可能会被抓住，或者他们也许会说服我不要出去。但我必须要出去。他们病情好转了就能回家。而我可能会像台球小子一样，永远都无法好起来。

“我们走吗？”阿米尔低声问。

我点点头。

阿米尔继续走。我们就像突袭中的警察，脊背贴在墙壁上向前滑行。这感觉很不真实。我仿佛在电影布景中醒来，天花板上明亮的灯光指引着我们前进的方向。我们一直走，直到走到了交叉路口，左边通往访客厕所，右边通往出口和病房。我抬起头，看见墙上有一个摄像头。我告诉阿米尔它会扫视走廊再转回来，这之间我们有三十秒的时间。

阿米尔点点头。摄像头扫过来的时候，我们向后跳了一步，然后沿着走廊继续前进。我们沿途经过了更多的门，我的背包一直刮擦着墙壁。走廊最终通向一间手术室。火警警报器下放着一个轮椅。阿米尔一把抓住轮椅，让我坐了上去。我很高兴。尽管我能感受到身体里如同火花般的肾上腺素，可我的腿已经累极了。

阿米尔推着我朝电梯走去。他在手机上检查我的各项读数时，我按下了电梯按钮。

“一切都还好吗？”我问。

“是的，很好。也许我们要把涡旋调大一点。”他把手伸进我的背包，旋动了一个开关。空气在我的耳边呲呲作响。我觉得超人在天上飞的时候就是这种感觉。

阿米尔又按了一下按钮，然而电梯已经上来了。我听见金属发出哐啷一声响，电梯门上数字在变化着：4——5——6。我感到一阵恶心，又想尿尿了。阿米尔将手搭在我的肩膀上。

“你还好吗，乔？你在发抖。”

“我知道，可我停不下来。”

阿米尔的眼睛来回地瞟动，就像正在努力解开方程式的科学家一样。他的双手搭在我的肩膀上。

“乔，”他说，“现在还不晚。如果你想回去的话，我们就回去。”

“不，没事的。我只是太兴奋了……不是害怕。”

“哈。我也是！”

电梯的电缆呼呼作响，电梯离我们越来越近了：9——10——11——12。到13楼的时候停住了。还有四层楼才到我们这层。阿米尔开始把我往回拉。

“不，我只是把你藏起来。我们不知道是有人进去了还是出来了。”

他把轮椅靠墙停住。17楼的灯亮了，我们俩都屏住了呼吸。

只听见叮的一声，电梯门打开了。阿米尔悄悄从墙边溜开，盯着电梯里面。

“嗯，没事。”他推着我倒退着进入电梯，门关上了。他快速地按了三下1楼的按钮，就像在《铁拳》里连续出拳似的。

“这样就控制了传感器。”

我不知道到底有没有，但是电梯直降到底才停下来打开门。

走廊墙壁上的时钟显示03:10。

我告诉阿米尔吉姆应该还在厕所里。他把我推出来向前台走去，走到走廊中间时，我们突然拐进一个小一点儿的走廊，上面的指示牌显示“仅做消防出口”。小走廊的尽头是一个玻璃门，门上横着一根栏杆。一个放着氧气瓶的推车靠在墙上。阿米尔让帆布包滑下肩膀。

“嘿，”他说，“你现在把这个戴上。”说完他拿出一个白色的头盔。

“但——”

“没事的，”他说，“你先憋住气。我换头盔比法拉利换轮胎都快。”

我回头看着走廊。我已经没有时间思考了。吉姆很快就会从厕所出来。

“我数到三，”阿米尔说，“好了吗？一——二——三。”

我深深地吸了一口气。阿米尔把金属环从我脖子上取下来，切断供氧。我把头盔戴在头上。阿米尔接上导气管，他把一根新管子的一头连在氧气瓶上，再把另一头插在我的头盔上——他用手指将橡胶密封处抚平，使它紧紧地贴合我的脖子。他打开阀门，气流奔涌而入，嗞嗞作响。

“都还好吧？”他朝我竖起大拇指，“慢慢呼吸，不然面罩会起雾的。”

“好的，不过我的氧气能维持多久？”

“15 升。可供潜水员使用一小时。但你还小，也不用去水下。”

我微笑着把双手放在头上。这个新头盔比飞盘有安全感多了。我正要告诉阿米尔，他却转过了身子。门大大地敞开着。他摆弄着墙上的红色警报器。

我站在他旁边。通道很黑，比我在监控上看到的还要黑，比我的房间的任何时候还要黑。通道里有个破掉的塑料袋，里面的碎纸屑和食物都漏了出来，还有三个纸箱靠墙堆放着。我小心翼翼地挪着步子往前走。

再前进一步，我就在外面了。

我眺望通道看着砖墙。往上是檐沟，再往上是屋顶。大楼仿佛是从地里生长出来的。

再前进一步。我只需要再迈出一步。

车灯在通道尽头一闪而过。阿米尔抬起了手。

“快点，”他说，“要不他们会在监视器上看见我们的。”

我踏出门。我试着抬头看看天空。墙壁和屋顶开始旋转起来。我伸出手紧紧地抓住一个金属扶手。阿米尔一把拽住了我的胳膊。

“你会没事的，”他说，“只是太震惊了而已。”

一滴汗从我的脊背中间流了下来。

“阿米尔，好大啊，”我说，“抬头看的时候，大楼显得很大。”我开始向后仰。阿米尔用胳膊搂住了我的肩膀。

“我先带你上车吧。”他抬起手按下遥控钥匙上的按钮，墙边泊着的一辆小汽车闪烁起红色和黄色的光，“抱歉……不是蝙蝠车。不过它能带我们抵达目的地。”

我试着想要笑一笑，但我的头还是晕晕的。阿米尔抓住氧气瓶，带我慢慢地朝车子走去。

“当心碰头。”他说。

我上了车。搁脚处散落着巧克力包装纸和薯片袋。阿米尔伸手将它们扫到一旁，把氧气瓶放在我的两腿之间，然后关上门。

他绕到车子前面，从另一侧上了车。我的心在制服下面剧烈地跳动着。五分钟前我还在自己的房间里，现在就坐在了堆满垃圾的车上，四周是高楼大厦。

阿米尔坐在我身旁，将钥匙插进了点火开关。

“你觉得好点儿了吗？”

我点点头。“一点点，”我说，“但是阿米尔，你还是没有告诉我，我们要去哪儿啊？”

“这是一个惊喜。惊喜是最棒的。就像圣诞节。如果你知道你将会拿到什么礼物，那么拆礼物也就没什么意思了。”

我放弃了。问了他这么多次，他还是不愿意告诉我。我喜欢惊喜，但是身在户外，我的心跳已经快了一倍。

阿米尔转动钥匙。仪表盘亮了起来，广播上的绿色数字显示着 03:20。阿米尔发动引擎，车子发出猫咪般的长而尖锐的声音。

“啊，拉希德。我跟你说让你修好交流发电机的。”他叹了口气，踩下油门。车子一跃而起。我紧紧地抓住门把手。阿米尔咧着嘴笑了。

“没事的，”他说，“我们在车里，不是在火箭上。”

他变换挡位，我们朝着通道尽头的亮光驶去。一辆卡车呼啸而过。我坐回座位。

“车来车往，”阿米尔说，“你会习惯的。”

马路对面，星巴克和电话商店灯光昏暗。我希望自己能下车去看看里面，但是阿米尔一个右转驶过了医院大门，吉姆正坐在前台的桌旁看书。我抬起头看见了所有的窗户……有好几百扇。太多了，即便我有时间数到我所在的楼层，也没法辨别出哪一扇是我的窗户。车开得越来越快，医院已经被我们远远地甩在了后面。路灯一闪而过——明亮的橙色灯光，一个接着一个。路灯后面是高楼。玻璃、砖头和金属组成的巨型黑色大楼。越来越高，越来越细，一层层往上，直到消失在天空之中。

我们在交通信号灯前放慢速度。等红灯的时候，阿米尔双手敲打着方向盘。挖掘机泊成一排，麦克和安迪斜靠在他们的小货车上，探照灯下，克里斯和戴夫撑在钻头上。

“他们快完工了，”阿米尔说，“外星人随后就来。”

红灯变成绿灯，我们开车离去。我凝视着马路上的坑。我从我的房间没看见任何磁体，现在也没看见。我的心跳再次加速。

阿米尔敲了敲他的脑袋："我知道你在想什么。磁体要最后才能放入，否则它们会把所有的小汽车和货车都吸到坑里去。"

他又发疯了。

我回头望着窗外，我们经过了更多的路灯和商店橱窗。橱窗里有沙发和模特，墙上还挂着一幅巨大的贝克汉姆的照片。我打了个哈欠。才出来五分钟，我就已经困了。但我不能睡觉，我什么都不能错过。我把头靠在车窗上——更多的店铺，更多的黑色大楼，还有人行道上的垃圾桶。一些塑料袋和食物从垃圾桶里掉了出来，散落在地上。排水沟的报纸堵住了下水道。

人们为什么不把垃圾捡起来？为什么不把垃圾桶清空？垃圾桶里可能满是细菌，垃圾桶里可能满是老鼠。老鼠在垃圾桶里跑来跑去，它们吃着肉碎和脂肪。它们爬到垃圾堆顶上，它们从坑里跳出来，跳到马路上。

我打了个寒战，用手臂将自己抱紧。它们来了。

巨型老鼠，又大又肥的老鼠，牙齿巨大，尾长一米。我瞥了后视镜一眼。它们在我们身后追逐，它们要追上我们了。细菌在它们脚上，细菌在它们嘴里。它们在爬保险杠，它们在咬轮胎。不！我们必须回到大楼里。我们必须爬得高高的。只有那样才能逃脱。

汗从我的脸颊滴落，我的面罩开始模糊起来。

阿米尔在我面前挥了挥手："乔，你还好吗？"

我把双手放在头顶上："不，带我回去。求你带我回去。"

"你不舒服吗？"

"带我回去，空气里有细菌，垃圾桶里都是老鼠。"

阿米尔看着手机。我不用看，我知道我的指数一定高得可怕。

我的腿在抽搐，手也在发抖。老鼠无处不在。我有次在谷歌上查过。它们在市中心，距离我们仅有六英尺。它们携带的病毒能导致肝脏和肾脏疾病。它们现在就在那里。

它们从排气管爬进车里。它们在我的制服旁进食，爬上我的导气管。我用力地拉扯着衣领想要呼吸，但就好像有人坐在我的胸口，用手指扼住了我的咽喉。

"乔？"

"我没法呼吸。我没法——"

"深呼吸。慢慢地深呼吸，乔。想象你站在海滩看着大海。"

我回头望着车窗外。老鼠们来了。老鼠们来了。巨型老鼠，超级老鼠。他们在实验室繁育老鼠。

不。不。

我抬起双脚。

"带我回去。求你带我回去！老鼠们来了。它们在车里，它们爬到我的腿上了！"

"它们没有。这里没有老鼠，乔。我给你看。"

转向灯的咔嗒声吓了我一跳。阿米尔把车停在一个公交车站。他俯下身子，把手放在我的胳膊上。

"你没事了。冷静一点。"

我试着深呼吸。一对男女手拉手向我们走来。阿米尔指着他们。

“你瞧，”他说，“如果周围有巨型老鼠，你觉得他们还会在路上走吗？”

我呼出一口气。

“我很抱歉。我以为——”

“没关系。没关系的。”

阿米尔拿起手机，调大气流。

“呼吸，”他说，“呼吸。”

“我在努力……但我不想用光我所有的空气。”

“不会的，你可以随便呼吸。我计算过了。百分之百的PA。”

“PA？”汗从我的脖子上流下来，我打了个哆嗦。

“PA，惊恐发作症（panic attack），我跟你说了让你读读指示的。”

我设法挤出一丝微笑，再次深呼吸。但是太难了，每次呼吸都用掉了更多的氧气。我把手举到领口处，阿米尔阻止了我。

“不，你不能这么做。”

“但我还是没法呼吸。”

“那就这样做。”他弯下腰，把头搁在方向盘上。他瞥了我一眼：“来吧，你知道该怎么做。”

他闭上双眼。

我向前俯身，把头枕在手上。我吸了口气，然后又深深地长长地吸了一口。阿米尔睁开一只眼睛对我微笑。监护仪缓慢地响着，我的心也是如此。阿米尔慢慢地点点头。老鼠们撤退了，老鼠们缩小了。它们急匆匆地跑回马路，消失在坑里。阿米尔闭上双眼。我也闭上双眼。

我们开始哼唱起来。

第二十一章

室外温度：11℃

体温：37.3℃

心率：119

空气纯度：96%

空气余量：12 升

阿米尔沿着马路中间的猫眼石[①]往前开。我的眼皮很沉，开始耷拉下来。

别睡。我不想睡。

我摇了摇头。可是两秒钟后，我的眼皮再次耷拉下来。

阿米尔用手肘碰了碰我的胳膊："我们快到了。"

"你能告诉我我们现在要去哪儿吗？"

"世界的边缘。"他说。

"那是哪里？"

"这个世界的尽头，下个世界的起点。"

---

① 英国马路路面使用太阳能猫眼照明，以减少交通事故。

我不明白他说的是什么意思。

更多的猫眼石，更多的路灯，更多的车前灯闪过阿米尔的脸。

我打了个哈欠："阿米尔，我是在做梦吗？"

"只有你自己才知道。"

路越走越宽，两车道，然后是三车道。楼房也越来越大，相距也越来越远。我们在高速公路上。高速路绵延数里，但我们开不了那么远。这辆车已经十分老旧，开起来咯吱咯吱响，可能随时会散架。鲸可以屏住呼吸九十分钟，我可以屏住呼吸九十秒。如果我们不得不从这里开始步行，那我们永远都没法回到医院了。我们必须下车拦住一辆车，或许警察会看见我们停在路边。他们琢磨着这么一大清早我穿得跟宇航员似的在外面做什么。我不会告诉他们实情的，因为阿米尔会因此被解雇，而我自己也会陷入麻烦。我希望摩尔医生不会太生我的气。我不知道他会不会在我的氧气耗尽之前赶来救我。我想问问阿米尔，可他正忙着看路。更多的车子和大楼从我们身旁经过。我认出了它们，我之前从窗户里看见过它们：$E=mc^2$、葡萄适、葛兰素史克，还有梅赛德斯奔驰——我向前眺望，希思罗机场的指示牌映入眼帘。

等等，我们不能去那儿。

阿米尔按下转向灯。

"阿米尔，你在做什么？我们不能上飞机！"

阿米尔把手指放在嘴上："再等一下。"

“但是我不能……我们不能！”

“相信我。”

我坐回座位。阿米尔让我相信他。现在拒绝已经太晚了。

我们转了个弯下了高速公路，沿途看见上千辆车子停在围栏后面。车速慢了下来。阿米尔向前倾身仿佛在寻找一个缺口。“就是这儿，”他说，“就是……这儿。”

他飞快地打着方向盘，我们开上了一条漆黑的小径。车灯关掉了，我什么都看不见，然而车子还在继续缓慢前行。阿米尔完全知道自己要去哪里。他不需要卫星导航或是地图，他甚至不需要车前灯。他仿佛对路上的每一处凹凸都了如指掌。我想起了那个藏身于飞机轮舱的逃票男孩，他把机场防护网剪了个洞。这就是我们即将要做的吗？我背着氧气瓶可没法穿过柏油飞机跑道。等我跑到的时候，早就累得双腿发软了。

我扭过头在后排座椅上寻找着铁丝剪，却只看到了儿童安全座椅和空可乐瓶。

车子开始慢了下来，然后停住了。

在我们面前，巨大的铁丝围栏向两边无限地延伸，上面是带倒钩的铁丝。它的前方是一道沟渠。阿米尔把钥匙从点火开关里拔了出来。“来吧，”他说，“我们现在下车。”

我再次查看了后排座椅。

“你在找什么？”

“铁丝剪？”

“哈，我为什么会需要铁丝剪呢？”

“用来剪围栏？”

“那是违法的。我不做违法的事。”他下车绕到我这头，帮我打开车门。我可没说我认为把我从医院里带出来可能是违法的。

“你来吗？”

我把氧气瓶递给他。

在车里待得太久，我好像不得不重新为外出做好准备。我将双腿挪出来放在地面上。我的腿摇摇晃晃的，靴子下面的小石子被踩得嘎吱嘎吱直响。我迈出一步，小石子又嘎吱作响。我就像个刚学走路的小孩一样。阿米尔扶着我的胳膊走到车子前面，我们坐在了引擎盖上。我们呼出的气在冷空气中积聚起来，仿佛我们在抽烟似的。我透过制服感受到了引擎的温暖。我一点儿都不冷，却仍旧抖个不停。我用双臂环抱着自己。我不知道蜘蛛侠是否曾经感受过这般寒冷，他是否曾在户外遭遇过纽约的暴风雪。我不知道他是否找到过这样荒无人烟的地方，周围一片漆黑，空气呲呲作响。

阿米尔指着天空。

我抬起头，倒抽了一口气，胸膛似乎充满了前所未有之多的氧气。

在我上方，黑色的天空无边无际，上面缀满了星星。我扭过头，更多的星星，数以百计。我看得越久，看见的星星就越多。我不知道天空是这般模样，我从未见过没有窗框的天空。我咬着嘴唇闭上眼。我害怕自己是在做梦，我害怕一睁开眼睛，一切都会消失，我只是在盯着天花板。

我再次睁开眼睛。天空还在那里，星星也仍在远处。现在又大又圆的月亮也在照着我。在我的屏幕上，月亮看起来就像一个小圆点。我瞥了阿米尔一眼，他微微一笑，继续看着天空。我想对他笑一笑，但同时又很想哭。

阿米尔眯着眼睛抬起手，仿佛在拿枪瞄准。“你摸不到它，”他说，“但是你可以用手指挡住它。”

“我不觉得我想这么做，”我说，“我想让它一直待在那儿。”

阿米尔把手放了下来。“哈，”他说，“我觉得你说得没错……你喜欢吗？”

“太棒了，”我说，“比电视好得多。我等不及要告诉亨利了。我希望他也能看见。我希望他不会把所有时间都花在购物中心。”

“我也是。”

只听见咔嗒一声，更多空气呲呲地涌进了我的头盔。阿米尔看着手机，给我看了看读数：94.4%。

“在下降。我们得走了吗？”

他查看了其他指数。

室外温度：10℃

体温：37.2℃

心率：116

空气余量：8 升

阿米尔慢慢地点点头："我们好着呢。你还不想回去，对吧？"

"不想！"

"很好，"他说，"我带你来这儿可不只是为了看星星。"

他从引擎盖上滑了下来，扶着我回到车里。

时钟显示04:45，我已经在外面待了将近两小时。阿米尔发动汽车，车子在两个围栏之间缓慢地颠簸前行。两侧巨大的集装箱一个摞着一个无限向前蔓延，我们仿佛行驶在隧道里。有个红灯在尽头处不停闪烁。我们朝它开了过去。灯越来越亮了……现在有四个红灯，两边还有八个白灯在闪烁。

到达集装箱尽头后，我们开了出去，来到一片空旷的田野。阿米尔微微一笑，指着挡风玻璃外面。"看看它们，"他说，"它们已经飞行了一百多年，现在还用着机翼呢。他们难道不知道飞碟飞得更快吗？"

我们走下车，眺望着通向机场跑道的绿草地。控制塔上闪着一道亮光，塔顶的雷达飞快地旋转着。我们走近了一些。红色和白色的灯在机翼闪烁，似乎有好几百个。飞机一架接着一架。有的在移动，有的停在登机口，还有的看起来似乎睡着了，被抛弃在这荒芜之地——英国航空、美国航空、新西兰航空、维珍大西洋航空。满载着货物和燃油的货车车顶忽闪着橙色的灯，在这些飞机之间穿梭不息。透过头盔，我能听见货车倒车的声音和发动机涡轮飞速旋转的声音。我每天都看着窗外的飞机在空中翱翔，我在电视上也看到过，但从来没有见过像这样的。

被困在房间里就如同聋瞎一般。

阿米尔指着一架被牵引车推着的飞机。

“引擎和机翼，”他啧了一声，“引擎和机翼。外星人在嘲笑我们呢。你能听见吗？”他把手握成杯状贴近耳朵，“听见了吗？他们在嘲笑我们的电视，他们在嘲笑我们的汽车，他们在嘲笑我们出生和死亡的方式。他们还在嘲笑我们的飞机。但他们喜欢飞机。”

阿米尔又发疯了。他每次谈起外星人都让我感到害怕。他就像变了个人似的。仿佛有两个他。我对他们俩都充满信任，只不过我更信任其中一个。

他紧紧地抓住我的氧气瓶推车。“来吧，”他说，“我们靠近点儿。”

我们拉着身后的推车，在围栏前停了下来。阿米尔将手指穿过铁丝网。他的眼睛睁得大大的，闪闪发光。

“目视进近坡度指示器。”他低声说。

“那是什么？”

“目视进近坡度指示器——红灯和白灯，白天的可视距离是3.5英里，夜晚的可视距离是20英里。哈！”

“有什么好笑的吗？”

“我们啊。外星人不需要灯，他们什么时候都能看见我们。”

“你这么觉得的吗？”我抬头看着天空，寻找外星人。

“当然，”阿米尔说，“对他们来说就像看电视一样。我们就是他们的电视！”

我摇了摇头："阿米尔？"

"嗯？"

"你确定有外星人吗？"

他看着我的样子好像我疯了一样："我确定？"

"有些人认为相信有外星人的人都是疯子。"

"疯子？"阿米尔瞪大眼睛，"不，不是疯子。只是也许对人们来说，相信谎言比相信真相更容易。"

这对我来说还是毫无道理。我想要告诉阿米尔，可他正凝视着围栏外面。

远处，一架飞机上红灯闪烁——飞机离我越来越近，灯也越来越大，越来越亮。引擎在我脚下隆隆作响，大地开始震动起来。阿米尔紧紧地抓着围栏。他的头发被吹进了眼睛里。他大声叫喊了什么，但是风声太大我听不清楚。我摇了摇头。他靠近我再次大声叫喊。

"你得抓紧了，不然会被吹走的。"阿米尔摆动着的外套拍打着我的膝盖。

我伸手抓住铁丝网。飞机在加速，越来越快。我想跑，我想倒在地上，蜷成一个球。

抓住。紧紧抓住。

机头抬了起来。后轮离开地面，在我们上方起飞，缓慢升空。

"阿米尔！阿米尔！我要摔倒了。"

阿米尔一只手松开围栏，搂住我的肩膀。围栏开始震动起来，铁丝刺破了我的手套，让我的手感觉到了震动感。我松开手，紧紧地抓住阿米尔。我大口地喘着气。飞机在我们的正上方。白灯、红灯、白灯、红灯——轰鸣声大过雷声。机身又大又沉，机翼与天同宽。如果我松开阿米尔，伸手就能够到它。我会把自己拉上去，然后爬进轮舱里。我特制的制服和氧气能让我活下来。我扭过头。引擎发出巨大的隆隆声，响彻我的骨头。飞机飞走了，开始向更高处攀升。阿米尔的头撞着我的头盔。他大笑着，咧开的嘴把脸分成了两半。

我简直不敢相信这一切正在发生。

“阿米尔，”我喊道，“这简直太不可思议了！”

“我就跟你说吧，”他说道，“我就跟你说吧。”

飞机在城市上空翱翔，风逐渐平息下来。我的身体里有什么东西在嘣嘣作响。我松开围栏。

阿米尔看着我：“乔，怎么了？”

我摇了摇头，把手放在胸口上。“没什么，”我说，“没事。只是我的心跳而已。”

“哈！我的也是！”

我们看着飞机的尾灯忽闪着消失在远方。

一切都比我曾经想象过的更大、更亮、更响。一滴眼泪从我的脸颊滑落。阿米尔在我面前蹲了下来。他的嘴巴张得大大的，头发像巨魔娃娃般竖起。

“嘿，”他说，“这本该让你开心而不是流泪的。”

“我很开心。”我伸手去擦眼泪，手却撞到了头盔。我的面罩起了雾，什么都看不清楚。

阿米尔调大气流："好点儿没有？"

"嗯。"

阿米尔看着我，仿佛在等我说些什么，然而我什么都说不出。他告诉我不应该哭，可他自己的眼眶也湿润了。我喜欢待在外面，我喜欢看飞机，但我也希望自己能呼吸空气，能听清楚一切。我希望能把头盔拿下来。阿米尔把手搭在我的肩膀上。

"你在想什么？"他问。

我耸耸肩，不知道是否该告诉他。我为自己的想法感到内疚。我应该对我们所做之事心存感激。

"想什么呢？"

"阿米尔，我能把头盔拿下来吗？"

他眺望着飞机，然后抬头看着天空。

"可以吗？求你了。一秒就好。"

他慢慢地摇了摇头。"对不起，"他说，"我们不能这么做。太冒险了。"

但是才一秒钟而已，我不会有事的……对吗？就一次真正的呼吸。

阿米尔朝车子走去。

我现在就可以这么做。我可以摘下手套，解开带子，然后把头盔脱掉。阿米尔得跑得像奥林匹克田径赛手那么快才能赶回来阻止我。一秒钟而已，我只要一秒钟。我低头看着手套，用力拉扯起来。

"乔，我说了不行。"

我想这么做。我想呼吸未经管子过滤过的空气。我用力拉扯着另一个指套，眼睛瞥着阿米尔。他正站在车子前面。小虫子和小飞蛾嗡嗡嗡地在车灯周围飞来飞去，上百只虫子和飞蛾在空中飞舞，它们相互碰撞着，猛地撞到玻璃上。

阿米尔向我走来，他用胳膊搂住我的肩膀。

“对不起。”我说。

“没关系。”

“就呼吸一次。”

“我知道，但是如果你呼吸了一次，就会想要第二次，然后第十次。”

他挽着我的胳膊，带我朝车子走去。

我停下来回头看着飞机场。飞机缓慢地驶过柏油跑道，仿佛在伴着音乐起舞。我从眼角瞥见阿米尔在看手表。

“我们现在要走了吗？”

阿米尔看了看手表，然后查看了手机上的指数。

气温：9℃

体温：37.2℃

心率：119

空气余量：5 升

他咬着嘴唇：“时间过得太快了，但我还想给你看点儿东西。你感觉怎么样？你的心率很高。”

“我很兴奋，”我说，“我觉得有点儿困，仅此而已。”

他打开车门。“你就坐在这儿节省能量。”他再次查看了指数，“不过我觉得我们有足够的空气，而且我们还有时间。”

“去做什么？”

“去看世界上最伟大的演出。”

“那是什么？”

“到时候你就知道了。但是首先你得休息一会儿，我会叫醒你的。”

我不知道阿米尔都计划了些什么。有什么能比一架巨大的飞机从头顶呼啸而过更棒的呢？

阿米尔关上车门。

“我们就坐在这儿等着。”他说。

我背靠着座椅闭眼休息。可我不想睡觉，我不想回家。很多人会觉得把医院叫作家很可笑，但那里就是我的家啊。如果医生永远都找不到治愈我的方法，那么医院将一直是我的家。亨利说得没错，我们得继续活下去，继续心存希望。用 Skype 与对方聊天或许是很有趣，但是我们不想坐在房间里度过余生。

阿米尔打开收音机，我听见音乐安静地播放着，钢琴和吉他。一个男人歌唱着他如何在旧金山丧失了勇气。阿米尔凝视着挡风玻璃，慢慢地点头，仿佛这首歌在他脑袋里播放。时钟嘀嗒……

05:59

06:00

06:01

音乐停止了。我听见了鸟儿叽叽喳喳的叫声。然而我环顾四周却一只小鸟都没看见。目之所及是一片黑暗，但已经没有之前那么黑了。难道这就是我待在这儿的原因——听鸟叫？我等着阿米尔告诉我他已经准备好了，但他只是深深地吸了一口气，然后随着一首新歌点起了头。

06:02

06:03

06:04

什么事都没有发生。我们在等什么？也许外星人要来了？他们会从天空中飞过，然后在我们面前着陆。就是这样，我跟贝丝看电影的时候见到过。那是部老电影，叫作《第三类接触》。电影里，外星人就是在这样一个荒无人烟的地方着陆的。他们说他们很友好，而且不想伤害任何人。但是最后有个男人钻进宇宙飞船被带走了。如果外星人在这里着陆，他们可能会把我和阿米尔一起带走。我们会像电影里的那个男人一样踏上步桥，随后舱门滑动关闭。医生、护士和警察会来找我们，但是那时宇宙飞船早就飞走了。他们只会找到我们的车子和草地上残留的烧焦痕迹。

时钟继续走着——

06:11

06:12

06:13

阿米尔把手放在我的胳膊上。我的心跳骤然加速。

“对不起，”他说，“我并不是想吓你。”

“没关系。”

他朝挡风玻璃外点点头：“开始了。”

“什么开始了？”

“你瞧着。”

我眺望着飞机场。牵引车和飞机上的灯光开始变得暗淡。我看着草地、柏油跑道，然后看着天空。一切都由黑色变成了灰白。地平线上出现了一道白线——一道明亮的白线。我凝视着它。它越来越深，越来越宽，不断延伸。

我向前俯身。

“我可不想让你错过这个，”阿米尔低声说，“地球上最棒的演出。”他微微一笑，眼镜里出现了两个月牙。我继续眺望着飞机场，太阳在跑道尽头冒了个尖。

天空变成红色。

天空变成橙色。

太阳如同一个燃烧着的大火球坐在柏油跑道上。

真正的日出。

我真希望亨利能在这里看看这个。我等不及要告诉他了——如果我能让他停止谈论购物中心的话。我希望贝丝能在这里，还有格雷格。我希望我们全都坐在这儿看着太阳从地平线上升起，天空变成蓝色。日出的阳光从未照进我的窗户，我只看见过它照在外面的街道上。

我难以置信地看着阿米尔。我的心率是 124。

“不错吧？”

“阿米尔，这比不错好太多了。简直是太棒了！谢谢你。”

“不用谢，也许哪天我们可以再来一次。”

“可以吗？”

“可以的，”他说，“也许下次外星人就出现了！”

我笑了。但是突然我感到很困，仿佛可以立马入睡，睡上几周都不会醒。我把头靠在座椅上，太阳光照在我的脸上，暖暖的。我深深地吸了口气，然后又吸了一口。

阿米尔发动车辆，我们回到小径上，颠簸着驶过集装箱。我们左转进入主路，经过希思罗，上了高速公路。周围的上百辆汽车和卡车减缓了我们的速度。

“没关系，我计算过了——交通。”他伸手打开收音机。我把头靠在车窗上，设法休息一会儿。一辆黑色的出租车呼啸而过。这是我生命中最美好的时光，我不想让它结束。尽管我有一瓶满满的空气，可我还是太累了，不能再继续待在外面。我的眼皮越发沉重——梅赛德斯奔驰、葛兰素史克、葡萄适、$E=mc^2$——太阳照在我的脸上，车辆和楼房变得模糊起来。我深深地吸了一口气，脑袋开始耷拉下来。

第二十二章

十一岁三个月零十二天

小鸟在窗外啾啾地叫着，它们在窗台上啄着玻璃，仿佛在打招呼想要进来。

啾啾。啾啾。啾啾。

啾啾。啾啾。啾啾。

太阳透过玻璃窗照在我的床上，太阳的光线穿透我的T恤照在我的皮肤上。

啾啾。啾啾。啾啾。

啾啾。啾啾。啾啾。

飞机从天空中飞过。我试着抬头看看是哪一个航空公司，但我的头很痛，身体也很沉。我仿佛掉进了迈克和戴夫钻的洞，被水泥封了起来。

太阳升得更高了。

一架飞机掠过太阳。

小鸟们继续啾啾地叫着。

我是醒着还是在做梦？

啾啾。啾啾。啾啾。

啾啾。啾啾。啾啾。

哔——哔——哔——

哔——

哔——

哔——

“嗯，他看上去休息得很好。”

“我知道，只是他已经睡了一个早上了。”

另一架飞机在我脑海里起飞，掠过了太阳。

“嗯……我们看一下他的指数吧。”

我听见床边响起了脚步声。

“这是什么？”

我睁开眼睛，偷瞄了一眼。摩尔医生指着我的监护仪。

“11 度，”他说，“这里发生了什么？”

噢，不。阿米尔忘了监护仪有历史记录。

格雷格将手伸到面前，按了三下温度调节按钮。

“午夜之后的某个时间。”他说。他们一起抬头看了看通风口。

“最好检查一下，”摩尔医生说，“但是除此之外，嗯，他的体温升高了一点儿，其他就没什么值得担心的了。”

他们转过身发现我在偷看。

“啊，他在那儿呢，”摩尔医生说，“他一直在偷听。你感觉怎么样啊，年轻人？”

“我挺好的，就是很困。”

“是不是太冷了睡不着啊？”

“不是，我都没发现变冷了。我一晚上都盖着被子呢。”

摩尔医生从眼镜上方看着我的监控屏。

“嗯，也许是因为你一直在看这些才很困的吧。”

“我都没怎么看。”

格雷格假装咳嗽了一声。

“好吧，我就看了一会儿。”

“我们要不要让它们休息一下……就一天？”

我想要告诉他，我必须看看亨利。但我实在太困了，只能点了点头。

摩尔医生看着格雷格。

“他看起来似乎没问题，但我们还是给他增加体液并继续观察吧。”

格雷格说了些什么我没听见。他们向门口走去，声音也渐远了。

一波能量流经我的身体。我把手放在头上。我去过外面了，我简直不敢相信我做到了。我见过了没有玻璃窗隔挡的天空、太阳和月亮。我见过了所有的高楼大厦。我见过了河流。我驶过了高速公路。

我向门边望去，我想告诉格雷格和摩尔医生，我想站在床上放声大喊：我去过外面啦！我见过太阳啦！我见过飞机在希思罗起飞和降落啦！

我应该这么做吗？我现在就可以这么做。我准备这么做了。

嘿！我去过外面啦！我坐过汽车啦！我去机场看见了月亮和星星。

不，我不能告诉他们，我不能告诉任何人，我就像中了彩票却不能去商店一样。

“你还好吗，乔？”摩尔医生问道。

我用手捂住嘴，生怕话语脱口而出。我点点头。

“你没有觉得不舒服吧？”

“没有，我很好。”

他低声跟格雷格说了几句，然后他们一起走出门去了过渡区。

我抬头看着天花板，笑得合不拢嘴。我真的那么做了吗？我没有任何证据。我没有去商店买纪念品或明信片。我没有捡块石头放进口袋，也没有拔片草叶。我甚至不记得拿手机拍张飞机的照片。我真希望我这么做了。

我完全没有任何证据。阿米尔把我的制服和头盔全都带走了。他还让我冲了个澡，洗掉皮肤上的镁粉。一切仿佛从未发生。阿米尔说如果是梦的话，只有我一个人会知道。我觉得那不是梦，对吗？那不可能是梦。我不可能做了个感觉如此真实的梦。我闭上双眼，另一架飞机掠过太阳。

我翻身侧躺，伸手去查看电脑上的时间。现在是伦敦时间 13:03，费城时间是 08:03。亨利应该已经吃了早餐。如果他还没有休息，我可以给他发条信息。我会告诉他如果我的制服穿起来很好，我敢肯定他的太空服穿起来也会很不错的。我不想扫他的兴。

手机在我身边响了起来。我拿起手机。

嘿，乔。还看得见飞机吗？

我钻进被窝里，用被子蒙住头。

阿米尔，你怎么知道的？

我想也许它们会停留在你的脑海里，就像外星人停留在我的脑海里一样。

我笑了。

阿米尔，我太开心了！

我也很开心。只是发个短信确认你是否还好。

我很困。

我也是。你该睡觉了。

我会的。但我想看看亨利。

用手机上个闹钟。

我会的。

我听见格雷格的声音越来越近了。

我觉得格雷格回来了。

好的，我走了，周四见。

好的。

删掉这些短信。

我会的。

阿米尔，谢谢你！！！！！！

你应得的。

希望你能找到一些麦田怪圈！！

我也是。我会给你发照片的。

门打开了。格雷格在我的床尾走来走去。我把手机塞到枕头下面，假装睡觉。我讨厌自己不能告诉他我做了什么，因为我们俩无话不说。如果知道我很快乐的话，他也会非常高兴的。或许等到我被治好的那一天，我会告诉他。我可以在午饭时分约他在公园见面，我们可以坐在长椅上。我会告诉他我在漫威漫画工作，他会向我索要免费的样书。我每周都会跟他见面，直到终于有一天，我会告诉他我生病的时候出去过一次。那个时候没有人会惹祸上身，因为事情已经过去了很久了。如果下周或者下个月他们发现了的话，阿米尔就会被开除。我在电视上看见过。有时候，人们在犯下罪行的很多年后被抓进了监狱。阿米尔没有犯下真正的罪行，他没有杀人也没有偷东西。也许有人会说他绑架了我——但是他把我送回来了！他们不能因此把他抓去坐牢，不能吧？

我听着格雷格的脚步声远去。

我伸手从枕头下面拿出手机上了个闹钟，然后写了张字条——格雷格，八点回来跟我一起在电视上看亨利——我将纸张对折，立在床尾。

我躺在枕头上。我去过外面啦，我去过外面啦。我闭上双眼，另一架飞机掠过太阳。

去外面并不是梦。

我从没做过如此美好的梦。

“伙计，醒醒。”

我睁开眼，只见绿灯闪烁，黑影重重。

“伙计！”格雷格用手摇晃着我的肩膀，“乔！”格雷格站在我身旁，手里握着遥控器，“已经八点了。”

我眨眨眼想要清醒过来：“不可能……我设置了……我给你留了张字条。”

“对不起，我一直在忙，伙计。”他把遥控器递给我，“阿米尔休假了，我不知道怎么把这玩意儿打开。”

我从床上坐了起来。我已经晚了半小时。亨利最久的步行会持续四十五分钟，现在差不多快结束了，他应该在回房间的路上了。

我按下遥控器。屏幕闪了一下打开了，太多按钮，太多频道了。如果阿米尔能在这儿操作就好了。我按下红色的启动按钮。

解码器搜寻着卫星电视，屏幕上一片模糊——一个男人在沙漠骑骆驼，一个女人在海里划船，一个男人在扔飞镖。亨利在哪儿?!

阿米尔，为什么你给我弄了这么多频道?

格雷格环视着整个屋子："伙计，他有没有给你留下什么使用说明啊?"

"没关系。"我说，"我觉得我能行。"我选定阿斯特拉卫星电视，然后选择57区。

美国所有州的名字出现在屏幕上并向上滚动。我的手颤抖起来。我向下滚动到宾夕法尼亚州，然后选择有线电视121台。

"哈，他在那儿呢！"格雷格指着屏幕说。

直播！直播！ WCTI电视台为您带来气泡男孩
在普鲁士王购物中心的现场直播！

我的胃里一阵激动，情不自禁地微笑着。电视上，身着太空服的男孩儿正在经过一个喷泉。是亨利！他面前有一个摄影师，身后还跟着三个。摄影师在他周围跑来跑去不停拍照，一位红头发的女士正拿着麦克风讲话。

"他来了，"她说，"亨利·托马斯一辈子都生活在气泡里，现在他出来了。周围的人群十分喧闹，我几乎听不见自己说的话。来听听他们的声音！"她把麦克风伸了出去。

“走啊亨利，继续走！走啊亨利，继续走！”人们反复呼喊着。

记者走到一旁，摄影机跟着亨利穿过步行商业区。男孩儿和女孩儿们在头顶挥舞着旗子，嘴里还吹着口哨。男人和女人们则在微笑着拍手。亨利在前方带路，他一步一步缓慢地走着，仿佛行走在月球上。

“哇，”我看着格雷格，“这比在电视上看英格兰足球杯总决赛更让人激动！”

格雷格笑了。鸡皮疙瘩爬上我的胳膊，蔓延至我的整个身体。摄影机镜头拉近。亨利白色的太空服占满了我的屏幕。他走路的时候，弯曲的胳膊和腿使太空服皱起了褶子。他十分高大，让我感觉在与他同行。他胸前的口袋上用蓝色写着他的名字，他的胳膊上写着 NASA。他抬起胳膊，再次向人群挥手。

我调大音量。

“走啊亨利，继续走！走啊亨利，继续走！”

人们反复呼喊着，我也想跟他们一起呼喊。

孩子们拿着红色和白色的气球在亨利周围跑来跑去。他们松开手，气球飞上了天空。亨利的妈妈和马特走在他身旁，他们一边聊天一边笑。亨利向旁边迈出一步，绊了马特一跤。

“哈，他跟我说过他会那么做的。”

格雷格微微一笑。

我咳嗽了起来，感觉就像有什么东西卡在了喉咙里面。我又咳了起来。格雷格把手放在我的脊背上问我是否还好。我点点头。他递给我一杯水。我抿了一小口，然后举起杯子。

“怎么了，伙计？”

“没什么。”我说。我吞咽着，我没有告诉格雷格我觉得我能尝到金属味。

“那我们开始吧，”记者说，“气泡男孩进入普鲁士王购物中心。”

商场的门滑开了。亨利走了过去，摄影机也跟着他一起进去。人们纷纷从商店里走了出来。他们手里拿着耐克、李维斯和斯凯奇的购物袋想递给亨利。保安收下了袋子，交给了走在后面的另一个人。亨利仿佛同时过了生日和圣诞节。一辆遥控汽车开了过来，撞在了他的靴子上。一个穿着无线电器材公司红色马球衫的男孩越过保安，递出遥控器。我觉得亨利耸了耸肩：他的手套太厚了，没法儿操控遥控汽车。他转身看着马特，马特跑过去捡起了汽车。男孩把遥控器递给他，然后跟亨利碰了碰指关节。我大笑起来。

“他玩得开心着呢！”我说。

“现在休息一下。”记者说。

画面切换。

来自赞助商的消息。来自赞助商的消息。

我看了个广告，一个男人一边蹦蹦床，一边设法吃甜甜圈。阿米尔也许没能带我去商场，但起码我们不会被广告打断。

我的外出之旅非比寻常。我和阿米尔开了一辆破旧的汽车出去，亨利则坐在豪华轿车里，被人群包围，仿佛他是一个电影明星。我也想去商场，收礼物。我也想去禁忌星球买很多的T恤和漫画书。我会立马套上一件新买的T恤，然后坐在雨林咖啡馆看漫画。我想跟亨利一样，与许多人见面。但是也许亨利想要像我一样看看月亮、星星和飞机。这意味着我们有很多东西可以聊。

我的腿开始疼了起来，手也在颤抖。格雷格站在我身旁问我是否还好。我告诉他我觉得有点头晕，但我不想错过亨利。他告诉我不会的，然后带我去床上。

画面闪了一下，亨利又回到了屏幕上，他坐在星巴克外桌旁的椅子上。镜头拉近至他的头盔，玻璃面罩反射出摄影师的身影。一位女士向亨利走去，递给他一个棕色纸袋和一杯咖啡。亨利把咖啡举到嘴边，假装喝了起来。大家哄然大笑。我也笑了。我知道亨利是多么想真正地喝一口啊，但他好像并不介意。

“亨利在星巴克休息，”记者说，“我们看看是否能说上话。”她穿过人群。一个保安拦住了她。

“不行，女士，”他说，“现在不行，或许晚些时候。”他回头望去。亨利才刚坐下两分钟就起身继续前行了。

“他需要休息。”

“是的，伙计。也许他们算着时间。”

马特跑到亨利面前，紧紧地抓住他的手。他指着前方，他们朝一个自动扶梯走了过去。摄影师跑上前倒退着上了电梯，在亨利踏上扶梯时拍下照片。亨利面带微笑，眼睛闪闪发亮。他仿佛正在看着我，他张开嘴，做了个像是“O”的口型。

“我觉得他在说我的名字。”

“是的，”格雷格说，“我觉得他是的，伙计。”

亨利举起手指着一块巨型绿字标牌——食品区。

“我就知道！”我把手放在头上，然后咳了起来，嘴里再次尝到了金属味。

亨利经过了汉堡王、零食屋[①]和其他供应中餐和比萨的店铺。人们坐在银色桌子旁的银色椅子上。亨利走过的时候，他们纷纷停止进食。有些人站起来鼓掌，其余的人则微笑着挥手。亨利停下来，把手放在头上。

“我觉得他难以相信正在发生的事情，”记者说，“他玩得太开心了，他想要享受每一分钟。”

“格雷格。”

“在呢，伙计。”

“我觉得有点不对劲。”

“他在休息呢，伙计。”

“不，我觉得……”

亨利的妈妈跟他说了些什么，然后向一个护士招手示意。

“也许他只是想喝点水。”格雷格说。

“不，他的太空服里有水喝。”

格雷格耸耸肩：“那我就不知道了，伙计。”

---

① 零食屋：一家提供汉堡、沙拉等美式快餐的连锁店。

亨利的妈妈和护士带着他向一把椅子走去。记者挤到了摄影机前，伸出话筒。

“亨利，你一定是个快乐的人吧？”

镜头拉近到亨利的脸，他微微一笑。我觉得他是笑给摄像头看的，他在Skype上对我笑的时候可不是这样。

“简单地说两句吧？”

亨利的嘴张开了，可他看上去累得说不出话。

有点不对劲。我就知道。我看了看时间，试图算一算亨利在外面待了多久。但我太担忧了，根本没法儿集中精神。我下床走到屏幕前。

亨利，你怎么了？

两个护士蹲在亨利身旁。他们在跟他说话，但我觉得他并没有回应。他甚至没有抬抬手或者摇摇头。更多的护士拿着医用箱来了，还来了两个抬着担架的护理人员。亨利的头向前垂下，仿佛头盔太重了。也许他的血细胞计数不正常，也许他的空气纯度太高。但是NASA应该检查过了，不是吗？

一个男人搂着马特带他离开。我的心嘣嘣跳着，我感到喉头哽咽。一个臀部别枪的警察举起手朝摄像机走去。亨利重重地向前倒了下去，他的太空服皱在一起，似乎所有的能量都从他身上流失了，似乎有人走到他身后拔掉了阀门。

“格雷格，他怎么了？他看起来不——”

疼痛击穿了我的脑袋，我的脸皱成一团。

“伙计，怎么了？”

我把手举到头上，疼痛再次袭来，感觉就像是冰激凌头痛，但我一个冰激凌都没吃。监护仪快速地响了起来。房间开始旋转，一圈又一圈，越来越快，亨利仿佛在洗衣机里飞来飞去。格雷格站在我上方。他也在旋转。

“格雷格，我不舒服。我能尝到金属味。”

我的头落在枕头上。汗从我的脖子上流下来。

“你没事的，伙计。放松，我在这儿。”

“格雷格，我不——”

“伙计。乔！”

格雷格伸手越过我，按下了紧急按钮。

世界一片漆黑。

第二十三章

哔——

哔——

哔——

室内温度：19℃

空气纯度：98.1%

心率：113

哔——

哔——

哔——

我的脑海里有许多飞机在高空中分层盘旋——新西兰航空、英国航空、维珍大西洋航空——它们飞了一圈又一圈，一圈又一圈。新西兰航空、英国航空、维珍大西洋航空。

太多的飞机，让我晕眩。

新西兰航空、英国航空、维珍大西洋航空。

新西兰航空、英国航空——

“什么，伙计？”

“……维珍大西洋航空。”我睁开眼。灯光昏暗，我的房间里到处都是黑影，屏幕黑得像夜空。我深深地吸了一口气，感到有只手放在了我的胳膊上。格雷格坐在我身边。他黑色的身影模糊不清，与墙壁融为了一体。我的眼皮耷拉下来。我听见格雷格在跟别人说话，可我听不清他们在说什么……仿佛他们在水下聊天似的。我试着抬起头，但头痛得不得了，身体与床接触的每一处都疼痛不已。我强迫自己睁开眼睛，试着开口说话，然而却咳嗽起来，脑袋中央一阵锐痛。格雷格向我弯下腰，把一个杯子递到我的嘴边。

“试着喝点水，伙计。”他说。

我抿了一小口，可喉咙实在太疼了，就像有只刺猬卡在了里面。我又咳了起来。格雷格升高我的床。我看见了医生和护士的身影。

“发生得很突然。”

“血压？”

“100/80。”

“心率？”

“117。”

“我们试试……”

我的房间旋转起来，我的胃感觉要涌上喉咙。

“我恶心想吐。”

格雷格用手搂住我的肩膀，我吐在了一个碗里。

“小心点，伙计，小心。”他擦了擦我的嘴。我低头看着自己的胳膊，一条管子从里面穿出来，越过我的床，向上插进一个塑料袋里。

“发生了什么事？”我低声问。

“先别问，伙计。放轻松。”

格雷格把一块湿润的毛巾敷在我的额头上。毛巾好冰，冻住了我的脑。

我打了个寒战。

格雷格将被子拉到我的下巴处，我的头向后仰倒。晃动的人影在窗户前面讲着话。屋外，玻璃大楼里灯光暗淡，天空也由黑色变成了灰色。另一架飞机在我脑海里飞过。我希望能再去看看它们。但如果回来后会感觉有只虫在我身体里钻来钻去，那我就不想去了。我不想要任何虫子。我讨厌虫子……

“他无法镇定下来，我们设法先把他的体温降下来……对乙酰氨基酚……再增加液体输注……”

“我讨厌虫子。”

“我知道，伙计，放松点。”格雷格回到我身边。他换了一个干净的碗放在我的床上。我试着开口讲话，可却只发出了耳语般微小的声音。

“发生了什么事？”我问。

格雷格看看医生们又看看我：“我们不太确定，伙计。一分钟之前你还在看着亨利，下一分钟你就晕倒了。”

我慢慢地转过头看着那些屏幕。它们一片空白，红色的待机灯模糊不清。我闭上眼睛设法回忆起我都看了什么。亨利在商场的扶梯上微笑挥手。我等着他从扶梯上下来，可那扶梯一直往上，亨利却从未到达顶部。仿佛我脑海里的DVD卡住了，一直反复播放。

我睁开眼睛又闭上。亨利跳到了我的眼前，他在麦当劳外面，人们围在他身边笑着欢呼着。然后我看见亨利向前倒了下去。

“亨利！”

“呀，伙计，不要动。”格雷格把手按在我的胳膊上。

“但是亨利……？”我哽咽了，疼痛再次袭来，我眯起了眼睛，“他还好吗？”

“伙计，请你，不要动。”

“我能不能查收……？我能不能给他发个信息？”

我设法伸手去够电脑。头又开始晕眩起来。一个护士站在我旁边，将手搭在我的肩膀上。格雷格把双手放在我的胸口上。

“伙计，这很严重。你目前的状况不好，不能发信息。”

“但是——”我的胸口发出咕噜声，我咳了起来，“但是我必须弄清楚……我真的需要知道。”

格雷格看着医生：“这很重要……我觉得他不达目的是不会镇定的。”

我没听见回复，但我觉得我看见了一个身影在摇头。格雷格站起来向他们走去，他们点点头，开始窃窃私语。

“我觉得……”

“我知道但是……”

“只为……”

"好吧。好吧。"

他们停止交谈。格雷格回到我身边。"就一条信息，"他说，"只能核实一下。"

"好的。"

他把笔记本电脑悄悄地放在我的床上，打开屏幕。我试着移动鼠标，但是键盘模糊不清，字母上下移动，漂浮在汪洋大海之中。我眨眨眼睛，头脑清醒了一些。我查看着信息。两条来自我的老师，十一条来自气泡男孩论坛，Skype上没有一条亨利的信息。我开始打字。

亨利，希望你还好。 23:00

我等着屏幕上的铅笔飞舞起来，但它却没有。

亨利……方便时给我发信息。 23:00

我咳嗽起来。一道白光从我脑袋中央一闪而过。我眯起眼睛，那道光又闪了起来，比我和阿米尔在路上遇见的车灯要亮一百万倍。我大声呼喊格雷格，却只发出嘶哑的声音。那道光再次闪烁。我在床上扭动着身体，伸手去拿枕头，设法裹住头。

"放松点，乔。放松点。"

一只手按在我肩膀上。一只手按在我腿上。

"按住他！按住他！"

又一道亮光。

“不，乔。不要把它脱掉。我告诉你，不要把它脱掉。”阿米尔站在车灯前，手高举在空中，“乔，我告诉你，不要把它脱掉。”

我没有把它脱掉。我觉得我没有把头盔脱掉？疼痛再次袭来，我咬紧了牙齿。

我跟阿米尔在飞机场，飞机从我头顶呼啸而过，我的头盔在草地上来回滚动。

“把它捡起来，乔。把它戴回去！”阿米尔朝我跑来，但却似乎在以慢动作移动。他回头看看车再看看我。小虫在车灯前飞来飞去。

阿米尔继续跑。小虫围绕着他的小腿、他的身体飞，飞进他的头发里。

“乔！快点，它们来了。”

我捡起头盔想要戴上。我的手在发抖，我的手套太厚系不了带子。小虫围绕着我，咬着我的制服。小虫爬上我的胳膊和我的肩膀，朝我的脖子爬去。

“阿米尔！阿米尔！”

“乔！乔！”

我睁开眼睛，我又回到了自己的房间，格雷格正站在我上方呼喊我的名字。

我试着坐起来。

“虫子，”我说，“到处都是虫子！别让它们靠近我！别让虫子靠近我！”

“乔，没有虫子。”

他难道看不见我房间里的虫子吗？上百万只虫子爬上监护仪，爬下输液管，爬进我的身体里。它们咬着我的手和我的脖子，它们要把我啃噬得只剩白骨。我试图大声叫喊，但是它们沿着我的脖子爬进了我的嘴里。医生和护士围绕着我。到处都有虫子飞来飞去。它们从天花板上跳下来，在地板上沙沙作响。

“在这里！”我把虫子从我的头上和身体上抓下来。

“好吧。好吧。上镇静剂。”

更多的手按住我的胳膊和腿。

“没事了，伙计。没事了。”

我的头开始晕眩起来。我感到胳膊里有什么东西凉凉的，似乎有冰块流进了我的血管。我深深地吸了口气，又吸了一口。模糊的脸庞低头看着我。

“好了。好了。”

我觉得自己就像是跟魔伦打架的蜘蛛侠。他被狠狠地撞到车上，被从最高的塔上扔下。他把魔伦抡了个圈，扔向帝国大厦。蜘蛛侠的战衣破了，他蜷缩着躺在地上。这是蜘蛛侠经历过的最艰难的战斗。没有人曾把他伤得这么重，哪怕是浩克也没有。可是每次魔伦将他打倒，他又站了起来，决不放弃。只要他的心还在跳动，他就会一直战斗，直到他最终找到了胜利的方法。

我扭过头。有什么东西在门下沙沙作响。虫子们又回来了。

第二十四章

十一岁三个月零十三天

太阳出来了，云朵慢慢地翻卷着经过玻璃大楼。医生们全都站在我的床尾。侯赛因医生交叉着双臂，摩尔医生托着下巴，当发现我在看着他们时，对我微微一笑。

“嘿，年轻人。”摩尔医生走过来坐在我的床边，“你感觉怎么样？”

“不太好。”我说。

“嗯，你度过了一个难熬的夜晚。”他轻声说道。他长久地凝视着我，似乎在等我说些什么。我什么都不想说。我只想让疼痛消失。

摩尔医生把笔记本搁在我的床上。“跟我说说你的疼痛吧，乔。”他轻声说。

“很糟糕。”

“我知道，但是是哪儿疼呢？”

“全身上下，而且我觉得很热。”

“好的，让我们坚持一下，忍住疼痛。告诉我，哪里最疼？”

“腿、胳膊、脊背。到处都疼。”

“但主要是哪儿呢？”

“脑袋里，还有口腔也很疼。”

“有多疼呢？按1到10来衡量的话？”

我的眼皮耷拉下来。有多疼呢？有时候是隐隐作痛——那大概是4。有时候是跳着跳着痛——那大概是6。

疼痛再次袭来，我疼得龇牙咧嘴：“8，我觉得是8。”

疼痛就像刀子一样戳进我的脑袋，然后逐渐减弱为隐痛。

摩尔医生拍了拍我的手：“乔，因为这个疼痛，我们得再给你做一些检查，好吗？”

情况一定很严重。摩尔医生一般不会这么小声跟我说话的。他通常会微笑着跟侯赛因医生开开玩笑。他唯一一次叫我乔，是我做错事的时候。

他再次拍了拍我的手，似乎试图将我唤醒：“好了，年轻人。我觉得你应该知道接下来该如何进展了。”

“更多的化验？”

“恐怕是的。我们都知道这是一个感染，但我们不确定它是从哪儿来的。就像侦查一起犯罪案件，我们必须排除所有的嫌疑人，直到找到罪犯……但我们觉得是真菌。”

“在我的血液里。”

“是的。”

“有时候它会影响肺部。”

他温柔地摸了摸我的头，然后抬起头看了侯赛因医生一眼。“这将会花点儿时间，”他说，“但我觉得我们的人又回来了。”

我笑了。我还是很难受，但感觉好点儿了。因为医生们都在这儿，所以我感觉好点儿了。

摩尔医生站了起来：“那么乔，情况就是这样。你需要放轻松……在床上休息几天。侯赛因医生会来给你做检查，然后我们会做一些化验，还会给你一些止痛药。好吗？”他在记事本上匆匆地写着。

“真的很严重吗？”

“嗯，你知道任何感染都是很严重的。我们会例行一切常规检查，譬如检查空气纯度和通风系统。但按理说它不应该在这里出现。这是我们以前从未碰到过的新东西。”摩尔医生转过身跟侯赛因医生低声交谈起来。

我知道我应该帮助他们寻找感染源，他们照顾其他小孩已经十分繁忙了。我可以帮他们节省时间。他们不必化验一切，或是把过滤器整个换掉。我可以告诉他们我被感染是因为我去到外面了。以前的每次感染都是自然而然地发生，他们告诉我只是运气不好罢了。而这次是我的错。我应该现在就告诉他们，但是我不能。我不想惹上麻烦，更主要的是我不想打阿米尔的小报告。他给了我生命中最激动人心的夜晚，不应该因此而惹上麻烦。

“嘿，”摩尔医生站在我上方，“不要愁眉苦脸的。我们可以做到的……你是超级英雄。我们都知道超级英雄会重振旗鼓的。”

我微笑着试图抬起手向他们展示我的肌肉，但是实在太疼了。

“别担心，”侯赛因医生说，“那些肌肉很快就会像索尔一样强壮……现在，让我们先检查一下吧。”

“这里就交给你了，”摩尔医生说，“我一会儿再回来——乔？”他在门口停了下来，“一切都会好起来的。就算是过滤器出了问题，我们也有备用系统可以阻止真正的坏家伙钻进来。”

我在他走出门时点了点头。他不知道我去外面的时候只有个头盔。我向前俯身，侯赛因医生把手放在我的脊背上，用手指轻轻地拍打着，他让我吸气、吐气。我已经做过太多次了，知道该怎么做。当他拍打完我的脊背，又拍打起了我的胸膛。接着他检查了我的口腔和耳朵。他发出“唔嗯”的声音，随即在笔记本上记下来。然后他坐下来问了我更多的问题——是否觉得恶心想吐？脑海里的那道白光是否停止闪烁了？

我告诉他我感到有一点晕眩，但那道光已经消失了。更多的“唔嗯”，更多的笔记。

我的头枕在枕头上，目光碰上天花板。监护仪每响一声，我的脑袋就抽痛一下。我深呼吸，试图让心跳慢下来。然后再一次——吸气 7 秒，呼气 11 秒。

吸气 7 秒，呼气 11 秒。就像阿米尔教我的那样。

我飘浮在空中，飘过摩天大楼之顶。我用指尖触碰着每一栋，轻轻一推，飘向另一栋。天空是蓝色的，街道是灰色的，空无一人——没有汽车，没有公交车或出租车，也没有行人。

仿佛所有的人都离开了，去了新的星球。他们怎么不告诉我？我没看见他们从我身边飞过。

我向前眺望。另一栋摩天大楼向我靠近。我从它上面飘了过去，飘向了大海。

哔——

哔——

哔——

室内温度：19℃

体温：40.1℃

心率：114

空气纯度：99.1%

我的房间是白色的。屋外，玻璃大楼是蓝色的。音乐在轻声播放着。

夏洛特站在我身旁，手里拿着注射器。“抱歉，”她说，“又是我。”

我闭上双眼感受针扎入时的刺痛感。

“你感觉怎么样？”

“不是特别好。”我龇牙咧嘴地说。

“嗯，格雷格说你昨晚很难熬。但愿那就是最糟糕的了。”

“我还很担心我的朋友。”

“我知道。格雷格说他来的时候会设法给那家医院打个电话。”她轻轻地拍了拍我的胳膊，“好了……弄完了。”

我看了眼她手表上的时间，11:15。格雷格要六点才会来。我不能等那么久才去弄清楚亨利的状况，我伸手去拿笔记本电脑。

“不行，”夏洛特说，“你应该要好好休息。”

我用我最乞怜的“求你了”的表情看着她。

“不要像狐獴一样，没用的。”

我再次露出狐獴的乖巧表情，我知道会起作用的。

夏洛特啧了一声：“听我说，我敢肯定他没事的。”

“我知道，”我说，“但我只是想核实一下，求你了。”

她叹了口气。“我要把这个拿到实验室去。”她悄悄地把我的电脑放在床上，“我会离开五分钟。”

我用最感激的“谢谢你”的表情看着她。

她走到门口：“五。”她举起手指用口型向我示意。

我打开电脑。亨利也许累了，但发一条信息不需要什么力气。以前，每当我们中的一个感冒或是生病了，我们都能发信息。我们甚至在输血的时候发过信息。我真的很不舒服，可我还是可以发信息。但是也许他比我更不舒服。

我查看了 Skype。他还没有回复。

亨利，我现在真的很担心。 11:20

我真希望自己能联系到他的爸爸妈妈。但我只在他们来看亨利的时候，在 Skype 上跟他们聊过天。他们从没给我打过电话，也没发过短信。他们给我寄过圣诞节卡片和生日卡片，但我没有地址可以寄回去。不过他们会联系我的，不是吗？他们肯定知道我很担心。

亨利，你在哪儿？ 11:22

我看了看时间。夏洛特说她会离开五分钟，但是走到实验室再走回来需要更长的时间。应该会有关于亨利的新闻。我打开浏览器，开始打字。

穿太空服的男孩。费城购物中心。

我的手指悬在回车键上方。我想知道他怎么样了，但如果他真的病得很厉害，我就不想知道了。这就跟医生告诉我我的病情时一样。我不想知道有多糟糕，但我还是会偷偷上网查询。

我闭上眼，按下回车键，再睁开眼睛。

气泡男孩在费城购物中心晕倒

图片里亨利跌坐在椅子上，他的妈妈和护士围在他身边。我点击链接，开始阅读起来。上面说到他们无法在商场里为亨利做更多的治疗，因为那意味着要脱掉他的太空服。于是他们用救护车把他带回了医院。除此之外，新闻里没说太多我不知道的内容。我看着下一条搜索结果：

气泡男孩突发状况——优兔网

我关掉视频，我已经看过亨利晕倒一次了，不想再看了。

我应该休息一下。可是我最好的朋友病了，我怎么休息得了。我必须做点儿什么。英国广播公司网站上有两条信息。

英国广播公司气泡男孩论坛

8月29日 星期日 22:01

亲爱的气泡男孩：

我觉得我可能得了跟你一样的病，但我妈妈认为这只是我为了不上学找的借口。

马洛·特伦特

埃塞克斯

英国广播公司气泡男孩论坛

8月30日 星期一 09:41

亲爱的气泡男孩，或者我能否叫你乔，我不知道。我可以吗？总之很抱歉没有联系你。我在威尔士的祖母家，她这里没有网，移动信号也不太好。你最近在做什么？我觉得……

文字开始模糊起来，仿佛我在复习历史考试。

床上的手机突然响了起来，吓了我一跳。是贝丝。我外出之后还没跟她讲过话。我不想让她担心，也不想让她知道我做了什么。我打开她的短信。

嘿，乔。你好吗？

我很好。

你确定吗？

嗯。

我知道你不好。

我看着手机琢磨着她是怎么知道的。这时我的手机又响了起来。

格雷格给我打电话了，但昨晚我在外面，手机没电了。

不，我没事。

但是你感染了，这不叫没事。

医生会处理好的。

我查查火车票。

我真的很想见贝丝。但是上次电视台的人来的时候我生病了没告诉她，她超级生气。这回她一定会更加生气。

我今晚晚一点的时候可以到你那儿。

我不知道该回些什么。我不想说谎。

乔，你很沉默。

我很好。真的。

我今晚就能到你那儿……到时候给你电话。

不用，没事的。

手机在我手中响了起来。我说了我没事。我跟她说了别给我打电话。

“说吧，怎么了？”

我的胸口一紧。没发短信告诉她真相就已经够糟糕的了，现在听着她的声音就更加困难了。

“没什么。”我说。

“你真的感觉很难受吗？”

“我感觉不是特别好。”

“但还有别的事吧？来吧，你可以告诉我的。”

“你怎么知道的？”

“因为我是你姐姐。”

我讨厌撒谎，特别是对她撒谎。但我必须告诉她点儿什么。“是亨利，”我说，“他病了。”

“他怎么了？”她听起来很担忧。

“我不知道。没人告诉我。”

“不能让格雷格或阿米尔查一查吗？”

“格雷格一会儿会查查看。”

“阿米尔呢？”

“他在寻找麦田怪圈。”

“什么？”

“他休假了。”

“嗯。”电话那头安静下来。我可以察觉到她很担心。她叹了口气：“乔，你听起来真的很沮丧。”

我滑下来躺在床上。我跟贝丝讲了购物中心的事，讲了亨利多么喜爱那些欢呼的人，他们向他挥手，他也向他们挥手。我告诉她直到亨利走下扶梯前，一切都进展顺利。贝丝说听起来他似乎只是劳累过度。我告诉她我觉得事情没那么简单，如果没事的话，他会给我发信息的。

“但也许没有消息就是好消息，”她说，“妈妈以前常常这么说。”

“她说过吗？”

“说过。没有消息就是好消息，所有的消息都是坏消息。你上一次看到新闻而感到开心是什么时候？”

“我不……我不记得了。”

贝丝放声大笑：“瞧见没？”

我笑了。我知道她是在逗我开心。

“我敢肯定他没事的，但我们要确保你也一样，所以我要过来。”

“你不必——”

“太晚了……票已经订好了。”

门滑开了，夏洛特走了进来。她用脚踢着我的床尾。

“哎呀！对不起！”

“谁啊？”贝丝问道。

我告诉她是夏洛特，贝丝要求跟她通话。我把手机递了过去。

“嗨。”夏洛特看着我微微一笑，我还能听见贝丝的说话声。夏洛特向门口走去：“不，他不太好受，但现在看起来开心一点了。”她踏入过渡区。

我并没有更开心一点，但我的确感觉好一点了。也许贝丝说得没错。没有消息就是好消息。亨利上了电视。如果他发生了什么事，网上肯定早就有消息了。也许他正坐在自己的房间里跟马特一起拆礼物呢。他们会玩那辆遥控汽车，也许他们收到了两辆？他们会在幻想中的赛道上赛车，让车子在床腿间穿行，就像马里奥赛车一样。马特是库巴，亨利是路易吉。如果我在那儿的话，我会是马里奥，我会用涡轮加速超过他俩。

夏洛特回来了，她把手机递给我。

“她很可爱。”她说。

“我知道，可她担心得太多了。”

“姐姐就是这样的。”

“但有时候她都不让我一个人待会儿。”

我的手机响了起来。

“瞧见没？”

我看了眼手机。

“是她吗？”

“不是。”

“那你笑什么？”夏洛特弯下腰做了个鬼脸。

“是谁给你发了张麦田怪圈的照片呀？”

“一个朋友。”

“发这个有点奇怪。”

我耸耸肩继续看着照片，麦田怪圈的正中有三个点。我在手机屏幕上张开手指放大图片。阿贾拉、舒克拉和古鲁站在麦田中间向我挥手。我笑了。看上去他们跟阿米尔玩得很开心。我真希望自己能跟他聊聊，但我不想告诉他我生病了，这会毁了他的假期的。而且，也许等他回来的时候，我已经康复了。我点击手机给阿米尔发了个微笑的表情。

下午的大部分时间里，夏洛特都和我待在一起。她给我送来午餐——香肠和土豆泥——我不想吃，于是她给我了一杯含有颗粒的粉色液体，她说这会让我恢复精力。但我只觉得更加恶心了。

她坐在我身边看书，我又上起了网。仍然没有任何亨利的信息。但因为贝丝的电话，我感觉没那么糟糕了。

英国广播公司气泡男孩论坛

8月30日 星期一 15:17

亲爱的气泡男孩：

你觉得阿森纳会买下摩根·施奈德林吗？我希望他们别买，因为他是我们最好的球员了。

乔西·哈蒙德

南安普顿

亲爱的乔西：

我觉得摩根·施奈德林是个非常优秀的球员，但我想要塞尔吉奥·阿奎罗！

我按下发送键，然后向下滚动。

还有三条信息，最后一条是来自汉娜的。

亲爱的乔，你还好吗？你说你兴奋不已但却不能告诉我原因。我很担心你没回复我是因为我提到了你的父母，这让我很担忧。

我点开汉娜的信息。

亲爱的气泡男孩，或者我是否可以叫你乔，我不知道。我可以吗？总之很抱歉没有联系你。我现在在我祖母家。我得爬上她家对面的一座山才能上网。我通常一年来看她两次，一次是复活节，还有一次是暑假我爸妈还要上班的时候。我和祖母会去沙滩散步，有时候退潮了，我们俩会穿过沙滩走上一座小岛。你有祖父母吗？我知道你失去了父母，他们在节目上说过了。我对发生在他们身上的事感到很抱歉。我应该说些别的。明天我们就回家了，然后我就得检查校服是否还合身，还要为上学买些新书。我已经选好了我的中等教育证书课程，我选了两门科学课，还有我非常喜欢的艺术课和音乐课。你喜欢这些科目吗？你会参加考试吗？我现在得走了。

汉娜

又及，你不必告诉我那件激动人心的事是什么，但我希望一切进展顺利。

我笑了，我很开心汉娜给我写信了。大多数情况下，人们只会发一两条信息就不发了。通常是班级的写作比赛，看谁的信写得最好。每封信都有些不同，但结尾的时候他们都会问同一个问题：住在气泡里是什么感觉？在我回复之后，他们会给我发一张照片。照片里是他们的气泡男孩项目贴在教室墙壁上。我希望汉娜不是在做这个项目。

亲爱的汉娜：

不，我没有因为你提及我的父母而沮丧。

也没有因为你想跟我做朋友而不开心。

我的祖父母有两个去世了，还有两个也已经神志不清了。

嗯，我会参加考试。上周我学习了阿基米德原理。我没有浴缸，所以我的老师把一块砖头放进了罐子里。

很抱歉，我不能告诉你我做了什么。但也许有一天我可以告诉你。

我按下回车键，这是最后一条信息。我环视整个房间。没有亨利发信息的声音，也没有阿米尔忙得团团转的声音，整个房间安静极了。

我点开萨拉的一个视频。

“嗨，今天我们要学习的是法国大革命。学习它如何改变和影响了法国以及欧洲的未来。”

夏洛特从书里抬起头。

我给她看了我的屏幕：“你想看吗？”

“不了，我觉得我还是继续看书好了。”她给我看了看书的封面，上面是一个小男孩跑过田野。

“好看吗？”

“还行吧，”她说，“比上一本要开心一点儿。”

“书里发生了什么？”

“我觉得你不会想要知道的。”我觉得这意味着书里有人死了。

我点击播放键。在《攻占巴士底狱》中，一阵军号响起，枪声砰砰四起，身穿蓝色制服的士兵在城堡外战斗。空气中布满硝烟，士兵们高声叫喊着发射火炮，用步枪上的刺刀冲向彼此。闪耀的火光刺痛了我的眼睛，火炮声震痛了我的耳朵。我把亮度和音量调低，躺在了枕头上……

我不知道法国大革命发生了什么。当我醒来时，我的电脑放在旁边的桌子上。夏洛特的书放在椅子上。我能听见人们在过渡区讲话，但他们的声音太小了，我听不清他们在说些什么。我从床上坐起来竖起耳朵。当我病得很厉害的时候，医生和护士就会这样。过渡区就像是他们的会议室，他们在那里谈论着不想让我知道的事。他们觉得如果我什么都知道的话，会过分担忧的。事实的确如此。但是这样我就更担心那些他们没告诉我的事了。

我掀开被子，悄悄把脚踩在地板上。我的身体仿佛灌了铅似的，双腿感觉就像两根木棍。门似乎在百尺开外。我在床垫上稳住，慢慢向床尾挪动。声音大点儿了，可我还是听不清楚。

我的头开始疼了起来，门也变得模糊不清。我松开床，跌在浴室旁的椅子上。

“所以他……”

“是的，已经……”

我拖着椅子悄悄地挪了过去，把耳朵贴在门上。我听见了撕纸巾的声音和水流进水槽的声音。

“两点，今早……”

“有什么……”

“他们已经尽力了……他怎么样？”

“不太安定，我觉得也许……”

我还是听不清，就像看电视的时候，鸽子跑到了卫星天线碟形接收器上。

水流声停止了。只听见咔嗒一声，烘手机的风声响起，有人在烘手。他们在说什么呢？

风声停止了。我把耳朵紧紧地贴在门上，紧得都能感受到头上的血管在嘣嘣地跳动。

“他病得太重，会受不了的。我们需要……”——消毒水的嗞嗞声——“一会儿。”

“他今天上了一天网。”

我会受不了什么？网上有什么？

“嗯，我们必须得把那个拿走——你说他现在睡着了？”

“是的。”

“好的。我们先做那件事。”

“在他床边的桌子上。”

我坐起来望向桌子，我看见了电脑。

是亨利吗？亨利病了吗？他——？

我支撑着从椅子上站起来，踉踉跄跄地回到床上。

门滑开了。

我一把抓住电脑，将它打开。

“伙计，你坐起来干什么？”

我看着屏幕，点击刷新。

格雷格走过来伸出手。我把电脑扯到一旁，继续盯着屏幕。

不可能。不可能是真的。不是真的。

“他们可能弄错了！格雷格？他们肯定弄错了！是不是？报纸不是一直在说谎吗？”

格雷格将手搭在我的肩膀上：“伙计，我很抱歉。”

血哗地冲上我的耳朵。我觉得我的心脏出问题了。它好痛。它好痛。

“我就跟你说有点儿不对劲！”我用手捂住脸，可眼泪还是流了出来。我的肺感觉快要破膛而出。我无法呼吸。我无法呼吸。

格雷格坐在我的床上，用胳膊搂着我。我害怕我的心脏快要爆炸，我的肺快要冲断肋骨。

亨利在哪儿？他在哪儿？他们弄错了。

我抬头看着格雷格。“他们弄错了，”我说，“他们肯定弄错了。”

“不，伙计。我很抱歉，但我觉得他们没有弄错。医院已经发了公告。”

格雷格还在继续说话，可我哭得太大声根本听不见他说了什么。我感觉自己就像一个正在关掉的机器人，灯闪烁着熄灭，逐渐与大地融为一体。也许是他们给我吃的药。他们给我太多药了，它们没有与感染作战，而是在我的身体里互相内斗。这会让我感到有点精神失常，幻想出不真实的东西。门滑开了，夏洛特走进来站在床尾。

“没事的，”格雷格说，“我可以……有我在呢，伙计。”他把我的头拉过去紧紧地贴在他的胸口上。

“好痛。全都好痛！”我不停地哭着叫喊着。我很迷茫也很沮丧，我不知道自己脑袋里想着什么嘴里又说着什么。亨利死了，我觉得我也会死。或许是一样的。或许这糟糕的感觉是因为我也快死了，我们得的是一种病。我们都住在气泡里。我们都去了外面。现在我们要一起死了。

我们都无数次地病危，可是医生总有法子把我们救回来。感染通常会偷偷靠近我们。它们不会立刻就让我们难受不已。是不是有只虫子在他的太空服里或者商场里，又或者在救护车里？但是NASA应该早就把它清洗干净消好毒了，不是吗？我可能也有同样的东西。我可能还是会死。我们本来不应该去到外面的。我们的气泡有时候会很无聊，但它们起码很安全。

我使劲儿闭上眼睛，可眼泪还是流了出来，心潮也再次腾涌。

格雷格用胳膊把我搂得更紧了。

亨利死了。

亨利死了。我把头埋在格雷格的胸膛。我想要疼痛消失。我想要格雷格再抱紧我一点，永远都不松开。这本该是最美好的一天，而我现在只想让它快点结束。

第二十五章

十一岁三个月零十四天

我躺在床上凝视着天花板，一边抽鼻子，一边用袖子擦眼泪。我已经哭了一整个晚上。哭得太久，眼睛都哭痛了，脸颊也酸痛酸痛的。我听见一个护士在我的房间里四处走动。我看见她站在我上方。但她的话语含含糊糊，她的脸也模糊不清。她伸手摸我的胳膊，但我却感觉不到。

眼泪顺着我的脸颊流下来，落在潮湿的枕头上。我闭上眼睛就会看见亨利。我睁开眼睛也会看见他。我知道这只存在于我的脑海之中，因为我的心里有个巨大的黑洞。泪眼模糊了电脑的红色充电指示灯。我无法抑制地伸出手，只想核实一下。我把电脑悄悄地放在床上，打开上盖凝视着时钟。

现在是伦敦时间 09:15。

现在是费城时间 04:15。

一分钟嘀嗒过去。

09:16

09:17

这些年，我的脑袋里一直有两个时钟。亨利睡觉的时候我在吃早餐，他吃早餐的时候我在吃午饭，他吃午饭的时候我在吃下午茶，他还醒着看着电视的时候我已经上床睡觉了。

现在是 09:18。

09:19

09:20

09:21

我已经想他了。尽管即便他还活着，现在也还没起床。我希望 Skype 的指示灯会亮起来。我希望屏幕上的铅笔会飞舞起来。

09:22

09:23

什么都没有。只有我们上次的信息。我合上电脑，环视着屋子。我不想看监控屏幕。我不想听音乐。我什么都不想做。我的墙上贴着足球运动员和超级英雄的海报，但是我仍旧是孤零零的一个人。亨利也许曾住在我的电脑里，但是现在他不在了，我的整个房间都变得空荡荡的。

我回忆着昨夜。我记得我打开电脑。我记得格雷格冲了进来。我记得我的心和肺疼痛不已，我哭泣着、呼喊着……我告诉格雷格我去外面了吗？我觉得我说了，但却什么都记不清楚了。我想是药物让我的头脑混乱不堪，我分不清什么是真实的什么是梦。我只知道亨利不在了。我再也无法在 Skype 上看见他的脸、收到他的信息了。我只想让他回来。

当格雷格叫我“乔”的时候，我就知道出事了。

当贝丝咬着指甲不说话的时候，我就知道出事了。

当摩尔医生用手搓着嘴的时候，我就知道出事了。

当我睁开眼睛，看见他们三个全都围在我的床边的时候，我就知道出事了。

摩尔医生坐在床边，把手放在我的手上。“乔，”他低声说，“听说了你朋友的事，我很难过。”

我抬头看着贝丝。我想让她伸出手来拥抱我，但她只是一脸焦虑地站在那儿。我分不清是因为亨利，还是因为她知道了我所做的事。

摩尔医生告诉我，他不了解所有的细节，但是他早就知道亨利的心脏有点问题。

“上次我看到他的时候，他还好好的！而且如果他状况不好，他们为什么要让他出去？”

“我不知道，乔。”他说。他回头看着格雷格和贝丝，仿佛准备告诉我一些坏消息。

他们发现我去外面了，我快要死了，所以他们三个都在这里。

“对不起——”

“乔——”

我和摩尔医生同时开口。我让他先说。

“乔，有几件事我们需要聊一聊。首先是你的化验结果。”

我屏住呼吸。

“你的白细胞很稳定，但是在找到导致你病危的原因之前，我们不确定这个数量接下来会往哪个方向发展。我们有好几个方案，其中之一是输血。”

我再次望向贝丝和格雷格。他们知道我有多么讨厌输血，但我不觉得他们全都聚在这儿是为了告诉我这个。

他们知道我做了什么。

摩尔医生从他的记事本中抬起头，脸上露出关切的神情。“年轻人，”他说，“我觉得你知道还有别的，我们需要聊一聊你昨晚说的一些事。”

我的心脏监护仪哔哔响起，心率上升到98。我所有的担忧全都一齐冲上脑门——我、亨利、阿米尔。一滴汗从我的脖子上流下来。

格雷格将椅子从浴室门边挪开，坐在我的身旁。

“没事的，伙计。阿米尔全都告诉我们了。”

我假装一脸迷惑，仿佛不知道他在说些什么。阿米尔为什么会告诉他们？我都不知道他来了。我没在过渡区听见他的声音，也没在监控屏上看见他。

贝丝俯身向前，她的脸蛋红红的，眼睛里溢满了泪水。我分辨不出她是难过还是生气。“你就告诉我们吧，乔。”我觉得她两者都有。

心率：114

阿米尔把一切都告诉他们了吗？

我张开嘴想要说话，可是那个秘密已经在我的体内藏了太久出不来了。我又试了试，感到如鲠在喉，眼睛也开始疼了起来。我艰难地吞咽着，看着贝丝。

“对不起。”

她站起来用手臂环抱着我。“嘿，别哭，”她说，“别哭了。没关系的。”她轻轻地摇晃着我。

我的胸膛裂开了，虫子在我的胃里钻来钻去。“我本来想告诉你的，”我说，“我不想撒谎。”

“我知道。我知道。”她松开我。“没关系，”她说，“但是你现在得把一切都告诉我们。”

我点点头，用手臂抹去眼泪。

“那你不生我的气了？”

“嗯，我不会那么过分的。”她微笑着用大拇指摩挲着我的脸颊。我还没开始告诉他们我做了什么，但我感觉那只大象已经把脚从我的胸口上拿开了。

摩尔医生在我身边坐下来，床垫沉了下去。

“好了，”他说，“我只需要你告诉我阿米尔带你去的所有地方。”

我点点头看着他的记事本。本子上潦草地写满了字，还有图标和箭头。我看到本子的正中央写着希思罗，被一个圆圈圈了起来。我从未见过阿米尔的笔迹，但是这看起来疯狂又凌乱，肯定是他写的。看上去他似乎写下了认罪书。他们肯定把他带到了一个没有门也没有窗的屋子里，令他坐在桌子旁。我在电影里看到过，警察不让嫌疑人睡觉，不给吃的也不给喝的。他们用力捶在桌子上，让嫌疑人在墙角的小壶里尿尿。进了监狱以后，余生就只能和一张床、一个枕头度过了。

我抬头看着摩尔医生。“阿米尔会坐牢吗？”我问。

“什么？”

“我不想阿米尔坐牢。他只是设法帮助我。这不是他的错。全都是我的主意。”

我的心脏监护仪又哔哔地响了起来——104。这可不妙。我不能撒谎。我的监护仪就是个测谎仪，等着对每个字发出哔哔声。

摩尔医生摇了摇头。“听我说，”他说，“这很严重，但我不确定会有那么严重。现在……带我逐一过一遍。我们越早知道你做了什么，就能越快找到这个感染源。”

“好吧。”

我思绪万千。我试着把它们整理好，再讲述我的外出之旅，我是如何利用监控来观察吉姆和菲尔的。我告诉他阿米尔给我做了个特制的制服，有氧气罐和监控仪确保我的安全。摩尔医生告诉我，阿米尔已经把制服交上去了。我们说话的空当，他们正在检查里面是否有感染源。随后，他听我描述了我们是如何驶过街道，经过大楼，上了高速，拐进了希思罗。

格雷格交叉双臂。

贝丝叹了口气。

摩尔医生画了一个更大的圆圈圈住希思罗。“你们在哪儿做了什么？”他问。

“我们看了飞机起飞和降落。简直棒极了！”

贝丝摇了摇头。我想现在没有人想听这个。

“看完飞机后你们又做了什么呢？”摩尔医生问道。

“我们看了日出……”

“然后呢？”

“阿米尔开车送我回来了。”

“原路返回吗？”

“我不知道。我觉得是……我那时候睡着了。”

摩尔医生在“医院 早上 6:53”旁边打了个钩。“好的，乔。现在这个问题很重要……你有没有在任何时候把头盔摘下来？”

“没有。”

格雷格俯身向前。

“再好好想想，伙计，”他说，“你必须得确定。”

我把手放在头上。我没摘下来，对吗？我知道我想过，但我敢肯定我没有。我想不清楚了。

“你看见虫子的时候呢，伙计？”

“不……我觉得我没有……那是在梦里……我不知道。”

我开始咳嗽起来。等我停下时，摩尔医生说他觉得这是他所需要的全部了。贝丝给我倒了杯水。我伸手去拿。她却高举着杯子，仿佛要从我头上浇下去。

摩尔医生咯咯地笑着站了起来。

“我想我最好还是离开让你们俩自己来吧！”他说。格雷格跟随摩尔医生向门口走去。我抿了一口水。

“噢！”摩尔医生转过身子，“最后一件事。别再飞去其他地方了。如果我们不得不给超级英雄戴上镣铐，那看上去可不太美观。”

“他哪儿也不会去的。”贝丝说道。

我知道她是认真的。

门打开又关上了。突然只剩下我和贝丝两个人。她张开嘴仿佛要说些什么，却似乎又改变主意停下了。她脸色苍白，看上去疲惫不堪。我问她是否还好。她试图再次开口，却又用手捂住了嘴。我不知道该说些什么，也不知道该看向何方。我讨厌贝丝沮丧的时候。我讨厌是因为我的错。我不想像这样告诉她我去外面了。我想在我状态良好的情况下告诉她，这样她就会和我一样兴奋不已了。

我坐起来。我已经说过对不起了，但是我还想再说一次。

“对不起。”

贝丝的眼中泛起了泪花，手也颤抖了起来。她把手从嘴上拿开：“你这个傻瓜。”她的声音在发抖。

“我说了对不起了。”

“对不起？”眼泪从她的脸颊上流了下来，她抽了抽鼻子。“天啊，”她说，“他们告诉我的时候，我还以为那只是你的一个超级英雄的梦。”

“不，比那个好——”

“别说了，”她说，“别说了，天啊，乔，你难道没有意识到自己有多傻吗？还有阿米尔……我要杀了他。他究竟在想什么呢？也许你一直都是对的。他疯了。”

“不，他没有！他只是想帮助我。我想要出去。”

“他理应是个该死的护士，而不是你的出租车司机。”

她拿纸巾擦了擦鼻涕。我把第一台笔记本电脑弄掉了的时候，她很生气。我把第二台弄掉了的时候，她更生气。但都远不及现在她气愤的程度。

她站起来走到窗边。格雷格告诉我，当他的女朋友生气的时候，他说什么都是错的，所以他就去酒吧待着，等待风暴停歇。我的房间似乎正在经历一场大风暴。我也不知道该说些什么。我唯一能逃去躲避的地方就是厕所了，可我不想去那儿。

我挣扎着从床上爬起来，踉踉跄跄地向她走去。我只听得见监护仪的声音和她的呼吸声。

她说得没错。我不应该那么做的。

她扭过头来看着我。她的眼睛红红的，脸颊闪着光。

“我简直不敢相信，”她说，“我简直不敢……什么事都可能会发生。”

“但是亨利也出去了。”

她翻了个白眼。“那你看看他后来怎么样了！他有NASA，你只有个相信外星人的疯护士！”

我低垂着眼睛。我真希望她没那么说。

“对不起。”她说。

“没关系。”我抬头看着她。她的眼睛看起来很忧伤，暴风雨仿佛已经过去了。

“我只是很生气。我觉得你没有好好考虑这件事，”她说，

"你不能就……"我等着她再次开口，但她只是定睛看着我。

一滴眼泪从她的鼻子滑落。

"过来。"她说。

我转向她。她用胳膊环抱着我，把我紧紧地搂在胸前，我感受到了她的心跳，似乎和我的心跳得一样快。

"乔，我不知道没有你我该怎么办。我只剩下你了。"

我艰难地吞咽着。我从没考虑过这个问题。一直以来，我总是想着自己想要什么，我根本没考虑过如果我回不来了贝丝会怎么样。

我哭了起来。她抱紧了我，她知道她可以抱得多紧。

"没关系，"她说，"我也很抱歉。我不应该那么生气的。"

"我不应该那么做的。"

"不，你不应该……但我不怪你。没人知道一辈子被关在笼子里到底是什么感觉。"她松开我，手搭在我的肩膀上。

她现在要说些严肃的事情了。

"答应我，你不会再这么做了。"

我不希望她要求我这么说。如果我说我答应她，那我就在说谎。但如果我不答应她，我会让她很难过。

我转过身望向窗外，其实却什么都没在看。我不想回答。不说实话跟说谎是不是一回事呢？我用眼角的余光瞥见她在看着我。

请不要再问我了。

"乔，你能答应我吗？"

"好吧。"我咕哝着。我不是说真的。我愿意付出一切的一切再出去一次。特别是现在我失去了亨利。

她伸出手摩挲着我的头发。“来吧，”她说，“我们一起来看 DVD 吧。”

“你有什么片？”

“《钢铁侠 3》。”

我笑了，尽管亨利的死让我感觉心里有个大窟窿，可现在那里有一点点温暖了。

她放碟片的时候，我爬上了床。我的心每跳一下，身体就会痛一下。我之前太担心亨利，以至于原有的疼痛都消失了，现在它们全都加倍地回来了。

贝丝躺下来搂着我。

“你还好吗？”

“就是疼，”我说，“每当安静的时候，我就会想念亨利。”我的喉头又哽咽了。

“我知道，”她说，“这种状况会持续一段时间，但是会逐渐好转的。我保证。”她的头靠着我的头。我想要告诉她我在外面做的其他事，但我觉得她不想再听了，因为她已经把遥控器拿在了手上。

我的手机在桌子上响了起来。我看着它，心想会不会是阿米尔。手机又响了。

“乔，你不看看是谁吗？”

我看着手机。如果贝丝得知是阿米尔的话，她会把手机从我手上拿走的。

“是低电量预警。”我说。

“你想充电吗？”

“不，没关系。我只想看片。”

“如果你确定的话？”

我点点头，心里却迫不及待地想知道是不是阿米尔。

她按下播放键。

我必须等待。

满大人刚刚炸掉了中国戏院。火焰从里面蹿了出来。汽车从空中飞过，人们在街上四处逃窜。但我没法儿集中注意力，我的手机已经响了四次，刚刚它又响了。我缓慢地将头转向贝丝。她的头靠在枕头上，眼睛是闭上的。我轻轻地把她的胳膊从我身上拿开，然后从桌上拿起手机进了浴室，换气扇响了起来。我回去看了看贝丝。她翻了个身侧躺着，但眼睛还是闭上的。我悄悄地在身后关上门，坐在了马桶圈上。

我的手机再次响起。我点开信息——六条来自阿米尔。

乔，我全都告诉他们了。

你不用担心。

希望你没事。

我这里信号很差。

你还好吗？

你怎么不告诉我你病了？

我开始打字。

阿米尔，你在吗？

我的手机立刻响了起来。

嗯。我很担心。格雷格说你病得很重。

是的。

你怎么不告诉我？

我不想让你丢了工作。

工作不重要，人才重要。我告诉医生我觉得拉希德的车里有只虫子。

他的空调两年没用了。

他们在彻查一切。

着陆带修好了吗？

什么？

给外星人的。他们快来了。

阿米尔让我迷惑不已。在我身边时，他疯疯癫癫的。发短信时，他似乎更加疯癫了。

阿米尔，我能见你吗？

周日，外星人就来了，你看着他们，在你窗外。

但我只想见你。

得走了。希望你快点好起来。

但——

我还没来得及回复，手机又响了。

周日，再见。

他已经走了。我把他的短信又读了一遍，看看自己是否错过了什么。我读到了有只虫子在他哥哥的车里那条。我不知道他说得对不对。我打开浴室门。贝丝面朝监护仪睡着了。我蹑手蹑脚地走到桌旁打开电脑，我的手指悬在键盘上方。

我输入“车里的虫子”。

0.64 秒检索出 33900000 条搜索结果。

图片上，甲壳虫和床虱爬在汽车座椅上，在搁脚处吃垃圾。我向下滚动，点开第一个链接，是关于藏在车里的虫子的。

百万只虫子，在空气过滤器和通气管里大力咀嚼着。微小的细菌这种潜伏的敌人（如大肠杆菌、杆菌、葡萄球菌等）会引发各种疾病。

我点击葡萄球菌。

它是一种长得像一串葡萄的细菌。它会导致全身皮肤脓肿、生疮、起疖子。在某些情况下，它会产生毒素，攻击白细胞！

我的头疼了起来，手心也开始出汗了。

我染上的是这个吗？葡萄球菌？听起来像种食物。

一股热流从我的头流到脚。我猜对了。有只虫子在我全身上下游走。我关上电脑回到浴室。我看着镜子，我的眼睛红红的，脸颊也是红红的。我用手指按压脸颊再拿开。我的皮肤变白了，依旧是白的——我是不是脱水了，或是得了脑膜炎？我的皮肤又变红了。我没事。我脱掉T恤，用同样的方式检查身体——手指按压在胸膛上，继而是肚子上。我的皮肤变白。快点。快点。它变红了。我深深地吸了口气，开始检查有没有生疮、起疖子。我的胸口有个印子，但我觉得那是我刚才用手指按的。我歪着头向后望去，我的右边屁股上有一小块瘀青。我把裤子上的腰带拉下来。哟，还好，那块瘀青没有扩大。而且葡萄球菌是不会导致瘀青的。

“乔，你在干什么？”

我抬起头在镜子里看见了贝丝。

“我在……我在检查……”

“检查什么？”

“葡萄球菌。”

贝丝慢慢地摇了摇头。

“你又去上网了，我跟你说了多少次？”她把T恤递给我。“把这件事交给医生……而且你不应该起来的，无论如何！”

我把T恤穿了回去。我知道她是对的，但我没法抑制自己不去查。

“来吧，”她说，“也许你今天太过劳累了。”她陪我走回床边。

我躺下来，再次盯着电脑看。我已经上瘾了。有些人，比如迈克，会对酒精上瘾，还有一些人会对巧克力和饼干上瘾，而我对弄清世界上的所有疾病上瘾。我扭头看着贝丝。

“闭上眼睛吧，”她说，“有时候睡眠是最佳治疗。”

我很高兴她在这里。

第二十六章

十一岁三个月零十八天

我躺在床上和贝丝一起看监控屏。医生们说得没错，各种药物在我体内大战了三天。有的时候我觉得很热，想要脱掉T恤。有的时候我觉得很冷，得把毯子裹在身上。还有的时候我觉得又冷又热，坐立不安。今天我感觉很好，明天可就不一定了。

贝丝用胳膊肘碰了我一下，她指着4号屏幕。

基思在前台跟朱莉聊天。她大笑着杵着他的胳膊，基思也在笑——他站在饮水机旁，身后藏着一大束鲜花。他说了些什么，朱莉看起来似乎很生气，用拳头捶打着他的胳膊。基思张大嘴巴——嘿！他把鲜花从身后拿了出来——惊喜！朱莉用手捂住了嘴。贝丝也一样。

"嗷嗷嗷，太萌啦。"她说。

"我觉得他们会结婚。"我说。

"你这么觉得吗？"

"嗯，你等着瞧吧。"

基思递给朱莉一张卡片，然后他们一起走到她的桌子后面。朱莉读着卡片暗自微笑，她把卡片放在电脑旁。朱莉收到了许多卡片。她今天 50 岁了！基思在她桌后走来走去，上下打量着前台，随后弯下腰亲吻了朱莉。

“喏，跟你说吧。”

贝丝放声大笑。她喜欢我的监控屏，她一直跟我一起看。周三早上维修员来拆监控，结果他只是看着解码器挠了挠头。他告诉我们科技方面他不太擅长，然后就走了。格雷格说周四信息技术部会派人过来。周四周五我们等了整整两天，我想他们一定很忙。真希望他们已经忘记了。

贝丝又用胳膊肘碰了碰我。我切换到 6 号屏幕。

道路施工快要到达街尾了。大卫正在跟一个身着制服、头戴白帽的人讲话。我告诉贝丝后者的名字叫多姆。

“你怎么知道的？”她问道。

“因为他个儿矮头又秃，长得很像电视里解决建筑问题的那个人。”

贝丝的眼睛亮晶晶的，我可以看见她瞳孔里反射的屏幕。我喜欢跟她一起看监控。我真希望她能够留下来陪我一直看。

大卫和多姆沿着沟渠一边走一边喝咖啡。多姆指着管道——“把它往这边移”。他举起手再打开——“再多腾点地方出来”。大卫摩挲着额头，瞥了路那头的迈克一眼。迈克低头看着自己的铲子。他又做错了。

我切换到 8 号屏幕。屋顶上，那个穿着灰色连体工作服的男人握着刀在银管之间穿行。

贝丝蒙住了眼睛。她不想再看见那些鸽子了。

“好了，你现在可以把它关了。”她说。

“不，没关系的。瞧。”

贝丝从手指缝儿里窥视着。

那个男人走到陷阱旁边蹲了下来。他摇了摇头，陷阱里是空的，他今天一只鸽子的喉咙都割不了。

“太好了！”贝丝说，“我讨厌他。”

我大笑着准备切换到 4 号屏幕，却突然听到走廊通往过渡区的门开了。我和贝丝面面相觑。我们知道医生在设法帮忙，但是等待聆听他们即将要说的话着实让人有些提心吊胆。我感觉到贝丝的胳膊把我搂得更紧了。我们安静地坐着听摩尔医生在门外讲话。他说什么遇到了堵车，一个男人在他后面狂按喇叭，他还说了些什么我没听清，但是侯赛因医生笑了。

我和贝丝面面相觑。

医生们一般不会这么大声讲话的。

我听见水龙头打开了，接着是喷消毒剂的声音。

门咔嗒一声打开，我关掉屏幕。

“啊，”摩尔医生咧嘴而笑，“看到你俩还是朋友可真好。”

“就快要是了。”贝丝说。

我用胳膊肘碰了碰她。有她在这儿简直就像是在度假。她起身下床，坐在了椅子上。

侯赛因医生走过来查看监护仪。

室内温度：18℃

体温：38.1℃

心率：79

湿度：11%

空气纯度：97%

“一切都还好吗？”

“是的。”

“室温没有突然下降？”

“没有，”侯赛因医生说，“都很好。”

摩尔医生从眼镜上方看着我。

“那么，我们的超级英雄昨晚没有出去救人。”

我觉得自己刚刚被责备了。又一次！

摩尔医生坐在我的床沿上，笑容慢慢爬上了他的脸：“那么，年轻人，我们该拿你怎么办？”

我耸耸肩，噘起下嘴唇。

“嗯，先告诉我你有什么感觉。”

“我还是觉得疼，”我说，“但是已经没有刺痛感了，我也不再觉得恶心了。”

“很好……也许我们可以告诉你一些事情，让你感觉更加好一点。”

“你们准备让我留着监控吗？”

侯赛因医生轻声笑了起来。

“不，”摩尔医生说，“还是得拆掉。”

“我能留着前台的那一个吗？”

“再说吧。我会跟保安协商一下。”

“你能再顺便问问屋顶上那个吗？”

“你是不会放弃的，是吗？”

我咧着嘴冲他露出最甜的笑容。贝丝放声大笑。我真希望贝丝能告诉他，她也很喜欢我的监控。

“好吧，那么来吧。听着。”他轻轻地拍了拍我的腿仿佛试图将我叫醒，“有些好消息，有些坏消息。你们想先听哪个？”

“先听好的吧。”贝丝说。我也会选好消息的。

“好的，嗯，好消息就是我们好像找到了这只虫子，它在汽车的空调里。”

“葡萄球菌？”

摩尔医生挠挠头：“你知道吗，我都开始怀疑你盯上我的工作了。”

“还有我的。”侯赛因医生说。

我们全都笑了。

“总之，听我说，坏消息就是我们需要一段时间让一切恢复正常。你知道这是怎么回事，就像过去这几天你所经历的一样……时好时坏，在我们平衡药物的过程中。”

我知道这是怎么回事——感觉恶心，感觉沉重，感觉脑袋快要从身体上剥离，感觉疲惫，感觉晕眩，再次感觉恶心，感觉不错，感觉良好，然后总是回归糟糕。虽然我只花了几秒钟来思考，但是实际上却要发生个好几天。我把头靠在枕头上。我知道接下来会很艰难，但是在医生的帮助下，最后我总能好起来。

摩尔医生看着贝丝。她脸上挂着微笑，但是从她忧郁的眼神中我看得出她很担心。

摩尔医生摸了摸我的头。

“嘿，振作点儿，用不了多久我们就能让你健健康康的。”

“很快就能跟那家伙一样强健。”侯赛因医生朝西奥·沃尔科特的海报点点头，“噢，不，我忘记他又受伤了！”

摩尔医生大笑起来。

“你今晚看比赛吗？”侯赛因医生说。

我试着回想今天星期几。

“《比赛日》[①]？”

今天星期六。

“会很晚的。也许你最好录下来。”摩尔医生说。他站起来：“下午晚一点儿的时候我再过来。你还会在这儿吗，贝丝？”

贝丝看着我。我俩知道她那时已经走了。这就是医生认为我病情好转所带来的问题。这意味着贝丝可以离开了。她已经在这儿待了四天，她不能为此用掉所有的假期。她必须节省点，以防我再次需要她。

她站起来跟随医生们向门口走去。我知道她想问他们更多关于我的问题。

---

① 《比赛日》：英国广播公司的王牌足球节目，常规播出时间是每周六。

摩尔医生转过身来：“嘿，别愁眉苦脸的。这次可是好消息。”

“嗯，我知道，”我说，“对不起。”

他们转身离去。他们前脚刚走，我就把电脑拿了过来——医生们说得没错，我这次是好消息。我点开 Skype。我必须告诉亨——

我停下来，手垂在床上，紧紧地抓着被子。

我已经跟他发了好几年的信息，他也总是秒回我。我以前常常告诉他我的坏消息，他总能让我好受一点。当我告诉他我的好消息时，他能让这个好消息好上加好。我关上电脑，深呼吸了几次，让自己不再感到肺要爆炸，也不再感到心如刀割。贝丝说会慢慢好起来的。现在才过了五天，我已经不确定会不会好起来了。

我打开电视。韩国附近有一艘渡轮沉了，船体向一侧翻倒，救生圈在周围的水面上下沉浮。新闻记者说已有 126 人获救，但仍有超过 200 人失踪。电视画面上，韩国的群众和孩童正在街上哭泣。电视上还有个过山车的画面，一对父子被倒挂在过山车里两小时。消防队员试图营救他们，可他们所在之处太高了，消防梯都够不到。

贝丝回来的时候，一位新的护士跟在她身后。

“嗨，我是克洛伊，”她说，“这段时间会由我来照顾你。”她将一个银色的托盘放在桌子上。贝丝给我倒了杯水。克洛伊递给我两片橙色的药片和一片大大的白色药片。橙色的药片轻松地就被我咽了下去，可白色的药片却卡在了喉咙里。我咳嗽起来。

克洛伊弯下腰。

“还好吗？”她问。

我点点头，再次吞咽。我感到眼泪都涌了上来。我再次躺下。克洛伊拿起托盘走出门外。

贝丝微微一笑。“她看起来挺好的。”她说。

“是的。”克洛伊看起来的确挺好的，但我觉得她不会像阿米尔那样使我发笑。我希望贝丝能跟我聊聊他。我希望有人能说说他的名字。他好像突然之间成了罪犯，大家好像全都假装他从未来过这里。我感觉到贝丝的手放在我的胳膊上。

“嘿，怎么了？在想亨利吗？”

我摇了摇头：“不是，我在想阿米尔。”

她两眼冒火，仿佛我刚说了句脏话。

“我以前很喜欢他。”我说。

“我知道，可人不能到处肆意妄为。”

“但是他很有趣。他回家给我看了他们全家人，他让我忘了我在这里。”我的喉头又哽咽了。我想告诉贝丝，阿米尔说他仍旧觉得外星人快要登陆了，但我不想在她走之前让她难过。

她突然站了起来，拿起我的笔记本电脑。

“你在干什么？”我问。

“来吧，”她说，“我们别都气鼓鼓地在这儿坐着。给我看看你在论坛里收到的信息吧。你收到多少条啦？”

“几条吧。”

她用胳膊肘推了我一下：“那么来吧，我们看一看。”

我翻开电脑上盖给她看我收到的信息。当读到说我不再可爱的那条时，她嗷嗷嗷地叫着摸着我的头。读到有人以为在肯德基看到我的那条时，她哈哈大笑。当她看到回复时，她笑得更大声了。我没有告诉她是阿米尔帮我回复的。

我点开新信息。

英国广播公司气泡男孩论坛

9月4日 星期六 09:15

亲爱的气泡男孩：

阿森纳是狗★屎★垃★圾！

哈！去你的BBC审查员！

杰克

伦敦

贝丝偷偷地笑了。

“继续。”她说。

我点开下一条。

英国广播公司气泡男孩论坛

9月4日 星期六 10:07

亲爱的气泡男孩：

如果你能出去的话，你想先去哪儿呢？

艾玛·弗伦奇

诺里奇

我看了贝丝一眼。她用眼底的余光瞟着，仿佛没看见。

我开始打字。

我会带我的姐姐去看电影。

贝丝摇了摇头指着下一条信息。

“这是谁？”她问道。

“汉娜。”

“她发了好几条呢。”

“我知道。”

贝丝用手肘推了我一下：“继续吧，让我们看一看。”

我点开汉娜的信息。

亲爱的乔：

听闻你的祖父母神志不清，我感到很抱歉。我的祖父母还没有神志不清，但是我的祖父聋了。他的电视音量调得很大，以至于隔壁邻居总是砰砰捶墙。

我昨晚看了《碟中谍3》，很好看。我不会剧透，以防你还没看。不过我觉得你可能已经看过了，我看见你的DVD在墙边堆成了一摞。

明天我要去参加我的朋友瑞秋的生日派对。我不想去，但是她是我最好的朋友，所以必须得去。

派对结束了再找你聊天。

汉娜

又及，如果你还没有看过《碟中谍3》，我可以寄给你。还有我并不介意你没告诉我你做了什么，我只希望你乐在其中!!

“嗷嗷嗷，她看起来人挺好的。”

“嗯，比那个肯德基的家伙好多了！”

贝丝大笑：“我猜他也不错……你要回复吗？”

“嗯，但不是现在。”

“我很高兴她给你发信息了。你需要结识点新朋友。”

“你也是。”我说。

她突然沉默地看着屏幕。她的脸红了。我知道这意味着什么。

“你有男朋友了吗？”我从床上坐起身来。贝丝微笑着。

“有吗？”

“我也许有一个。”她停顿了一下，“说实话，就是在你生病时我所在的地方认识的。”

“呃——！”

“哈哈，不是你想的那样！”她推了下我的肩膀，“是一个派对。有很多人都在。”

“他叫什么名字？”

“丹。”

“他是做什么的？”

“他是平面设计师。”

“噢……阿米尔以前也是。”

贝丝沉默了。我最好还是别再提阿米尔的名字了。

“他会画漫画吗？”

“会的。我会让他给你画点东西。”

“好极了。”我觉得我也想成为一个平面设计师，画漫画的那种。不知道我能不能在我的房间里工作。

贝丝用胳膊搂着我。我滚动翻看了其余的信息。我很开心她有了个男朋友，现在她工作结束后就不用独自回到公寓孤独地度过黑夜。我希望我能见见他。但是爱丁堡到伦敦路途遥远，只是为了见见女朋友的弟弟的话，也太贵了。不过也许他有辆车，他们可以驶上高速，就像我和阿米尔一样。452 英里的路程，我无法想象开那么远是什么感觉。从这里到希思罗才 16 英里，感觉却好像开了好久好久。

我闭上双眼。飞机已经不再起飞了，但我仍然能看见马路中间的猫眼石和两旁巨大的高楼。它们就像一部电影在我脑海里循环播放。贝丝的头靠着我的头。我希望她也能看看这部电影。

$E=mc^2$、葡萄适、葛兰素史克还有梅赛德斯奔驰。

$E=mc^2$、葡萄适、葛兰素史克还有梅赛德斯奔驰。

$E=mc^2$、葡萄适、葛兰素史克还有梅赛德斯奔驰。

第二十七章

十一岁三个月零十九天

我站在窗边给贝丝发了条短信，告诉她昨晚她离开后我做的梦。她觉得很棒但有点诡异。她告诉我她跟她的男朋友丹说了，他会给我画蜘蛛侠。他说他来看我的时候带过来。能跟他聊天一定棒极了，也许他也喜欢所有的超级英雄。我们还能一起看足球赛。我现在很想给她发条短信，可是太晚了。

现在给汉娜发信息也太晚了。

外面下着雨，玻璃大楼里的灯光昏暗模糊，人行道上闪耀着橙色的光。我扭过头看着下面的马路，漫长漆黑的马路上空荡荡的。挖掘机、卡车和交通信号灯都已经不见了。迈克、安迪、克里斯和大卫的小货车也不见了。唯独剩下马路中央一条崭新闪亮的柏油碎石带。

如果外星人想在地球上登陆，他们应该选择像这样的一个周日夜晚，大家都在家里看电视。

我听到身后咔嗒一声，格雷格进来了。他把我的睡衣放在床上，然后站到我身旁。我们一起看着窗外，看着一个骑摩托的男人沿着新铺的柏油碎石路飞驰。

格雷格微微一笑：“我觉得他相信的，伙计。”

“……谁？”

“阿米尔。我觉得他真的认为外星人会在那条柏油碎石带上着陆。”

“你怎么知道的？”

“没关系的，乔。他也告诉我了。”

“但是你不相信有外星人。”

“我不信，伙计。我之前告诉过你。”

我透过窗户，看着下面的重力助推坑。那就是阿米尔说外星人会着陆的地方。宇宙飞船会在重力助推坑上方盘旋，明亮的灯光照射在马路上。我头靠着玻璃，眼底的余光瞥见格雷格在看着我。

“你在想什么呢，伙计？”他说。

“就是想想。”

“……想亨利？”

“不是。外星人。”

“如果你相信有外星人，我可以跟你聊聊，就像我以前跟阿米尔聊外星人一样。”

“你还是可以聊聊外星人的，伙计。我不介意。”

“你会笑的。”

“我不会的。”他说。

“你保证？”

“来吧，告诉我，伙计。”

我指着十字路口后面马路中央的沟渠盖：“他们会在那里着陆，但是飞船不会触碰地面。它会射出一束光，盘旋在重力助推坑上。然后飞船的门会打开，步桥滑出来直达前台。”

格雷格凝视着沟渠盖。“继续说，伙计。”他说。

“外星人会一个一个地走出来。他们不需要等待预约，也不需要问路，因为他们一进来就会接管所有的医生和护士，控制他们的身体和思想。但他们并不是在窃取——”

“那可让我松了口气。”

“不，他们只是借用你们一会儿。”

格雷格将手搁在窗台上。我告诉他外星人不用等电梯也不用爬楼梯，因为他们可以变形穿过天花板和墙壁。当他们四处巡回看望所有人时，我们不用解开衣服扣子，因为他们没有挂在脖子上的听诊器，也没有装在口袋里的心跳监测仪。他们只需要用他们的思想和双手。“真的吗？”格雷格看上去很惊讶。

“他们是来治愈我们……不是来杀死我们的。”我说，“他们只需一个一个地凝视着我们，进入我们的身体找出毒素，然后把毒素全都带走。当我们全都被治愈了以后，我们会穿上衣服和鞋子走出门回家去。”

格雷格微微一笑搂住我的肩膀：“伙计，也许我终究还是应该相信有外星人。”

我微笑着望着窗外。我想念阿米尔谈论外星人的时候。我想念他在我身边的时候。他带我出去，他给我装了天空电视，还把我介绍给了他的家人。但最重要的是，我想念跟他聊天的时光。也许他是个疯子，但他太有趣了。我希望他能留下来。我已经厌倦了护士一直换来换去。格雷格是唯一一个留下来的。

“你还好吗，伙计？”格雷格捏了我一下。

“我想阿米尔了。”

格雷格叹了口气：“嗯，我们都很想念他，伙计。很难不去想念那样的一个人！但也许这份工作不适合他。”

“什么意思？”

“我不知道。不是所有人都能胜任这份工作，你知道这份工作是怎样的。”

“孩子在死去。”

“是啊。不是所有人都能妥善应对。我觉得他就不能，伙计。”

我看着下面的街道，一对男女手拉手走着，他们停下脚步望着服装店的橱窗。一辆汽车沿途驶过，车前灯照亮了着陆带。

格雷格拨弄着我的头发。

“来吧，伙计。你不能一整晚都站在这儿。”

我转过身从床上拿起睡衣走进了浴室。我洗澡和换衣服的时候，格雷格查看了我的监护仪，还倒了一杯水放在我的桌子上。

我出来的时候百叶窗已经拉上了。格雷格站在门口看着我爬上床。

“我晚点儿再来看你，伙计。也许能赶上早上的足球赛。”

“好的。”我钻进被窝里。

“晚安，伙计。”

“晚安。”

他把灯光调暗，悄悄地走出门外。我听见了水流声，接着是过渡区的门的咔嗒声。格雷格将会沿着走廊往前走。我躺下来回忆着在冒险途中看见的一切——所有的灯和门，挂在墙上的大象和长颈鹿的图画，我想再次看到它们。我想见见画出这些图画的小孩们。

手机突然响起，吓了我一跳。应该是贝丝告诉我她已经到家了。我伸手拿起手机。

> 他们来了没？外星人？
>
> **阿米尔，你在哪儿？**
>
> 着陆带上。

我的心嘣嘣直跳。他真的在那儿吗？我悄悄溜下床走到窗边。一个戴帽子的男人正在马路中间走着。他停下脚步蹲下来抚平柏油碎石路面。他在干什么？如果一辆公交车开过来，他会像汤姆猫一样被压平。我又不可能出去把他吹回原形。

那个男人把手伸进外套口袋掏出手机。他看起来好像是在发短信。他抬起头看着我。

手机在我手里响了起来。

嗯，看上去准备好了！

阿米尔，真的是你吗？

你以为是谁，贝克汉姆吗？

我放声大笑。我不敢相信他就在那儿，哪怕他是来看外星人着陆而不是来看我的。

他站起来走向公交车站，然后靠在墙上打字。他抬起头看着我，我的手机再次响起。

你好吗？

我很好。你呢？

那就好。我挺好的，盼着外星人呢。

你不在好安静啊。

但你有天空电视啊！

我对着手机笑了，努力思考着接下来该发些什么，可我不想发短信。我一生都在隔着屏幕与人交流，我想跟真正的人聊聊天。

阿米尔，你能上来吗？

我不能。

为什么？

他指着路灯上的监控摄像头。

太多保安了。

但我们之前都做过了。

所以现在不能了。

为什么不能？

你见过谁把一个银行抢两次吗？

我点点头，他说得没错。也许我们上次很幸运。如果吉姆在厕所里阅读的那一章很短，或者菲尔因为无聊倒着检查大楼，我们可能还没走出前台的大门就被抓住了。我希望他能进来。我知道所有人都认为他做了错事，但那不是犯罪。

我的手机又响了。

哎，管他的！

阿米尔站在路缘上。

我来了。你带路。

好的！（我握紧了拳头。）

好极了！

我转身离开窗边。

我去把监控视频打开。

我情不自禁地咧开嘴笑了起来。我走到桌旁拿起遥控器，屏幕闪了一下打开了，照亮了我的房间。6 号屏幕上，吉姆正在等候区边看书边吃三明治。菲尔在 9 号屏幕上。他沿着走廊向蓝铃花病房走去，他用卷起的报纸敲打着墙壁，看起来好像在吹口哨。

我查看了其他的屏幕。大部分的走廊都是空荡荡的。12 楼，一个护士在和一个护工聊天。10 楼，一位戴着头巾的非洲女士在蝴蝶病房外跟医生讲话。我觉得我不用担心他们。除非医院在公告栏里贴了张通缉令，否则他们根本不知道阿米尔是谁。

吉姆把三明治盒的盖子扣上，站了起来。

乔，我能出发了吗？

等一分钟。

吉姆把三明治盒放在前台的桌子上，然后向美食区走去。

好了。现在！

阿米尔穿过马路走进前台区。他左顾右盼，然后在摄像头里向我竖起了大拇指。我暗自发笑。

快点。下一个走廊畅通无阻。

电梯呢?

我切换到11号屏幕。没有人在等电梯，可我不知道电梯里是否有人。

我说不准。

好的，我走楼梯。

阿米尔推开紧急出口的门。我们不是在抢银行，但这却让人兴奋不已。

好了，我在你这层了。

我查看了12号屏幕，有个清洁工正在拖地。我头上的血管跳得嘣嘣响。

停!

怎么了?

有个清洁工。

我在屏幕上看见阿米尔向外窥视着走廊，就像一只正在逃出笼子的老鼠。

没关系，是珍妮特，她是聋子。

他蹑手蹑脚地从珍妮特背后走过去，然后消失不见。

从这里开始我就帮不了他了，因为这是通往我房间的最后一个摄像头。

我坐在床上，迫不及待地要见到他。他已经让我感觉好多了。我知道他不能久待，也不能再在这里工作，但是能跟他聊聊天就已经很棒了。

我等着门咔嗒打开。理应只要一分钟，但似乎却远比一分钟长。也许有位医生或护士在读公告栏或是在看墙上孩子们的画。抑或是有人坐在我门外把守，就像他们那时让警察在外看守，阻止记者们获取信息，或是阻止歹徒拿着机枪冲进来杀死病人。或者他回去了？

过渡区的门咔嗒一声打开了。我屏住呼吸。有流水声。停止了。然后我听到了喷消毒剂的嗞嗞声。门开了，我慌忙爬下床……

阿米尔走了进来，他的脸湿淋淋的，眼镜也起了雾。我松了一口气，阿米尔咧着嘴笑了。

“抱歉花了这么久。”他说。

“有人在外面吗？”

“没有。我急着上厕所，有两个护士却在讨论贾斯汀·比伯。”

我大笑起来。他才到了几秒钟，就已经惹我发笑了。他走到我的桌子旁，抽了张纸巾擦拭眼镜，然后再把眼镜戴上。我想要拥抱他，我们之前从未拥抱过。

“我想你了。”我说。

阿米尔点点头：“我也很想我自己，你还好吗？”

“嗯。”我其实并不好，但他一来我所有的病痛仿佛全都消失了。

“我也很好。”他看了看手表。“十四分钟，”他说，“之后格雷格就会回来。你有新的护士了吗？”

“嗯。她挺好的。”

“她相信有外星人吗？”

“我还没——”

“她应该相信。”阿米尔从我身边走过去，我坐在了床上。他透过窗户看着下面的马路。

“可以再平坦一些的，但我觉得他们可以顺利着陆。”

我躺在床上。我很开心他真的在这里，但我突然觉得很困。

他转过身，一脸关切。

“你还好吗？”他向我走来。

“我努力忍住哈欠。”

“没事，我也累了。”他在椅子上坐下来，“因为我担心你。”

我疲倦地笑着，我不想让他担心。“我没事，”我说，“医生已经找出病因了。是药物让我感到很困。”

阿米尔看着我，然后瞥着监控屏。菲尔正在 12 楼跟一个护工聊天。吉姆坐在一棵高大的植物旁看书。其他的屏幕都很安静。

我看不出他在想什么。一直以来我都在企盼着他的到来，然而现在他来了我却想不出该说些什么。阿米尔把手伸进连体罩衣，掏出手机。

“没关系，”他说，“没虫子。我喷过消毒剂了。”他俯身向前，“我给你看看照片。”

我努力地睁开眼睛看着屏幕。

“这张是我站在一匹高大的白马上拍的。”他说。

是一张麦田怪圈的照片。我告诉他棒极了，他继续向下滚动。

“这张是在威尔特郡拍的，这张是在萨默塞特郡，还有这张是回家途中在伯克郡拍的。噢！……还有这张是我在乐高乐园拍的。”他给我看了张阿贾拉、舒克拉和古鲁在维京海盗船上的照片。

“棒极了。”我说。

他对我微微一笑，然后望着地面。在说了这么多之后，他突然沉默了。我设法找一些话题来聊，但我没有任何照片可以给他看。我每天所做的不过是躺在床上看电视而已。

阿米尔抬头看着我。他面带微笑，眼睛里却含着泪花。“你应该告诉他们的。”他说。

“我不能说。我告诉过你了，我不想让你丢掉工作。”

“不，我完成了我的工作。”

“你这句话是什么意思？”我设法想个清楚，可头却痛了起来。

“我带你出去了。”

他把我搞糊涂了。他的工作是做一个护士而不是带我出去。

“阿米尔……我不明白。”

他在床边左右移动身子切换重心：“我在电视上看见你了……去年……你的纪录片《气泡男孩》。我和我老婆，我们看到你被困在一个气泡里……她很难过，所以我说，别哭……我会把他从气泡里带出来！”

“你在英国广播公司的电视节目上看见我了？”

“当然，我不是只看天空电视的！”

我打了个哆嗦，鸡皮疙瘩爬上了我的胳膊。他是在说我以为他在说的那个意思吗？一直以来他都在计划这件事吗？

“我花了一年的时间。本来可以更快一点的，但是你的制服遇到了点问题，拉希德侵入闭路监控也有点难。”

我把双手放在头上。我不相信。阿米尔对我咧嘴而笑。

“你以为我就那么出现了？我跟伦敦脑瓜子最灵的人咨询过了。但是我很谨慎。所有人都知道你。我告诉他们我是个有资质的护士，我需要帮助。拉希德也在全印度医学科学院找到了一份研究工作。”

这根本说不通。阿米尔不是来医院工作的，他是来带我出去的？

“所以你来这里只是为了我？”

“不是。我来这儿也是为了飞机和外星人。”他忽然站起来走到窗边，“全伦敦除了伦敦眼，就数这里风景最美了。但伦敦眼的景色从来都不稳定。”他看着手表，然后看着下面的街道，“我觉得他们今晚不会来了。”他的语气突然变得忧伤起来。

我走到窗边跟他并肩站着。漆黑的街道空荡荡的，高楼在马路对面的人行道上投下长长的影子。一切都是静止的，只有盘旋在希思罗上方的飞机的红色航行灯在闪烁不止。阿米尔又看了手表一眼。我还不想让他走，我感觉他才刚到。我低头看着大门。

“我看见他们了。”我说。

阿米尔慢慢地转过头。

“在梦里。”

阿米尔笑了。“我喜欢做梦，”他说，“每个人都应该做梦。梦是我们在黑暗中画的画。”

“什么意思？”

“梦是最棒的地方。”他说，“我们可以做自己想做的。在你的梦里你是个超级英雄。在我的梦里我是个外星人。”

“你是吗？”

“当然，这就是为什么我很累。每天晚上我都在银河系里飞来飞去，要花很长时间的。”

我咯咯地笑了。我不知道他是不是在开玩笑，但他又把我逗笑了。他这个样子我很喜欢，也让我希望他永远都不会离开。

“你会回来看我吗？”

“会的，也许不会来太多次，但我会发短信。”他看着下面的街道摇了摇头，“是施工工人的错，我觉得他们把磁体放反了。”

他又看了眼手表。我希望他能把指针拨回三十分钟前，这样我们就可以重新开始了。我想要聊聊飞机，我想要聊聊亨利，我想要——

“必须走了。”

我一直害怕他把这句话说出口。

他转身离开窗边，朝门口走去。我不想让他走，我也不想让他被抓住。

“别忘了把它们关掉。”他指着监控屏。

“好的。”

他把手扶在门上，回头看着我。“嘿，”他说，“别担心，我很快就会回来。”

我点点头吸了口气。“阿米尔……”

“嗯？”

我艰难地吞咽着。

“谢谢你。”

他对我微微一笑：“不用谢。”

他溜出门。我转身环视着整个房间，现在房间里空旷又安静。我希望他不要离开太久才回来。我拿起遥控器，关掉监控屏。我不知道到时候我是否还会有监控，但我知道他一定会想出别的法子上来的。也许他会给我个惊喜，某天早上我醒来的时候会看见他站在擦窗机吊篮里，跟拉希德之前一样。我不敢相信阿米尔所做的一切都是为了我。他肯定下班回家后通宵达旦地计划着、实施着一切。怪不得他总是疲惫不堪。

我走到窗边看着下面的街道。阿米尔走在人行道上，他抬头看看天空便走在了马路中央。我希望他别那么做，我希望他能跟大家一样紧靠着店铺走，但他好像一点儿都不担心路上行驶的车辆。他越来越小，越来越小，最后在街尾转了个弯消失了。

我越过大楼的屋顶眺望着。葡萄适大楼顶部的橙色时钟一闪一闪的。梅赛德斯奔驰大厦里的车辆上方有一道道光束闪烁不止。我摇了摇头，情不自禁地笑了。我想起了我和阿米尔站在围栏边，风吹着他的头发，飞机轰隆作响。我很开心他回来了。他不像其他的护士来了又走。他为我所做的一切让我觉得他或许也是个超级英雄。

我从窗边转身离开，回到床上。冷气嘀的一声吹送进来。我只看得见家具的阴影和监护仪上的小红灯火苗般反射在我的屏幕上。

忽闪。忽闪。忽闪。

哔——哔——哔——

忽闪。忽闪。忽闪。

哔——哔——哔——

忽闪。忽闪。忽闪。

哔——噔噔！

我电脑上的留言灯闪烁起来。我应该要睡觉了，可如果不知道是谁发来的信息，我肯定睡不着。我伸手点击屏幕。

你有一条新信息。

英国广播公司气泡男孩论坛

9月6日 星期一 00:34

亲爱的气泡男孩：

很抱歉这么早打扰你，但是我和我哥哥一整晚都争吵不休。我们只想问你一个问题：如果超人和蜘蛛侠打架，你觉得谁会赢？我哥哥认为蜘蛛侠会赢，他说超人只是飞得快，眼睛可以烧穿金属片而已。但我觉得超人会赢，因为他可以把蜘蛛侠的网都烧穿，然后他只要抓着蜘蛛侠把他带上太空，蜘蛛侠就会无法呼吸，缺氧而死。

你是怎么想的呢？

克里斯和本

米尔顿·凯恩斯

我笑了。

这个简单。

亲爱的克里斯和本：

蜘蛛侠和超人不会打架。他们会成为朋友，他们只想拯救世界。

尾声

噔噔！

噔噔！

我努力在黑暗中睁开眼睛。Skype 的灯一闪一闪的，它说有一条来自亨利的信息，但这不可能，就算是 NASA 也没法让亨利起死回生。我拿起电脑，紧张地把鼠标移动到亨利的名字上。也许是布雷特，但他只在视频里跟我讲过话。也许是有人在打扫亨利的房间时，拿走了他的笔记本电脑。

我想看，又不想看。也许是鬼！不，鬼打不了字，他们的手指会直接穿过键盘的。是谁呢？我希望是亨利。

我点开他的名字。

嗨，乔。你在吗？　　　　00:01

我打了个寒战，胳膊上起了鸡皮疙瘩。虽然只有五个字，但是听上去很像亨利。

屏幕上的铅笔又飞舞起来。

在吗？ 00:02

我盯着信息。

布雷特？ 00:02

不，是我，马特。 00:03

我鼓起腮帮子。

马特，你吓到我了。 00:03

为什么？ 00:04

我开始打字，但我不能告诉马特我以为我在跟他哥哥的鬼魂聊天。

没关系。 00:05

你是不是以为你在跟鬼聊天？ 00:05

是的。 00:05

哈哈！亨利跟我说你肯定会这么想。 00:06

马特，你在哪儿？ 00:06

在家。亨利说可以把他的笔记本电脑给我，好极了！

00:06

哈，你好吗？ 00:07

我很好。我想亨利。 00:07

我也是。 00:07

我以前每天晚上都跟他发信息。 00:08

我知道，他跟我说了。 00:08

妈妈说他很好，天堂里没有气泡。 00:08

我笑了，同时又很想哭。

我能代替他跟你在这儿聊天吗？ 00:09

当然，我很乐意。 00:09

不过得放学以后。 00:10

好的。 00:10

我准备睡觉了。

亨利让我发一条信息给你。

我先找找。 00:10

我笑了。来了，大概是一张亨利向我竖中指的照片。

来了。 00:11

他发了一个链接给我。

这是什么？ 00:11

不知道。他只说让我发给你。 00:12

我得下了，妈妈说我必须要睡觉了。 00:12

好的。 00:12

明天再聊？放学后？ 00:12

没问题。 00:12

好的。再见，乔。 00:13

再见。 00:13

你还在吗？ 00:14

嗯。 00:14

我还可以留着遥控汽车！！！！ 00:14

我笑了。屏幕上的铅笔停止舞动，指示灯也灭掉了。

我向上滚动点开链接。

一个视频开始播放起来。

亨利坐在他的床上看着我，好像他还活着一样。他鼓起腮帮子，脸蛋变得胖鼓鼓的。

“哈，怎么？你以为我会竖中指吗？”

“是的。”我说，但我知道他听不见。我的眼睛里溢满泪水。亨利看起来就像我记忆中的那样，一点儿都不像快要死的人。

“嘿，乔。这将会有点奇怪。只有我一个人在说话，但也许我会想象你说的话来填补空白。好吗？”

我抽了抽鼻子，用袖子擦了擦眼睛。

“嘿……这理应让你开心起来，不是惹你哭的！我说清楚了吗？”

我笑了。

“我不会讲生病的事，我敢肯定布雷特已经告诉你了。只是想给你看点儿东西，来吧。”他站了起来，“把你的笔记本电脑连上你的监控屏幕。我会给你一分钟时间。”

我悄悄地把脚踩在地面上，然后将电脑拿到连接线旁。

“你弄好了吗？……太好了。现在把你的屏幕打开。”

“为——”

“别问为什么！哈！我敢说你肯定问了！”

我环视着整个房间，这里似乎有个感应器把我所有的想法全都收集起来发送给了他。

我打开屏幕，除了左上角的1号屏幕在闪烁以外，一片空白。接着亨利出现了，向我挥手。太不可思议了，好像他真的在那里一样。

“嘿，乔，看好了。”亨利走到屏幕边缘，“一秒后见！”他消失了。2号屏幕闪烁起来。亨利跳到屏幕中间。

“嗒啦！”

我放声大笑。他是怎么做到的?!

他竖起一根手指：“一秒钟。”他说完便蹲下来跳进了3号屏幕。

“哈。你觉得怎么样……很酷吧?!”

我点点头。太酷了。

他走进4号屏幕，然后假装纵身一跃，跳到了房间另一头的5号屏幕。

我向后退，撞到了床上。他在我的房间里跳来跳去。

“喜欢吗？我跟NASA的技术人员说了你的屏幕，他教我做了这个。”他走进6号屏幕，在公园里散步。7号屏幕上，他在海滩。8号屏幕上，他在一个满是奶牛的田野上。

简直太棒了！

亨利继续走着。9号屏幕上，他站在白金汉宫前。

“转过这块屏幕！”他说完又跳了起来。10号屏幕上，他在埃菲尔铁塔前。下一个屏幕上，他手持摄像机坐在过山车上。12号屏幕上，他站在棒球场的中央。

我用手捂住脸。我笑得太多，下巴都笑疼了。

亨利站了起来，假装掸掸裤子上的灰。“你傻傻地盯够了没有？”他说，“……我走之前的最后一样了。”

我向他走去。我不想让他走。我可以按下暂停键将他定住，这样他就可以永远停留在我的墙壁上了。

“嘿，别伤心。这是最棒的部分！”他从口袋里掏出一个电视遥控器，将手指移动到绿色按键上，“你准备好了吗？”

我点点头。

他按下按钮。

“给你，小蜘蛛侠！”

屏幕全都变得一片空白。我走到屏幕前，等着亨利再次出现，却只看见了屏幕里自己的影像。我叹了口气。也许他在死之前没来得及把视频做完。

我拿起遥控器，然后停住了。11 号屏幕上，有小小的亮光在闪烁。我将脸凑近，鼻子都快碰到屏幕了。橙色和红色的灯开始微微发光。它们融合在一起，变大了。我看着 10 号屏幕，然后是 9 号屏幕。橙色和红色的光也在里面冒着泡，它们开始向其他屏幕喷溅火花，如同火山一般沸腾着冒泡，扬声器隆隆作响。亨利的笑声从某处传来。

“等一等，乔！”他大叫道。

怎么了？

我不得不向后靠着床。一块块泥土分裂开来，飞扬在屏幕之间，消失于屏幕边缘。我的心在胸口剧烈地跳动着。这是我看过最刺激的电影。

“嘿，乔，下一个部分，你也许想要捂住眼睛。因为会非常亮……噢……你也许也想要捂住耳朵。”

我用手紧紧地抱住头。巨大的隆隆声低沉又悠长，我能感到地板在微微震动。我偷偷从眼皮底下看了一眼。白亮白亮的光，就像超人和独眼巨人[①]在用镭射眼打架。我再次闭上双眼，用手紧紧地抱住头，紧得能感受到耳朵里的脉搏。

然后，突然万籁俱寂，什么都没有了。

我把手从头上拿开。只有空调的风声和监护仪的哔哔声。我慢慢地睁开眼睛，查看地上是否有砖块和泥土，但除了瓷砖我

① 独眼巨人：希腊神话中的巨人，擅长锻造和使用各种工具和武器，额头中只有一只圆眼睛。

什么都没看见。

“好了，你现在可以看了。”

我抬起头。

“哇！”我猛吸了一口气，仿佛被蜥蜴的尾巴猛地击中了肚子。屏幕上，小小的窗户里闪烁着成千上百的小亮光。眼泪涌上我的眼眶，灯光变得模糊不清。亨利走到 12 号屏幕上举起胳膊。

“喜欢吗？6500 扇窗户，102 层楼。”

我眨眨眼。

“我爱死了！”

亨利咧开嘴，露出大大的笑容。只有他知道我想住在蜘蛛侠出没的地方——帝国大厦之顶。我把双手放在头上。亨利转过身面对摄像机，他仍然咧嘴笑着，眼睛亮晶晶的。他抬头看着帝国大厦，然后看着我耸了耸肩：“我想我不能一整天都待在这儿。”

“是啊。”但我希望他能。

亨利抬起手：“别哭。”

我不会的。

“再见了，小蜘蛛侠。”

亨利渐渐消失了。帝国大厦的灯光在黑暗中闪烁。

帝国大厦是那么的大，我从每一扇窗户里都能看见它。我把椅子从门边拖了过来，然后站了上去，却仍旧够不到顶。我环视着整个房间。我可以站在监护仪上，但那样可能会把它弄坏。

我可以爬上窗台，但我怕会摔下去。只有站在床上，才能够到顶。

我试着挪动床，但不想吵醒楼下正在睡觉的人。可我也不想被困在观景台上。也许如果我动作轻一点，就没人听得见了。

我走到床边弯下腰，咔嗒一声松开脚刹。我把手放在床尾的护栏上，轻轻地拉。我不是很强壮，但是轮子渐渐在瓷砖上移动起来，我的床被拉到了屏幕前。我爬上床站在避雷针旁边。这就是蜘蛛侠喘口气眺望城市的地方。他看着摩天大楼直入云霄，看着车灯闪烁，看着人群如同蚂蚁一般行走在人行道上。一股热流从我的脚底上升至我的胃，直到我的心。我也许不能出去，但我在房间里就能看到全世界。我可以看到监控屏上的人，如果他们遇到困难，我可以看看他们是否需要我的帮助。我在床上就可以观察他们，就像蜘蛛侠从避雷针上观察着所有人一样。

我伸出手触碰其中一个屏幕。我想告诉所有人亨利给我发了什么。我迫不及待地想要告诉贝丝，她一定会很喜欢，我觉得格雷格和医生们也会喜欢。也许我会告诉汉娜，也许有一天她会愿意来看我然后看看这个视频。我将在每天晚上入睡前看看帝国大厦，我将会记住亨利。也许有一天医生把我治好了，我会去纽约看看真正的帝国大厦。

我瞥了时钟一眼。

已经是下半夜了，格雷格很快就会来看我。他之前让我好好休息。我从床上爬下来，把床推回墙边。

我拿起手机。他也许还没醒，但我必须告诉阿米尔。

阿米尔，你猜怎么了？

我等了几秒钟，期待他回复。手机屏幕灭了，太晚了。我把它放在桌子上，然后拿起电视遥控器。我抬头看了帝国大厦最后一眼，它窗户里的灯光如同蜡烛般摇曳着。我希望我能像蜘蛛侠一样整晚都待在外面，但是我太困了，要睡觉了。我按下关机键，屏幕嚓的一下关掉了，房间变得漆黑一团。

室内温度：19℃

空气纯度：97.6%

心率：82

哔——

哔——

哔——

监护仪永不停止。超级英雄的心跳也永不停止。他们不会死。他们也不睡觉。他们也许会被打得落花流水，但只需几秒钟他们就又能生龙活虎。

我闭上双眼。我的房间也许现在一团漆黑，但当我早上醒来时，它又会明亮如常。

致谢

我的闪耀之光

洛布斯和塔尔

我的指引之光

我无处不在的朋友和编辑乔纳森·宾利史密斯

明亮之光

特别鸣谢：

感谢我的经纪人尼古拉·巴尔，感谢他爱上了乔和《气泡男孩》。

感谢我去年吃掉的所有巧克力青蛙。

感谢我的女儿洛伊斯，萨姆·德鲁和杰德·克拉多克帮助我跨出舒适区。

最后要感谢瑞秋·曼，来自西蒙与舒斯特的出色编辑。感谢她催促我、哄骗我，把红墨水溅在我的手稿上，直到我们完成了一个值得所有超级英雄在这片土地上来来往往的故事。